在世界中经典化

中国当代作家海外接受研究

Worlding Canonization
A Study of Overseas Reception of Contemporary Chinese Writers

刘江凯　褚云侠　著

中国人民大学出版社
·北京·

国家社科基金后期资助项目
出版说明

　　后期资助项目是国家社科基金设立的一类重要项目,旨在鼓励广大社科研究者潜心治学,支持基础研究多出优秀成果。它是经过严格评审,从接近完成的科研成果中遴选立项的。为扩大后期资助项目的影响,更好地推动学术发展,促进成果转化,全国哲学社会科学工作办公室按照"统一设计、统一标识、统一版式、形成系列"的总体要求,组织出版国家社科基金后期资助项目成果。

全国哲学社会科学工作办公室

目　录

导　论　提升中华文化影响力的国际传播教研支撑问题 …………… 1

第一章　当代文学世界经典化的路径 ………………………… 25
　　第一节　历史化与当代文学经典的形成 ………………… 25
　　第二节　当代文学研究的国际化 ………………………… 37

第二章　中国当代文学海外传播研究 ………………………… 50
　　第一节　国内中国当代文学海外传播研究 ……………… 50
　　第二节　海外中国当代文学研究：以 MCLC 为例 ……… 61

第三章　未完成的民族性与世界性：莫言的诺贝尔文学奖之路 …… 76
　　第一节　本土性、民族性的世界写作：莫言作品海外传播
　　　　　　与接受 ……………………………………………… 76
　　第二节　双重的争议与经典化："世界中"的《红高粱》 …… 98
　　第三节　当代文学的未完成性与不确定性：以莫言
　　　　　　小说新作为例 …………………………………… 111

第四章　经典化与国际化：余华的文学写作 ………………… 129
　　第一节　"经典化"的喧哗与遮蔽：余华的小说创作
　　　　　　及其批评 ………………………………………… 129
　　第二节　诧异"风景"的美学统一：余华作品的海外接受 …… 143
　　第三节　余华作品在越南的传播与接受 ………………… 164

第五章　承认的差异性：其他当代作家 …………………… 172
　　第一节　"重构"中走向世界：格非作品的海外传播与接受 … 172
　　第二节　"神秘"的极地：迟子建小说的海外传播与接受 …… 194

结　语　从鲁迅到"莫言"们 ………………………………… 213

参考文献 ……………………………………………………… 233

后　　记 ……………………………………………………… 239

导　论　提升中华文化影响力的国际传播教研支撑问题

21世纪以来，党的十六大、十七大、十八大、十九大和二十大报告及中央相关会议文件，对于大力发展社会主义文化、提高国家文化软实力、增强文化竞争力、推动中华文化走出去、讲好中国故事、推进国际传播能力建设等均有针对性的指导意见。[①] 2021年5月31日中共中央政治局第三十次集体学习，就加强和改进国际传播工作做出工作部署，确定了许多重要的原则。包括要在国际传播工作方面加强顶层设计和研究布局，从多个视角进行研究为开展国际传播工作提供学理支撑。深入开展各种形式的人文交流活动，建设适应新时代国际传播需要的专门人才队伍。各级党委要把加强国际传播能力建设纳入党委（党组）意识形态工作责任制，加大财政投入，帮助推动实际工作、解决具体困难。各级领导干部主动做国际传播工作，各级党校要把国际传播能力培养作为重要内容，加强高校学科建设和后备人才培养，提升国际传播理论研究水平等等。中共中央总书记习近平在主持学习时强调："讲好中国故事，传播好中国声音，展示真实、立体、全面的中国，是加强我国国际传播能力建设的重要任务。要深刻认识新形势下加强和改进国际传播工作的重要性和必要性，下大气力加强国际传播能力建设，形成同我国综合国力和国际地位相匹配的国际话语权，为我国改革发展稳定营造有利外部舆论环境，为推动构建人类命

---

① 特别是十八大后，以习近平同志为领导核心的党中央多次发表重要讲话，专门工作会议如2016年中央全面深化改革领导小组审议通过了《关于进一步加强和改进中华文化走出去工作的指导意见》等。

运共同体作出积极贡献。"①

这次会议一方面标志着在当前新形势下加强和改进国际传播工作，已经成为国家层面文化发展的一个重点；另一方面也向我们提出了一个严峻的问题——中国当下是否已经构建起一个与提升中华文化国际影响力需求相适应的国际传播教研体系？我们的答案是否定的。研究显示，国内的国际传播整体上研究积累不过二三十年，呈明显分散格局，并有许多基础理论问题没有讨论清楚；国际传播教育体系基本空白，在分类学科里有少量发展，亟须进行整体提升。国内的国际传播教研体系已经转变为一个具有科研、教育和文化战略意义的重大问题。从中共中央政治局第三十次集体学习的会议精神来看，这也是新时代文化建设中最为迫切的问题之一，历史的巨浪已经把我们推在了时代的最前沿。

相对于当代文学批评现场的热闹与快速切换来说，中国当代文学海外传播虽然是近些年来一个巨大的热点学术领域②，甚至还贴合了国家文化发展的大趋势，但其整体的学术定位因为"跨界"而模糊、分化、耗散，而新兴学术"飞地"又在短时间内刺激相关学科研究者生产了大量水平参差不齐的成果。国际传播研究本身学科边界含混、归属不明、立场不同、积累不足、标准不一等问题，既影响了相关研究的学术品质和价值判断，也制约着此类研究长远的科学发展，难以适应当下提升中华文化国际影响力、加强和改进国际传播工作的时代需求。从根本上讲，这和整个学界对该领域的研究缺乏整体性的理论思考有关。

自鸦片战争以来，中华文明便陷入与世界文明碰撞之后的"现代性焦虑"之中。"现代性焦虑"即现代民族国家"主权""生产力""文化"三种有关联但程度不同的焦虑。这些焦虑渐次得到缓释的过程，基本也是一个新型现代民族国家命运共同体的构建历程。1949 年中华人民共和国的成立相当程度上缓和了鸦片战争以来的民族危亡主权焦虑，但仍然存在台湾问题。随着中国国内生产总值在 2010 年达到世界第二

---

① 习近平主持中共中央政治局第三十次集体学习并讲话．(2021-06-01) [2021-07-19]. http://www.gov.cn/xinwen/2021-06/01/content_5614684.htm.
② 2013 年度中国十大学术热点．光明日报，2014-01-15.

并不断拉近与美国的距离，生产力焦虑得到了很大缓和。与之形成鲜明对比的是当代中国的文化焦虑：中华文化在世界上的影响力处于严重滞后的局面，和经济影响力形成一种"不对称性"现象。① 在先后解决了"挨打""挨饿"的问题后，我们确实有条件思考解决好"挨骂"的问题了，而国际传播无疑也是这项伟大事业的一个极为重要的组成部分。

从总体上来考察中华文化的国际影响力，人文类古典部分的国际影响力要远远地好于当代部分，而我国目前首要的文化任务正是更好地提升当代中华文化的国际影响力。仅就文学而言，相较于古典文学甚至现代文学，比如鲁迅这样的作家，当代中国文学的国际影响力从严格意义上讲，仅仅是在传播到达的层面快速发展。即使是获得诺贝尔文学奖的莫言，我们认为也是在由翻译传播向阅读接受的缓慢过程中形成了产生国际影响力的基本条件。做出这样判断的标准和依据，我们后文会有详细解释。这里要特别说明的是，本书所说的国际影响力绝不仅仅指新闻宣传意义上的"知道"，或者翻译出版层面的"看见"，而是指审美、思想、人性、价值意义上的理解、尊重、接受、融合，是指因为我们富有民族差异性的艺术和智慧而启迪了其他民族国家的民众，是让对方发自内心地认同并愿意主动亲近我们的文化，渴望在与我们的文化交流中获得更多创造性的收获。从这个意义上讲，包括莫言在内的整个中国当代文学海外传播的影响力应该说刚刚起步。美好的愿望并不能代替客观的现实，当代中华文化国际影响力，至少在现阶段及未来的一段时间内可能首先面临的是一个如何更好地"生成"的问题。②

从中国当代文学学科的角度来看，相关研究显示，中国当代文学的海外传播不仅时间漫长，而且体系完整，成为近年来海外传播研究领域

---

① 刘江凯.影响力与可能性：中国当代作家的海外传播.文艺研究，2018（8）.
② 2016年，在设计推荐国家社科基金重大项目时，笔者刘江凯根据中国当代文学海外传播的研究经验和结论，设计推荐了"当代中国文化国际影响力的生成研究"，获得通过后完成了该项目的论证申报，获批后承担了文学方面的子课题，同时协助首席专家黄会林教授完成整个课题任务。该题目核心的关键词即"生成"，因为它包含了我们对当代中国文化国际影响力现实状况的基本判断，也显示了该问题的努力方向和关键所在。

发展相对较好的一个涉外学科。① 我们认为以中国当代文学为代表的海外传播研究的兴起，至少在四个维度、三大层面构成了积极的探索空间。这四个维度分别是：它在当代文学学科内部具有边界拓展、方法更新等重要的开拓价值；它对其他涉外学科的海外传播及跨学科、跨文化研究起到了很好的借鉴效果；它能对人文学科的国际学术实践项目的开发做出引领性的探索；它能在增进社会服务与国际交流方面对专业学科提供积极的模式创新经验。因而，国际传播研究在学科及跨学科研究、人文类基础研究与实践应用转化、专业学科的社会服务与国际文化策略三大层面，构成了非常丰富的研究与应用体系。十多年来，笔者及研究团队正是围绕着这一体系中不同向度的问题，展开了宏观和微观、理论与实践的多种尝试。我们希望在中国当代文学海外传播研究的讨论基础上，对更为宏大的国际传播教研体系与当代中华文化国际影响力的关系做出全面深入、系统科学的思考。

一、中国当代文学海外传播的跨界研究与学科发展的新挑战

从当代文学学科发展的角度来讲，中国当代文学海外传播已经成为当代文学学科发展中无法忽视，但又很难在短时间内获得重视的研究领域。中国当代文学海外传播的这一尴尬处境，也是目前其他涉外学科共同的困境，我们对当代文学海外传播的讨论，同样会对其他学科产生重要的参考价值。

海外的中国当代文学是否仍然属于中国当代文学？我们的观点非常明确，海外中国当代文学仍然属于中国当代文学，只是作品的语种、传播范围、阅读接受对象扩大并超出了传统的中文边界而已，国内文学界存在的一切问题，在海外也同样存在，只是在海外更为复杂多样，而这些共通的和多出来的部分，都是我们要认真研究的问题。那么如何看待

---

① 这方面的成果参见：刘江凯《认同与"延异"：中国当代文学的海外接受》（北京大学出版社，2012），张健、张清华主编"中国文学海外传播研究书系"（6卷），刘江凯《中国当代小说海外传播的地理特征与接受效果》（江西教育出版社，2020），刘洪涛主编"中国当代文学海外传播研究丛书"（10卷），姚建彬主编《中国当代文学海外传播研究》（北京大学出版社，2016）等。资料显示：中国当代文学海外传播从1949年起在海外大致形成了和国内相似的学术体系，尽管不同语种国家会有差异性，但整体上从作品的翻译出版到批评研究与国内当代文学的发展遥相呼应，互为表里。

翻译出去的中国当代文学？有些学者比如德国汉学家顾彬教授认为，翻译文学属于所翻译国的民族文学，这作为一种观点无可厚非。也有观点认为翻译文学显然有"他国化"的成分，但不能认定为外国文学。① 中国文学的海外传播当然还可以按照比较文学流传学的方式展开，或者以翻译文学的类型展开。采用不同的学科立场和方法去面对相关问题时，处理和侧重的点也会完全不一样。海外传播研究的"混杂性"特征往往会使它处于"既属于又不属于"的第三空间，充满了霍米·巴巴的"文化杂交"（cultural hybrid）意味。但若从中国当代文学的学科角度看，中国当代文学海外传播不过是一个更为复杂的版本和接受问题，作为当代文学跨学科、跨文化方向的研究即可，而不是切割出去成为什么其他的内容。当然，海外传播涉及的问题范围和复杂性要远远大于翻译文学或者比较文学，几乎是一个全方位、立体式、综合性的研究场域，我们认为目前国内对海外传播的研究几乎都采用一种"分散"的方式在展开，整体上缺少"融合"的提升。

对待当代文学的海外传播，国内部分主流作家和学者在思想上还有一道较为普遍的隐形"长城"把海外和国内隔离开来，海外传播和传统当代文学相比，是边缘性的，是国内主场之外的客场，是一个"附录"式的存在；或者在社会上可能是充满民族主义情绪的文学战场，成功的海外传播有可能被描述为走向世界的荣誉，也有可能被抹黑为缺乏文化自信的献媚。究其本质，仍然是单一化思维在作祟，似乎在主体和他者之间断无第三种形态的可能。此类惯性思维很难将海外传播作为整个学科研究边界、思路、方法、内容的全新拓展，也很难以融合性思维处理海外与国内复杂而深入的文学联动，导致海外传播和当代文学学科关系高度模糊，这些都极大地限制了海外传播研究对于当代文学学科发展的贡献空间。

事实是，"中国当代文学海外传播"首先从概念内涵方面拓展了当代文学的学科边界。关于当代文学概念的生成、描述、分裂，洪子诚先生在《"当代文学"的概念》一文中通过分析"新文学""现代文学""当代文学"等几个相关概念，讨论了概念在特定时间和地域的生成和

---

① 曹顺庆，郑宇. 翻译文学与文学的"他国化". 外国文学研究，2011（6）.

演变，以及这种生成、演变所反映的文学规范性质。① 从海外学界的角度看，"当代文学"是中国特有的一个学术概念，特指1949年以后的中国文学，甚至主要指中国内地文学，欧美汉学界的"现代"往往包括了我们所谓的"当代"部分。但从"中国当代文学海外传播"来看，这里的"中国"文学除了内地的文学外，也包括港澳台和海外华文文学等研究对象，它是文化意义上的中国文学；"当代"文学主要指1949年以后的文学，但也包括那些由现代文学转折过渡而来的作家作品；"文学"是针对其他学科或者艺术门类的"输出"而言的，更强调文本研究；"海外传播"则包括传播、接受、影响等一系列相关环节，其考察方向一般是对外的，原始材料主要是外语的，其目标是发现差异，反观自身，形成对话。② 从中国当代文学海外传播概念的基本内涵可以看出来，至少在研究对象的语种范围、材料、考察标准、研究方法等方面，海外传播已经对传统的当代文学产生了实质性的学科边界拓展。

其次，海外传播的"跨界"特征，会从研究模式和思路等方面对当代文学学科的发展产生更为深刻的开拓和孵化效应。海外传播天然地具有跨语言、跨文化、跨国界的特点，自然也会跨学科或者跨行业等等，这也是中国当代文学海外传播研究的参与者，在其兴起之初就将翻译学、比较文学、海外汉学、当代文学甚至电影学、传播学等学科涵括其中的原因所在。如果我们从一部作品的中文写作追踪它的海外传播链条，就会涉及翻译界海外经纪人等代理界、出版界、图书销售界、电影界、媒体界、评论界、教育界等诸多行业的连接与转化。正是这种强烈的"跨界"特征模糊了其学科属性，而整体上并不成熟的研究理念、模式、能力、成果也难以让它在传统的当代文学批评和研究以及文学史中自证并成为重要的角色。

最后，现有的海外传播无疑对以汉语材料和受众为主的当代文学传统学界构成了一种全方位、强有力的对话与开拓关系。它对当代文学的"特定时间和地域"发起了边界拓展、范围扩大、语种多样、接受差异等更为复杂的挑战；它在材料筛选、立场方法、评判标准、学术结论等

---

① 洪子诚."当代文学"的概念. 文学评论，1998（6）.
② 刘江凯. 世界经典化视野下的中国当代文学海外传播研究反思. 文学评论，2019（4）.

方面也会带来一系列的新问题；它甚至还会打破传统的基础研究格局，在学术实践、文化服务、国际交流等方面探索出一条全新的发展思路来。加之"当代"特有的正在发生、同一时代的共生性，其未完成性增加了更多的不确定性。① 这些都导致该领域整体研究难度系数提高了很多，而新生一代学术力量的教育背景、语言能力、知识结构、格局视野等将能更好地满足这种与世界融合的研究升级需求。这个升级转换的过程很难，也会很漫长，但随着这一进程的发展，未来中国当代文学的批评与研究将会彻底扭转过去几十年中国学术话语在国际上"失语"或者"被代言"的尴尬局面，涌现出一大批同时掌握中文和外语、接受良好国内和国际学术训练的优秀学者。中国当代文学和世界文学的关系也不再是过去和今天所倡导的"走出去"和"走进去"的问题，而是如何"在世界中"更好地融合发展的问题，是今天在欧洲国家已经呈现的那种既有鲜明的文化属性，又"你中有我，我中有你"的文化关系。

中国当代文学海外传播 70 多年的历史里累积了成体系、多语种的译介成就，与之形成鲜明对比的是，中国当代文学海外传播的研究从宽松的标准看至少落后 30 年，从严格的标准看则落后 50 年以上。

1949 年以后的中国当代文学海外传播大体上形成了和国内当代文学发展史既呼应又"延异"的学术生态体系。该体系包括了小说、诗歌、戏剧、散文等作品的翻译出版，以及期刊报纸评论、高校课程与人才培养、学者与研究机构、文学史写作等国内当代文学学科的基本生态系统。在研究对象和方式方面，海外体系往往比国内更为开放和宽泛，相关学者的研究成果大多不会像国内学者那样集中在较密集的领域，而是横跨文学、电影、图像甚至翻译等领域。从作品的海外传播分期来看，大致可以分为 20 世纪 50—70 年代的"初始期"、20 世纪 80—90 年代的"过渡转换期"、21 世纪以来的"多元化发展期"三个阶段。需要特别注意的是，当代文学海外传播的差异性、复杂性决定了并非每一个国家的海外传播都符合以上分期，比如俄罗斯、韩国、越南就因国家关系的变化呈现出明显的不同。从研究变化来看，70 多年的中国当代文

---

① 刘江凯.当代文学的未完成性与不确定性：以莫言小说新作为例.文学评论，2020(5).

学海外传播在整体上形成了由社会主义、资本主义两大传播阵营,向欧美与中国文化圈国家两个传播中心的地理转换;译介样态也形成了从本土到海外、从政治到艺术、从单调滞后到多元同步的转换。当代文学的海外传播整体上褪去了很多政治色彩,悄然从边缘处生长出一种缓慢、温和但更容易让世界认同和接受的传播力量。

为什么说中国当代文学海外传播的研究,比中国当代文学海外传播实践至少滞后了30年甚至50年?首先,根据对该领域相关文章(近千篇)、课题(230多项)、编著(近百部)的统计及中国知网(CNKI)数据,2012年莫言获得诺贝尔文学奖促使该领域成为2013年"中国十大学术热点"之一,相关研究随之呈"井喷"态势。以文章为例,如果以20世纪50—80年代发表的文章数量为基数1,那么,90年代大约为2,21世纪前10年大约为3,2011年为4,2012年为11,2013年为14,2014年为5。课题(国家、教育部)各年的立项数量分别是:2008年8项,2009年7项,2010年7项,2011年15项,2012年27项,2013年31项,2014年19项。[①] 2015年至2019年涉及当代文学海外传播的各类课题年均约20项。近百部编著整体上编多著少,有针对性的专著少,交叉涉及的旁著多;汉学或中国文学类的著作多,当代文学的研究少,相关编著的开始时间基本为20世纪80年代以后。上述文章、课题和编著,属于严格意义上的"当代文学海外传播"的研究,大约占五分之一。最近几年出现了一些高质量的中国当代文学海外传播研究丛书、著作及文章,如北京师范大学刘洪涛教授主编的10卷本"中国当代文学海外传播研究丛书"(2020年出版),由10位作者分别撰写相关著作,是近年来当代文学海外传播研究方面的一项重大成果。

其次,梳理中国当代文学海外传播研究的国内发展史,也会看出国内研究明显地滞后于传播实践。其国内发展大体可分为"两段四期"。第一段为中国当代文学海外传播研究的历史阶段,包括20世纪50—70年代的意识形态化期、20世纪80—90年代的混杂过渡期。第二段为中国当代文学海外传播研究的现状阶段,包括2000—2012年多元化自然

---

① 刘江凯. 世界经典化视野下的中国当代文学海外传播研究反思. 文学评论,2019(4).

发展期，2012年莫言获得诺贝尔文学奖以来的自觉爆发期。

1949年之前中国文学海外传播、中外文化关系史方面的研究成果，虽然数量不多，但多为大家之作，可为我们提供许多参考比较的视角。比如钱锺书牛津大学学位论文《十七、十八世纪英国文学中的中国》、陈受颐1928年芝加哥大学博士学位论文《18世纪中国对英国文化的影响》、范存忠1931年哈佛大学博士学位论文《中国文化在启蒙时期的英国》、张星烺《中西交通史料汇编》（中华书局，1977年重印）、方豪《中西交通史》（1987年重印）、朱谦之《中国哲学对于欧洲的影响》（1983年重印）、法国维吉尔·毕诺巴黎大学的博士学位论文《中国对法国哲学思想形成的影响》、日本石田干之助《中西文化之交流》（长沙商务印书馆，1941）等先行之作。钱锺书的博士学位论文重点探讨了17—18世纪英国的各式文献中对于"中国"的特定解读与想象性塑造，描绘出当时英国文学中的"中国形象"演进历程，深刻地揭示出了这个时期英国"中国热"背后所隐含的意识形态意味，开创了中国学者在"异国形象"研究领域的先河。这些"前史"阶段的成果对于我们今天研究当代中国文学与文化海外传播，在资料来源、角度方法以及问题立场等方面有着极为特殊的价值和意义。

20世纪50—70年代，当代文学海外传播第一时期的材料多涉及文艺政治、中外文学交流、重要作家访问等，从传播方向上看，外国文学的输入远远多于中国文学的输出（参见卞之琳、叶水夫、袁可嘉、陈燊的《十年来的外国文学翻译和研究工作》，载《文学评论》1959年第5期）。毛泽东文艺思想可能是直到现在海外翻译传播最广、影响最大的当代文艺思想（参见刘振瀛等《毛泽东文艺思想在日本》，载《文学评论》1960年第3期）。其特点往往是作为文学外交活动的信息出现（参见高娜娜《阿尔巴尼亚评介我国的革命戏剧舞蹈》，载《文学评论》1965年第2期）。

资料显示，中国当代文学海外传播的研究从20世纪八九十年代以后才开始发展，陆续出现关于中国文学"输出"的相关编著，如李岫《茅盾研究在国外》（湖南人民出版社，1984），孙瑞珍、王中忱《丁玲研究在国外》（湖南人民出版社，1985）等。90年代花城出版社的"中国文学在国外"丛书成规模、有体系地推动了中国文学海外传播的研究工作，只是其中涉及当代文学的内容很少。从2000年开始出现偏重于当代文学的研究成果，如夏康达、王晓平《二十世纪国外中国文学研究》（2000），马士奎《中国当代文学翻译研究（1966—1976）》（2007），方长安《冷战·民族·文学：新中国"十七年"中外文学关系研究》（2009），姜智芹《中国新时期文学在国外的传播与研究》（2011）等。2012年莫言获得诺贝尔文学奖后进入井喷式爆发阶段而后渐渐沉淀，这一特点从莫言的案例上能得到鲜明的体现。根据对莫言作品翻译的整理①，1986年发表的《红高粱》在1990年即推出法语版，1993年同时推出英语、德语版。而国内关于莫言海外传播最早的研究文章出现在2005年，直至2012年只有姜智芹、邵璐及刘江凯等人的5篇。但在2012年至2014年短短两三年内，莫言海外传播研究文章就蹿升达60多篇，此后几年包括莫言在内的中国当代作家作品的海外传播研究始终是一个热点领域，同时也出现了话题性、复制性、平面化等一系列平庸的研究表现。

　　以上梳理，可以帮助我们从传播和研究两方面理解两个重要的问题。第一个是，为什么中国当代文学海外传播及其研究在短时间内难以获得重要的学科地位？主要就是因为它的研究积累和储备时间太短。和现有当代文学学科的传统研究领域相比，它有巨大的问题空间、广泛的对象范围、重要的研究价值，但缺乏体系性的研究人员、成熟的研究成果、配套的课程和人才培养机制、稳定的科研投入、全国性的协调机构等，基本是散兵游勇、各自为营的状态。第二个是，我们应该如何对待中国当代文学海外传播？或者扩大一点，如何处理所有涉外学科的海外传播？处理好一个学科多语种的海外传播与其传统中文语境的学科关系，在中国当下的学术发展环境和未来的趋势中，显然已经成了无法绕开的一个重大学科理论问题。这也是中国当代文学海外传播研究快速深入发展带给其他涉外学科的重要启示和先锋示范作用。比如中国哲学、历史学、艺术学、戏剧与影视学等，都有大量的海外传播成果，甚至形成了和国内相呼应的生态体系。

---

① 刘江凯．本土性、民族性的世界写作：莫言的海外传播与接受．当代作家评论，2011（4）．

如果说"海外汉学"或者"中国学"是用来指称海外学者的相关研究成果，那么中国学者当下主动向海外拓展的相关研究属于什么？比较文学、比较哲学、比较史学能否涵盖海外传播涉及的复杂问题，尤其是那些有着明确的学科立场和问题意识的研究？比如我们团队对于中国当代文学的研究，更多地将其视为一种方法和视角，更强调把材料视野由传统中文扩大到多语种，把观察和比较的范围由中文语境延展到更大的世界语境，我们更强调以作家作品对象来统一海外、国内以及个人的研究意见，将之纳入当代文学的体系里，更侧重从文学及其周边的角度展开研究，而不是采用比较文学里流传学的方法，更不是采用翻译学或者传播学的理论方法，虽然我们也会借鉴他们的研究结论。

海外传播研究作为中国当代文学学科的一个新鲜有效的研究领域也好，作为一种研究视角与方法也罢，抑或是作为一个跨学科、跨文化的研究对象，甚至作为未来可能新兴的一个交叉学科，尽管这些年学界对该领域的研究有了更多沉淀，但其短暂的研究积累、尴尬的学科归属问题、不同的学科立场与问题意识、并不丰富的研究经验和不成熟的成果以及当代文学的传统惯性力量等，都严重地制约着它的学术品质和发展空间。笔者和团队经过十多年的理论研究和摸索积累，基于中国当代文学海外传播的研究，提出以下观点思路。

其一，就中国当代文学海外传播与当代文学学科关系而言，我们认为"海外版"中国当代文学仍然属于中国当代文学，是当代文学学科边界的全面向外拓展，当代文学学科应该给予必要的关注。具体表现为研究对象的问题视野由国内扩大到国际，材料语言由中文扩展到多语种，受众的文化环境由民族性拓展为多样性，问题意识也由学科化迈向跨学科化。这些边界拓展不仅会为当代文学的研究方法、评判标准、文学批评、文学史写作带来一系列的新挑战，甚至还会促生并带动当代文学一系列的研究领域，成为当代文学作为新文科建设的创新式发展的突破口。简言之，中国当代文学海外传播不仅要成为中国当代文学学科的一个重要研究领域，而且是一个可以和传统研究全面对话的新领域。

其二，中国当代文学海外传播研究发展的现状和内涵，决定了它需要一个较长的发展完善期，目前我们还处于初期积累阶段。这个积累期的长短，由相关研究人员、成果、机构、机制等体系性的成熟程度决定，目前国内当代文学界尚未对之进行作为学科构成方面的认真讨论，这将会成为未来当代文学学科发展的一个巨大空间。积累期中国当代文学海外传播主要的任务就是在研究观念上改变"外挂"和"附属"思维，变"分散"为"融合"，将海外传播作为传统当代文学向外生长的新领域来整体考虑。比如完善中国当代文学海外传播研究方面基础性的补白工作，努力实现由"传播"向"接受"的研究转换；在积累海外材料的基础上提高研究水平，探索与国内批评、研究、文学史相结合的批评经验与研究模式，加强具有当代文学学科品质的研究，推出有代表性的高水准成果；通过理论阐释提升当代文学海外传播研究的学科价值，建立当代文学海外传播研究方面的专业机构，开发当代文学海外传播方面的课程体系、人才培养、学术实践、国际交流项目，展示其巨大的服务社会的学科能力等。

其三，就跨学科、跨文化研究而言，根据中国当代文学海外传播的研究积累，我们认为"对象统一、各归其所、跨界融合、和而不同"不仅是当代文学海外传播研究的准则，也适用于其他涉外学科的研究。所谓"对象统一"是指以研究对象来统一不同国家、文化、语言及学科等因素的切割，关注同一个对象诞生后的全链条信息，努力避免环节局限性带来的各种盲视。"各归其所"是指每个学科的海外传播应该属于该学科的研究范围，在对特定研究对象完成基本海外文献梳理的同时，更强调将之纳入学科体系，充分利用本学科的专业知识"嵌入"自己的研究心得。"跨界融合"是指针对同一个研究对象，当代文学同时兼顾相关交叉学科，比如翻译学、传播学等学科的方法与成果。"和而不同"是指各相关学科之间形成一种各具特色同时又能展开"对话"式研究的状态。该原则可以在拓展学科边界的同时保证研究的基本学科立场和问题意识，提高研究的整体水平。

未来的当代文学学科发展不应该仅仅局限于汉语材料和国内视野，而应有一个更加国际化、立体化的发展方向：应对"域外"中国文学在研究范围、材料、对象、问题意识及文学史等方面给传统中文学科带来的机遇与挑战；探索中文、外语、传播学、大数据等跨学科、跨语言、跨行业、跨文化的课程与人才培养模式；规划高校开发海外传播的特色课程和教育体系；支持涉外学术实践和国际交流的项目创新；研讨"涉外交叉学科"与新兴学科建设的可能性，提升人文类基础研究服务国家文化发展的综合效能。

二、国际文化交流传播的基础研究与实践创新

"国际文化交流传播"是我们提出的一个具有"新文科"发展可能的交叉学科概念。其特定的学科内涵可以高度概括为中国学者对海外的中国问题的相关研究，或者中国问题延伸到海外的相关研究。这个内涵对研究对象和主体都有明确的限定，其设定的问题领域也与我国当下面临的提高国际传播能力，讲好中国故事，提升中华文化影响力，形成同我国综合国力和国际地位相匹配的国际话语权具有高度的一致性。

国际文化交流传播领域和海外汉学（中国学）、跨文化研究及传播学，甚至比较文学、翻译学等研究有交叉重合的部分，但各自的重心差别也非常大。海外汉学（中国学）的研究主体是外国学者，成果是外国学者对中国问题的研究；跨文化研究更多的是对不同文化背景下的个体或群体对象的文化比较，对研究主体没有特别的限定；其他学科和专业方向也都有各自特定的边界和方法。虽然国内已经有国际传播学类教材[1]，但从几位专家对国际传播学的定义及研究方法来看，很难具体处理文学等学科的海外传播问题。

国际文化交流传播是一个可以涵盖所有中华文化国际影响力的研究领域，涉及基础研究、学术实践、学科教学、服务社会等不同面向的协同发展。多学科、多行业、多部门、多语种共同参与决定了它显著的交叉跨界性。作品翻译、人员往来、项目合作、平台运行等各类国际文化交流传播活动决定了它具有非常强的实践性。以上两点自然也决定了它必须具备很好的协同融合性，才能产生良好的国际文化交流效果。由于它具有鲜明的交叉跨界性、实践性、协同融合性、学习服务性特征，整体上很难用传统的学科分类将之全部收纳，而应该以交叉学科融合的方式探索全新的新文科建设方案。

---

[1] 郭可．国际传播学导论．上海：复旦大学出版社，2004；关世杰．国际传播学．北京：北京大学出版社，2004；程曼丽．国际传播学教程．北京：北京大学出版社，2006．

从中国当代文学海外传播及其研究的滞后表现来看，我们认为国内关于国际文化交流传播的基础研究也因为类似原因处于开垦状态，这些从相关研究机构的成立时间、相关项目的推广成效、相关成果的探索积累上都能得到直接的印证。

首先，国内关于国际文化交流传播的研究机构，存在非常明显的起步晚、混合型的特点，这和国际文化交流传播研究学科边界不清、交叉杂糅发展、缺乏理论研讨、整体发展落后有直接关系。大概从20世纪八九十年代起，国内海外汉学、文学翻译、中国文学国际传播的研究机构呈增长趋势，并逐渐更加精细专业化发展。如1984年成立中国国际文化交流中心；1996年华东师范大学成立海外中国学研究中心；同年北京外国语大学成立中国海外汉学研究中心（现更名为国际中国文化研究院）；2004年中国社会科学院成立国外中国学研究中心；2005年苏州大学海外汉学（中国文学）研究中心正式成立；2006年中国人民大学成立汉语国际推广研究所；2008年国家图书馆成立海外中国学文献研究中心；2009年北京大学成立国际汉学家研修基地；2010年北京师范大学成立中国文化国际传播研究院；2013年复旦大学成立文学翻译研究中心，此类文学翻译研究中心在各外国语院校多有成立；2015年北京语言大学与文化部共建中国文化对外翻译与传播研究中心；2021年北京外国语大学成立中华文化国际传播研究院等。就中国文学国际传播研究机构而言，北京师范大学2009年成立中国文学海外传播研究中心，2012年成立国际写作中心；浙江师范大学2012年成立中国现当代文学海外传播研究中心；对外经济贸易大学2018年成立中国文学国际传播研究中心等。从这些研究机构的名称可以看出"海外（国际）传播"更多地取代了海外汉学（中国学），其名称指向基本都强调了由中国出发的中国问题的国际传播研究，并开始出现更为精细的二级学科分类方向。

其次，从对外传播的国家力量角度来看，21世纪以后出现了更多大型国际传播工程。2000年之前虽然也有诸如《中国文学》、"熊猫丛书"以及外文出版社等对外传播方面的出版物和出版社，但2000年之后实施的一系列工程明显有规模大、投入高、形式多、他国化的特点，其中蕴含着强烈的国家文化政策方面的意志和力量。出现了许多由国家相关部门组织实施的重大海外译介工程等,包括和外国出版社签订出版资助协议等,以更加灵活、有效、符合海外接受习惯的方式推动中国文化"走出去"。如2004年是中法文化年,由国务院新闻办公室提供资助、法国出版机构翻译出版的70种法文版中国图书,在沙龙上展出并销售,受到法国公众的热烈欢迎。在短短6天内,被译为法文的中国图书约有三分之一售出。基于此,2004年下半年国务院新闻办公室与新闻出版总署启动了"中国图书对外推广计划"。2005年即与英国、法国、日本、美国、澳大利亚、新加坡等国的10余家出版机构签署了资助300多万元人民币、出版170多种图书的协议。截至2011年3月,已同美国、英国、法国、德国、荷兰、俄罗斯等54个国家322家出版社签订了资助出版协议,涉及1 558种图书,33个文版,资助金额超过8 100万元。"中国文化著作翻译出版工程"2010年共资助14个系列,202种图书,合计资助金额2 600多万元。2010年,国家社科基金开始推出"中华学术外译项目"。2014年,由原国家新闻出版广电总局实施的、面向"一带一路"沿线国家的重大翻译项目"丝路书香工程"获得中宣部批准立项。

再次,关于中国文化国际传播的研究也是在2000年以后,尤其是2008年北京奥运会、2010年上海世博会和2012年莫言获得诺贝尔文学奖,对其有明显的刺激和提升效果,越来越多的学科、机构、人员投入这一领域的基础研究中来。以国家社科基金立项课题为例,根据2021年8月对其进行的统计,能查到的涉外传播的课题最早立项年份为1994年。1994年至2007年每年关于"传播"的立项数量为2~17项,其中明确属于涉外传播类的课题在2000年前只有3项:1994年国家一般项目"跨国传播对国际关系的影响"(主持人龚文库)和1996年重点项目"国际文化传播与国际关系"(主持人关世杰),都属于国际问题研究类;哲学类有1998年"儒释道三教合一的思想在我国周边国家的传播和影响"(主持人李甦平)。2000年至2007年共有新闻传播学、国际问题、哲学、外国文学、党史和考古学、体育学10项涉外传播类课题。2008年共有23项传播类课题,其中涉外的有5项。从该年起,涉外传播类研究开始以比较快的速度发展。如2009年36项传播类课题里有5项属于涉外传播;2010年43项传播类课题里有7项属于涉外传播,约占16%；2011年69项传播类课题里有17项属于涉外传播，约占25%；2012年77项传播类课题里有21项属于涉外传播，约占27%；2013年110项传播类课题里有29项属于涉外传播，约占26%。在2014年以后，涉外传播类国家社科基金项目基本保持着每年25项以上的规模，占当年传播类课题的25%～30%，有些年份不论是总量还是占比都比较高，比如2020年163项传播类课题里涉外传播的课题高达49项。从1994年至2020年，涉及国际传播的研究课题共计267项，并有一明显的快速增长过程。其中1994—2008年总计只有13项，2009—2012年共有34项，而2013—2020年共有大约220项。不难看出，国内海外传播研究的发展主要是在2008年北京奥运会后进入了快车道。

以上资料显示，国内的海外传播研究是20世纪90年代以后才慢慢发展起来的，经过2000年第一个十年的过渡期后进入相对快速和稳定的发展阶段。整体而言，该领域的研究不过二三十年的时间，并不算一个相对成熟的研究领域。而国际传播基础研究的薄弱积累和提升中华文化国际影响力的需求之间存在着巨大的差距，必须从现在起在科研和教育两个体系进行国家层面的顶层设计，才能承担起新时代发展的历史使命。尤其是高校系统，以教育的方式奠定未来中华文化国际影响力的格局，已经成为我们这一代人必须承担的责任。

国际传播另一个明显特征是它的实践性。海外和国内构成了互为因果的两个轮子，大量的交流实践成为它们运行的原动力。面对新形势下提升中华文化国际影响力的需求，解决好当代中华文化在国际上的传播力、影响力和话语权的不平衡问题，除了现有国家层面的顶层设计与政策支持外，如何最大限度地发挥广大人民的聪明才智，调动一线科研人员与团队的力量，挖掘文化方面的"小岗村"经验，也许是当下中华文化国际传播方面更需要考虑的事情。

在国际文化交流传播的基础研究和专业学科的实践创新方面，我们大有可为。笔者从2009年开始中国当代文学的海外传播基础研究，2015年起从事戏剧与影视学博士后研究工作，开始参与"看中国·外国青年影像计划"实践项目。2015年至2022年带队前往广西、浙江、辽宁、四川、陕西、广东、甘肃、山东，在结合中国当代文学海外传播基础研究和这些实践项目的基础上，主笔设计并成功申报2016年国家社科基金重大项目"当代中国文化国际影响力的生成研究"。① 2017 年利用项目实践积累，成功申报了北京市高等教育教学成果并获二等奖，而后撰写文章总结提升它的理论价值。② 当实践走在理论之前时，它就有了反哺理论的可能性。这也是笔者对该项目产生强烈研究兴趣的原因所在，它促使笔者加强了基础研究与学术实践的融合思维能力，从相对单一的学科研究视野拓展到更为开阔、复杂、立体、多元的国际文化交流传播体系的思考。

"看中国·外国青年影像计划"项目由北京师范大学从 2011 年起启动，截至 2021 年以影视教学方式累计邀请了全球 91 国 804 名外国青年，落地中国 26 个省区市的 30 多所国内高校，在 1 400 名左右中国大学生志愿者的支持和中外老师近 400 人次指导下，累计完成 779 部包括 20 余语种的短片，共获 100 多个国际国内奖项。项目取得的成就是显著的。

首先体现在专业学科的国内国际影响力方面。在国际上项目以"广泛邀请＋重点突破＋深度培育"模式整合国际教学资源，每年将 100 个名额尽量广泛地分布于五大洲的综合与专业院校的影视学科。在国内则调动全国各地各高校资源深度参与，每年从合作院校中选择 8～10 个承办单位。项目以"尊重他者视角"的理念激发外国学生对中国故事的创新性表达，以"多国多校联动"的模式吸纳全球学界对中国故事的表达经验，以专业拍摄促进多学科合作，以人际交流促进跨文化体验，以项目执行盘活教学资源，带动国际国内合作院校影视教学与专业实践发展。

其次表现在社会影响和服务国家方面。作为一项突破传统影视教育的学科、学校、国家边界的大型跨国协同创新专业教育实践，项目取得了广泛而积极的社会影响，吸引了 200 多家中外主流媒体的关注。2019—2020 年，作品在覆盖全球 3 500 万观众的北美城市卫视播出 3 690 次，网络点击量突破 1 000 万，共收到 300 多条、逾 42 000 字良

---

① 北京师范大学中国文化国际传播研究院院长黄会林教授为首席专家，笔者刘江凯为文学子课题负责人。
② 刘江凯．纪录片影视教育的跨国协同实践创新："看中国·外国青年影像计划"的启示．当代电影，2018（10）．

好留言反馈。新华社以及《人民日报》《光明日报》《英国时报》《南美时报》曾多次给予重点专题和整版报道。项目以专业形式把学术写在祖国的大地上，其良好的国际交流效应甚至得到党和国家领导人的高度肯定，项目得以多次服务国家高端峰会并取得重大反响。2015年11月7日，国家主席习近平在新加坡国立大学题为《深化合作伙伴关系 共建亚洲美好家园》的演讲中，专门对新加坡学生参与"看中国·外国青年影像计划"取得的成果及"看中国·外国青年影像计划"项目对促进中外青年交流的作用给予充分肯定。2021年5月17日，"看中国·外国青年影像计划"十周年图片展在国务院新闻办公室新闻发布厅连续展出一个半月，受到各国媒体记者的广泛关注。

当我们从项目的一线管理参与者转化为客观的研究者之后，"看中国·外国青年影像计划"有许多尚待凝炼的理论品质，也有急待补齐的短板和需要弥补的缺陷。主要表现为：

其一，项目整体理论研究不足，缺乏更有针对性的提升与指导，开始出现局部优化、整体重复的局面。当实践走在理论的前面时，理论的滞后和思维的僵化将成为实践提升的最大障碍。这里有身在庐山的思维盲点，更主要的是以国内思维经验解决国际交流问题，进入深水区后就开始暴露出许多真正的问题。比如不能按照国际惯例严谨地制定基础合同文件，看多数和整体而忽略少数却极为重要的外方反馈意见，等等。这些决定了一些重要的问题和值得尝试的路径被忽略，导致很难进行根本性的项目改造和模式创新，严重限制了项目功能的提升。

其二，项目的外方参与真实动力模糊，全额资助与品牌自身吸引力的占比不明。项目全额资助从未来过中国的外国影视专业的学生用17天时间完成一部中国文化纪录短片，并有完整的对接体系来支撑。外方参与者的动力如果更多的是全额资助机会，将会从根本上影响整个项目的品质提升。这一点从疫情期间外国导师失去来中国指导的机会后，只有少数人愿意远程指导可以得到侧面印证。在国际影响力方面，花钱买来的永远不如愿意花钱来更真实有效。

其三，项目在数量与质量、中方与外方、已积累和待开发方面缺乏辩证性的设计，这其实是由以上两点所致。每年100位从未来华的外国学生用17天时间完成一部纪录片，虽然设定的是文化体验，但也决定了影片质量的天花板。即使开发了"回访组""专业组"等提高质量，也不如彻底改换思路，对项目进行合理设计，由全额资助变为部分资助，只吸引那些有实力也有诚意的外方参与者，并检验项目真实的吸引力。在国际交流方面，保持现有"外国青年看中国"的同时，积极拓展"中国青年看世界"，争取海外合作院校的回访名额或者直接资助中方学生回访，更好地放大项目的国际交流价值。在已积累和待开发方面，在现有各种表格、邮件信息基础上进行全面整合，采用高标准、国际化的数据库平台来实现数据的填写、检索、提取，以及信息发布、交流反馈等。

一个大型的原创性国际交流实践项目涉及的问题很多，从零起点到体系性的成熟必然有一个不断摸索和积累的过程。理论指导并提升实践，实践倒逼并反哺理论，实事求是的良性互动才是所有事业科学发展的根本保障。中国当代文化的国际影响力需要更多类似的文化"种子"项目，国家相关部门可以针对各类专业学科，广泛征集和资助创新性"种子"工程。文化的发展有不同的层次，但通过专业学科的"种子"项目来持续推动中华文化的国际影响力，也是未来中华文化提升国际传播力和影响力非常重要的一条路径，而且可能是效果最深入、最可持续的一条路径。

以中国当代文学海外传播为例，在多年各类课题的合作研究基础上，我们形成了一支基于共同兴趣自发团结在一起的国际化、专业化研究团队，成员涉及英语、德语、法语、西班牙语、意大利语、俄语、韩语、日语、越南语等主要国际传播语种，骨干成员来自北京大学、北京师范大学、中国人民大学、南开大学，德国慕尼黑大学，英国剑桥大学、爱丁堡大学，荷兰莱顿大学，以及韩国和越南的著名大学。目前，我们在原"中国现当代文学海外传播研究中心"的基础上开启了一项新的学术合作项目"中国当代文学与艺术国际传播资源中心"网站建设。其宗旨是"以专业沟通世界"，其目标是通过国内、国外专业人才的合作，共同打造当代中国文学与艺术的国际传播信息交互平台，实现诸如文学、电影等不同艺术学科多语种、跨国界的专业信息交流与分享，最终建设并形成当代中国文学与艺术学科最为权威的国际传播动态数据库，并能展开相关艺术门类资源信息的检索、比较、匹配以及线上和线下交流。我们将从积累最为扎实的中国当代文学海外传播做起，之后推进其他中国当代艺术的国际传播资源工作。我们的计划是通过专业有效的国际化运作，完成当代文学的国际传播专业数据库建设。在未来争取到建设经费的基础上完善其他当代艺术资源并开始发挥平台的线上、线下交流与互动作用，探索数字化学术经济体运营经验，通过该项目打造中国当代文艺国际交流与传播的信息共同体，增进不同国家间文艺的国际理解，提升中国当代文艺的国际竞争力与影响力，构建具有全球视野的文艺服务体系和卓越的全球合作信息平台。

三、高校国际传播教研体系的构建与新文科的文化服务能力

加强中国文化软实力和国际影响力建设，从21世纪以来进入了快速发展阶段。特别是十八大以来中国特色社会主义进入新时代，习近平同志多次在重要讲话和会议中强调文化建设的重要性[1]，就提高国家文化软实力、展示中华文化独特魅力[2]，以及扩大对外文化交流、推动中华文化走向世界、服务国家工作大局、增进中国人民与世界各国人民的友谊等做出重要讲话[3]。2016年中央全面深化改革领导小组第二十九次会议审议通过了《关于进一步加强和改进中华文化走出去工作的指导意见》。会议强调：

> 加强和改进中华文化走出去工作，要坚定中国特色社会主义道路自信、理论自信、制度自信、文化自信，加强顶层设计和统筹协调，创新内容形式和体制机制，拓展渠道平台，创新方法手段，增强中华文化亲和力、感染力、吸引力、竞争力，向世界阐释推介更多具有中国特色、体现中国精神、蕴藏中国智慧的优秀文化，提高国家文化软实力。[4]

---

[1] 习近平. 坚定文化自信，建设社会主义文化强国. 求是，2019（12）.
[2] 参见2013年12月30日习近平在中共中央政治局第十二次集体学习时发表的重要讲话。
[3] 参见2014年10月29日习近平在中国国际文化交流中心成立30周年之际做出的重要批示。
[4] 习近平主持召开中央全面深化改革领导小组第二十九次会议. （2016-11-01）[2021-08-19]. http://www.gov.cn/xinwen/2016-11/01/content_5127202.htm.

2017年党的十九大报告中再次指出："加强中外人文交流，以我为主、兼收并蓄。推进国际传播能力建设，讲好中国故事，展现真实、立体、全面的中国，提高国家文化软实力。"① 习近平同志就中国文化建设、提高文化软实力、文化走出去、讲好中国故事、增强国际话语权、文明交流互鉴多次做出重要批示和部署，尤其是 2021 年 5 月 31 日中共中央政治局第三十次集体学习，主要围绕"加强和改进国际传播工作"展开，体现了党中央对这一问题的重视程度和解决的力度，预示着从上到下国际传播工作的全面深入开展。中央号召各级党委、领导，通过各种方式主动加强国际传播的研究与人才培养工作。

高校无疑在科研和教学两方面都要承担起最主要的人才培养责任。窃以为，这是中国高校发展新文科和创新教育的一个历史任务和机遇。高校应该在这方面探索、积累出一套成熟的国际文化交流传播教学与科研体系，促进高校建设新文科创新发展模式的同时，促生国际文化交流传播课程体系和特色教材，培养跨学科师资和复合型人才，探索研究应用型的国际传播教育模式，最终形成可以和提升中华文化国际影响力相匹配的国际文化交流传播教研体系。

前文我们已经对国内国际传播研究进行了整体性的梳理，也提出了"国际文化交流传播"的新文科发展设想。相对于国际文化交流传播短短二三十年的研究积累，我们目前最大的问题恐怕是：关于国际文化交流传播的教学体系从国家到高校基本上是空白的。笔者所说的这种空白，并非指"各归其所"层面，例如比较文学、翻译文学、跨文化传播以及传播学领域的国际传播学等没有教学体系，而是特指"跨界融合、和而不同"层面——以交叉学科融合的方式探索全新的国际文化交流传播新文科建设方案。它不是现有涉外研究多点零散的堆积，而是需要国家相关部门层面的政策和资金支持，需要高校层面积极稳健的体系探索。

以北京师范大学为例，它在国际文化交流传播方面已经有了许多重要的探索和积累。2008 年，北京师范大学文学院院长张健教授就敏锐

---

① 习近平：决胜全面建成小康社会 夺取新时代中国特色社会主义伟大胜利：在中国共产党第十九次全国代表大会上的报告．（2017 - 10 - 27）[2021 - 08 - 19]．http://www.gov.cn/zhuanti/2017 - 10/27/content_5234876.htm．

地开始了中国文学海外传播的布局工作。主要方式包括支持举办中国文学海外传播大型国际会议，与国家汉办联合启动中国文学海外传播工程，与海外期刊联合创办英文期刊《当代中国文学》，发起中国文学作品翻译工程。2009 年成立中国文学海外传播研究中心，派遣博士和硕士研究生赴海外高水平大学进行联合培养或者攻读博士或硕士学位，组织申报了一系列国家级课题，出版了一系列海外传播研究丛书。2012 年成立国际写作中心并开办翻译工作坊、实施海外写作培训项目等，2015 年起开设中国文学海外传播研究生课程。在基础研究、课程教学、人才培养、行业出版、国际合作等不同层面都有探索。2015 年笔者刘江凯回到北京师范大学艺术与传媒学院从事戏剧与影视博士后工作，除参与"看中国·外国青年影像计划"项目外，还负责与文学院的交叉平台项目，学校的目的是推进校内各优势学科之间的交叉融合，培育新的"种子"工程。我们发起了旨在促进校内文、史、哲、艺不同学科交流的系列学术讲座，笔者刘江凯也参与讲授文学院的中国文学海外传播课程。2021 年，针对新文科建设课题，我们根据已有积累设计了"当代中国文学涉外传播人才培养与创新平台体系"，拟对文科复合型人才培养创新与实践、高素质涉外人才培养创新与实践展开探索。

从高校国际传播教研体系的构建角度来讲，北京师范大学在现有基础之上，完全有条件探索新文科意义上的国际文化交流传播教研体系建设方案①；在学校层面对国际传播教研体系进行整体规划，在政策和资金方面给予扶植，通过科研项目和教学课程制度鼓励和筛选校内有积累的人员开展相关研究和教学；打破现有学科界限，在人才培养方面试点设置国际文化交流传播硕士、博士研究生，探索并积累复合应用型人才培养方案；适当引入行业导师与实践课程，并和国内外的相关行业组织、高校机构开办联合课堂与实训考察，为学生的培养创造尽可能多的理论与实践机会。

国际文化交流传播教研体系的建设，也与教育部新文科建设和国家交叉学科建设相关政策精神相吻合，包括北京师范大学在内的有条件的

---

① 2022 年 8 月，笔者所在团队联合文学院比较文学与世界文学研究所共同向学校提交了《关于在北京师范大学率先构建高校"国际文化交流传播"教研体系的建议方案》。

高校，都应该进行各具特色的国际传播教研体系的融合性构建尝试。教育部在现有新文科建设框架下，可开展国际传播教研试点基地、试点高校建设，在挖掘和扶持重点项目和人才认证等方面展开调研。新文科建设2018年以来已进入快速布局和实施阶段①，成为一个重要的教育发展战略任务，急需来自一线教学和研究的相关学科典型案例和实践理论。新文科建设的内涵明确了绝不走简单的学科叠加、交叉的老路子，更强调模式和路径的创新。正如当前中国社会出现的各类新业态引发了整个产业结构和政策的巨大变化一样，实践的发展创新不仅会倒逼政策，也会反哺理论。如果说中国当代文学海外传播对传统的中文学科、跨学科研究都产生了强有力的对话和撬动效应，那么它对于整个传统文科以及跨学科交叉研究的开创性示范效应，应该说才刚刚开始；它对当下刚刚展开的新文科建设和跨学科交叉发展也将产生典型的"融合点"示范效应。新文科建设目前最需要的是原创性的案例和学科发展思路，是对原有跨学科交叉超越性的方案。而国际文化交流传播无疑在原属学科的开拓、跨学科融合与创新、基础研究的学术实践转化等方面都有很强的"杂交种子"效应，比如针对国际传播的实际需求，成立相关机构联盟，创办相关研究项目，开发相关课程体系，推出相关实践项目，形成相关协同合作机制等。② 在构建高校国际传播教研体系的过程中，我们也需要警惕以往容易出现的自上而下的僵化摊派问题，以及设定的目标在实施过程中以简单限额的方式变成了权力资源的再分配，简单交叉而无融合创新，或者合并划分经费后各自为营，动静很大、实效很差，有名无实，要努力通过完善制度来避免光明的事业总是败给人性的暗影。

中央的国际传播工作是全面、立体的顶层设计，这意味着各省区市

---

① 2018年5月教育部产学合作协同育人项目对接会，明确了要全面推进"新工科、新医科、新农科、新文科"等建设。2019年4月教育部等13个部门在天津联合启动"六卓越一拔尖"计划2.0，全面推进新工科、新医科、新农科、新文科建设，并将2019年定为新文科建设启动年。2020年11月由教育部新文科建设工作组主办的新文科建设工作会议在山东大学威海分校召开，并发布《新文科建设宣言》。2021年3月教育部办公厅发布《关于推荐新文科研究与改革实践项目的通知》，分六大领域22个方向展开探索。

② 在这方面，2019年北京外国语大学倡议发起的"多语种国际传播教育联盟"、2020年中国人民大学成立的"国际文化交流学术联盟"都是积极探索的形式。

政府也可因地制宜与高校联合开办富有地方特色的国际传播工程，各相关行业根据业务需求，与高校合作开展相关委托项目、联合工程与专项人才培养工作等。从全局来看，这种跨体系、跨行业、跨地域的协同创新格局显然没有形成，我们急需这方面的典型案例、模式总结、理论总结并将之上升到政策改革的层面，但比这更重要的是，要切实地打通让这些案例、模式、理论有机会浮出地表的绿色通道。

"求木之长者，必固其根本"（魏徵《谏太宗十思疏》），"不积跬步，无以至千里"（荀子《劝学篇》），加强当代中国文化国际传播工作，提升中华文化国际影响力绝非一蹴而就的工程，文化有自己的历史传承、现实基础和发展规律，其影响力最终取决于人心与意志的自由选择，只能依靠文化本身的魅力来实现。东京奥运会期间，在评论中国运动员的表现时，媒体反复提到"平视世界"的一代中国人，这"平视"的底气并非这一代人生下来就有的，而是源于几代人"为有牺牲多壮志，敢教日月换新天"（毛泽东《七律·到韶山》）的奋斗积累。当下中国人在精神和心理结构上已不完全是"欠缺一代"，对物质、权力等不会因为强烈的欠缺而表现出病态的反扑性迷恋。纵观这180多年中华民族和世界关系的历史，我们从"中国追世界"过渡到"中国与世界"，平视世界之后我们更要融入世界，未来我们还将完成一个从"与"到"在"的思维转变，虽然只是一字之差，却代表着我们进入世界时不同的思维和处世方式。

关于国际上的中国问题，或者中国问题的国际研究，确实也有所谓"谭中之问"的现象。美籍华人学者谭中指出，海外研究中国问题不看中国书，这种学术界的尴尬境况很真实地折射出我们在国际话语权方面的严重滞后和不平衡问题，也反映了加快构建国际传播教研体系的必要性和重要性。导致这一现象的原因很复杂，但从总体上来说，和中国学者的教育背景、语言能力、学术体制不能很好地融入世界有关。加强中国国际传播工作，提升中华文化国际影响力，在新形势下提升我国的国际形象和话语权，已经成为中国人的历史使命。我们相信，通过持续开展的一系列科学、扎实的教研体系建设，中国必将系统性地改变在国际上"挨骂"、缺少话语权的被动局面，以文化沟通世界，全面实现中华民族的伟大复兴。

第一章 当代文学世界经典化的路径

第一节 历史化与当代文学经典的形成

历史化是当代文学形成经典的一个重要路径，也是当代文学学科自我发展和成熟的必然要求。当代文学的历史化不仅是近年来国内学界讨论的热点话题，也在国际上有相关的表现，比如众多海外学者通过参与当代文学批评、撰写海外中国文学史的形式不断地参与进来。目前我们对当代文学在海外视野中的历史化表现还缺乏足够的讨论，这一问题将会随着当代文学研究国际化程度的提高，慢慢浮出地表。历史化是个复杂的学术问题，它和当代文学发生联系后，则会呈现出更为复杂的状况。我们有必要就历史化与当代文学的关系做出认真的梳理与思辨，了解历史化在当代文学中的讨论背景、基本内涵与发展过程，进而反思它对于当代文学不断经典化的意义。

一、当代文学及其历史化的发生

中国当代文学的"历史化"已然成为 21 世纪以来的一个重要话题，其理论与实践出现了不少优秀成果[①]，综合当代文学历史化的成果，也

[①] 这方面如：陈晓明.个人记忆与历史的客观化.当代作家评论，2002（3）；程光炜.历史重释与"当代"文学.文艺争鸣，2007（7）；程光炜.当代文学学科的认同与分歧反思.文艺研究，2007（5）；程光炜.当代文学学科的"历史化".文艺研究，2008（4）；等等。另李杨、蔡翔、查建英等都有相关论述。

可大致梳理出其在国内的发展脉络。首先，"历史化"的主要理论来源是杰姆逊《政治无意识》里的"永远历史化"、福柯的"知识考古学/谱系学"和布尔迪厄的"反思社会学"等。20世纪90年代开始的"文学史转向""文化批评"现象，尤其是新历史主义等理论的启发，是中国当代文学走向"历史化"的直接背景。其次，20世纪80年代展开的"重写文学史"等活动、思潮、现象则构成了更为复杂的实践背景。洪子诚1999年的《中国当代文学史》、2002年的《问题与方法》可视为标志性的实践成果。可见中国当代文学的"历史化"在概念还没有明确之前，已经有了理论来源、文化背景以及实践成果。因此，张清华指出："'历史化'是近年浮出水面的一个新话题，也是近年来文学研究与批评的最明显的'增长点'。不过在笔者看来，当代文学的历史化并非'现实'，而是一个长久以来一直持续不断地发生着的运动。"那么作为一个概念，"历史化"最早是由谁在何种意义上使用的？"明确提出'历史化'概念的大概是李杨，在其2002年出版的《50—70年代中国文学经典再解读》一书'后记'中。"[①] 李杨的这段话是：

> 詹姆逊声言他对那些"永恒的""无时间性"的事物毫无兴趣，他对这些事物的看法完全从历史出发。按我的理解，这里的"历史化"是指任何理论都应当在特定的历史语境中加以理解才是有效的，与此同时，"历史化"还不仅仅意味着将对象"历史化"，更重要的还应当同时将自我"历史化"。

张清华认为这是近年来当代文学"历史化思潮"的一个节点性论述。这一看法不但是对20世纪80年代以来当代文学界所建构的"纯文学神话"的批评，对"启蒙主义文学史观"或"自由主义文学史观"的反思，也是对新一轮左翼文学之历史研究的一个理论推动，是对90年代后期以来"红色经典再解读"研究的一个理论提升。尤其是李杨所提倡的将自我"历史化"的说法，对于调整当代文学研究主体的观念与尺度也具有比较深远的意义。虽然我们可以找到比李杨更早的当代文学

---

① 张清华. 在历史化与当代性之间. 文艺研究，2009 (12). 前后两处引用出处相同。

"历史化"文章①，但李杨的著述所显示出来的理论自觉性确实有分水岭的意义。

程光炜、李杨、蔡翔等学者可以看作中国当代文学"历史化"实践的又一批推动者。程光炜 2005 年在中国人民大学开设"重返八十年代"讨论课，并于 2006 年和李杨共同在《当代作家评论》主持开设《重返八十年代》栏目等学术活动，最终使中国当代文学的"历史化"获得关注。以上算是对中国当代文学"历史化"这个概念的理论来源、文化背景、标志成果、概念提出、发展壮大等方面进行的简要知识谱系梳理。

为什么"历史化"在近年来会迅速发展成中国当代文学的一个重要关键词？历史化究竟是什么？"××化"渐渐成为现代汉语的一个大家族，如现代化、全球化、市场化、多元化、数字化以及我们要讨论的历史化。从语法构成来讲，往往是"化"加在名词或形容词后边构成具有动词意味的新名词（或动词），其基本的含义包含了使指称对象成为××的过程。而"过程"必然会和"时间"联系在一起，这应该是我们理解所有"××化"词语的起点。因此"历史化"最基本的含义应该是"使指称对象成为自己（历史）的过程"。"历史化"的英文（historicize）有两项基本意思：其一，按照历史发展的结果来阐释事物；其二，赋予……以历史意义，使成为历史事实。可以看出，英文的历史化对中文历史化的"过程"有了更为具体的解释：强调了在"时间的过程"中要赋予指称对象"历史意义"，实现使之"成为历史事实"的目标，并且作为历史发展结果的"阐释"显然还要经得起历史的检验。但不论是中文还是英文，都没有说明历史化的方法、标准、步骤等。这也是理所当然的：历史只负责验收结果，抵达结果前的标准和方法应该是人类的任务。所以，如何"历史化"其实成了问题的关键。

杰姆逊在《政治无意识》序言里的第一句话就是"Always historicize"（永远历史化）。② 接着他强调这是个绝对的口号，甚至可以说这

---

① 张荣翼．不断历史化：文学批评的历史因素．学术交流，1999（1）；朱安玉．论当代文学批评的历史化潮流．当代文坛，1993（2）．两文的"历史化"内涵其实也与当时的"文化研究"理论及后来出现的"历史化"思潮相吻合。只是它们更多的是直接把西方"历史化"理论挪用到中国当代文学批评中，较后来出现的中国当代文学"历史化"实践运动，显得单薄了许多。而更早（80 年代）出现的其他戏剧"历史化"等文章则并不属于这一范畴。

② Jameson F. The Political Unconscious. Ithaca：Cornell University Press，1981.

是一切辩证思维的"超历史"规则——也毫无疑问地成为"政治无意识"的核心准则。实现"历史化"主要有"客体"和"主体"两条路径。作为中国当代文学"历史化"思潮重要的理论来源之一，杰姆逊的这句话其实充满了悖论式的辩证思维。"历史"往往意味着经过时间沉淀的稳定结果，而"化"却像一根不断搅动的棍子——在这个过程中，它可以促使出现稳定的结果，也可以使稳定的结果再次翻腾起来。结合前面的语法分析，如果指称对象是"现代""多元""数字"，那么加上"化"使这些指称对象成为自己的过程，并没有内在的冲突。但"历史"本身却有"时间与结果"这样的内涵，并具有某种终极的价值意义。加上"化"后就构成了一种悖论："历史化"的最终目标是经历了"过程"后出现结果，赋予意义，成为历史事实；而"历史化"本身的含义却强调走向最终目标的过程，尚未完成的结果，不稳定的意义，即它同时解构了自己的最终目标——历史。杰姆逊"永远历史化"的绝对口号更是将这种悖论最大化。我们知道杰姆逊在《政治无意识》里吸纳了不同流派的思想，如弗洛伊德、阿尔都塞和结构主义等的思想理论，发展出一套新的马克思主义阐释学，认为应当坚持"永远历史化"的方法，马克思主义的辩证批评可以包容其他众多流派理论，并克服这些阐释的局限性。的确如此，"永远历史化"正是通过不断自我修正的方式保证自己是历史的产物，它表面看是悖论，其实体现了辩证的统一，充满了科学精神。

那么当代文学的"历史化"指什么？又是如何进行的？前文已经指出：不论是"历史化"的概念、语法意义还是理论来源，都没有具体说明其方法和标准等，这让如何"历史化"成了问题的关键。这也是国内出现大量历史化论述分歧的根源所在，从而形成了一个主题，多种表述的现象。学界公认洪子诚在中国当代文学历史化实践方面首先取得重要突破，他是怎么理解当代文学"历史化"的？

  90年代中期以来，思想界、文学界某种"共识"的破裂、分化，也在文学史编写中显现。粗略的区分，存在两种互异的取向。一种是"经典化"的方法，即以一种具有普遍性意义的尺度、标准，来对文学现象、作家作品进行遴选、评析，试图在文学历史上，建立一种有连贯性的、以经典性文本作为中心的传统。

另一种取向则是强调"历史化"、"语境化"（或"重新历史化"）。这一取向的文学史写作，遴选、评判当然不可或缺，但重点是关注文学现象、作家作品的形态、结构、内在逻辑，以及导致、制约它们的社会政治、文化、文学传统等诸种因素。①

不难看出，中国当代文学的历史化转向确实发生于20世纪90年代中期，而在90年代末期就出现了他的那本备受好评的当代文学史专著。② 李杨认为："如果我们将文学批评定义为批评家对当下作家作品的研究，而文学史则既指以进化史观组织文学现象，也指文学研究中的一种历史意识，那么，从90年代开始的以洪子诚为代表的所谓'文学史转向'，应该说主要是在后一种意义上展开。"③ 可以看出，洪子诚所说的"历史化"在李杨那里是指以进化史观组织文学现象，是文学研究中一种历史意识的体现。洪子诚没有否认文学史写作中的"评判"（批评或经典化）因素，但他更强调"历史化"的重点是关注文学现象、作品本身的内在逻辑，以及制约它们的其他复杂因素。在笔者看来，他的当代文学史最明显的特点便是：淡化评判，尽量客观地呈现文学事实，通过有距离的观察将历史眼光附着在作家作品及制约文学的复杂因素中，材料的取舍间接地体现了他关于当代文学的历史意识。

李杨关于"历史化"的理解前文已有论述，另一位学者陈晓明其实也很早就讨论过这个问题。他认为：重新书写历史与现实，就是一种"历史化"过程。"历史化"说到底是一种现代性现象，它是在对人类已经完成的和正在进行的实践活动，有着总体性的认识，并且是在明确的现实意图和未来期待的指导下，对人类的生活状况进行总体评价和目的性地表现。④ 陈晓明的这段话背后其实一直潜存着"人"这样的主体，突显

---

① 洪子诚．"文学史热"及相关问题．韩山师范学院学报，2009（2）．
② 关于这本书的评论可参阅：郜元宝．作家缺席的文学史：对近期三本"中国当代文学史"教材的检讨．当代作家评论，2006（5）；李杨．当代文学史写作：原则、方法与可能性：从陈思和主编的《中国当代文学史教程》谈起．文学评论，2000（3）；李杨，洪子诚．当代文学史写作及相关问题的通信．文学评论，2002（3）；王德威，陈思和，许子东．一九四九以后：当代文学六十年．上海：上海文艺出版社，2011（四部当代文学史部分）．
③ 李杨．为什么关注文学史．南方文坛，2003（6）．
④ 陈晓明．现代性与文学的历史化：当代中国文学变革的思想背景阐释．山花，2002（1）．

了人的主体意识,他对历史化的理解和李杨可以说是异曲同工:一方面是要将对象"历史化",另一方面同时将自我"历史化"。

程光炜是中国当代文学"历史化"的讨论与实践活动的重要推动者。他以"重返八十年代"为契机,围绕着当代文学历史化做了许多研究,取得了学界公认的影响力。我们来了解一下他对中国当代文学"历史化"的基本理解。他在一篇讨论诗歌研究的文章中讲道:"除去对当下诗歌现象和作品的跟踪批评之外的研究,一般都应该称其为'诗歌研究'。它指的是在拉开一段时间距离之后,用'历史性'眼光和方法,去研究和分析一些诗歌创作中的问题。正因为其是'历史性'的研究,所以研究对象已经包含了'历史感'的成分。"[①] 他强调了诗歌研究中拉开时间距离和历史性眼光的重要性。他在另一篇文章中则进一步解释了当代文学学科的"历史化":"首先与跟踪当前文学创作的评论活动不同;其次,它指的是经过文学评论、选本和课堂'筛选'过的作家作品,是一些'过去'了的文学事实,这样的工作,无疑产生了历史的自足性。也就是说,在当代文学学科的'历史化'过程中,'创作'和'评论'已经不再代表当代文学的主体性,它们与杂志、事件、论争、生产方式和文学制度等因素处在同一位置,已经沉淀为当代文学史的若干个'部分',是平行但有关系的诸多组件之一。"[②] 这里他有意识地"切除"了跟踪性的当代文学"批评",强调研究的是经过"筛选"的"过去"的文学事实。在其专著《当代文学的"历史化"》(北京大学出版社,2011)的封底,他再次对自己所理解的历史化进行简要的概括:我理解的"历史化",不是指那种能对所有文学现象都有效处理的宏观性的工作,而是一种强调以研究者个体历史经验、文化记忆和创伤性经历为立足点,再加进"个人理解"并能充分尊重作家和作品的历史状态的一种非常具体化的工作。这段话里重点强调了"亲历性"和具体化的工作,这一点联系"重返八十年代"及该书的内容并不难理解。只是有一个疑问:如果真如他自己强调的,"以研究者个体历史经验、文化记忆和创伤性经历为立足点,再加进'个人理解'",那么如此强烈的"亲

[①] 程光炜. 诗歌研究的"历史感". 当代作家评论, 2007 (6).
[②] 程光炜. 当代文学学科的"历史化". 文艺研究, 2008 (4).

历性"基本会使研究者限定在他的同代学人里。我们应该如何理解他的那些"80后"学生的研究成果？他们不可能深刻地亲历80年代文学。这段话其实更多地表露了他个人对80年代文学的亲历性感受，而学生局限于一些"具体化"的研究工作，缺少了夹杂亲历性情感体验后的那种特别的韵味。但正如李杨在一次访谈中所指出的：没有亲历也许同时可以成为他们的优势。在这本书的总序里程光炜再次解释了历史化：本丛书主张当代文学史研究的"历史化"。认为先划出一定历史研究范围，如"17年文学""80年代文学"等等也许是有必要的，它会有利于研究问题的分层、凝聚和逐步展开。对具体历史的研究，可能比鸿篇大论更有益于问题的细致洞察，强化研究者对自身问题的反省，所谓的历史化也只能这样进行。这段话体现了历史化的具体操作方法及研究范围。划定一小块范围仍然是想把研究落实到"具体"的实处。

通过以上论述，程光炜的中国当代文学"历史化"的面貌基本可以勾勒出来，即拉开时间距离，采用历史眼光，去除批评的浮华，沉淀出文学事实，结合亲历性体验，划出一定的历史范围，做具体的工作。笔者以为他研究中最大的亮色显然是"结合亲历性体验"，这从根本上保证了"重返八十年代"的研究除了学术的理性之光外，还有飘然而出的个人体验。从其著述来看，他最早的时候可能并不具有自觉的理论意识，而是亲历性体验帮助他敏锐地发现了问题所在，他是在具体实践的过程中才渐渐完善了相关的理论方法。

二、"永远历史化"的当代文学

中国当代文学"历史化"的履带必然会不断向前推进，但历史化的研究却未必会一直成为潮流。中国当代文学为什么要历史化？这和"当代文学"的概念以及学科的发展密切相关，更是历史筛选当代文学经典的必然手段。关于当代文学概念的生成、描述、分裂，洪子诚在《"当代文学"的概念》一文中已经有了非常清晰的论述。[1] 他特别强调通过分析"新文学""现代文学""当代文学"等几个相关概念，从概念的相互关系上，从文学史研究与文学运动开展的关联上来厘清其生成过程。

---

[1] 洪子诚."当代文学"的概念.文学评论，1998 (6).

洪子诚在这篇文章里没有从"语义"或者概念的"本质"上来讨论"当代文学"的含义及相应的分期方法。一方面，他认为这也许不是没有意义的；另一方面，他认为这应该是另一篇文章的任务。

这里我们需要讨论一下洪子诚先生没有展开的"当代文学"的语义本质。"当代"中的"当"读"dāng"时，见于《后汉书》《史通》《明诗纪事》，义为"过去那个时代"。同时，又有读音"dàng"，见于杜甫的《奉简高三十五使君》、梅尧臣的《太师杜公挽词五首》、瞿秋白的《十月革命前的俄罗斯文学》，义为"目前这个时代"。① 值得注意的是，"现当代文学"这个词中的"当"，本为四声，我们现在读为一声。但是在语言学上，这两个"当代"应该是不同的词。只是随着语音的变化，由同形异读词演变成了同形同音词。这种变化据推测应该是因为与"现"连在一起，很可能瞿秋白那个时代还是读四声。后来随着汉语的简化趋势，"现代当代"被简称为"现当代"。换句话说，"dàng"读成"dāng"应该是发生在"现代"这个词引进之后，在语言学上，这种现象叫作"语流音变"，和英语中"连读变音"有着相似性，它可以使发音更舒服。

"当代"（contemporary）在英语的解释里主要强调了以下几点：同一个时代，正在发生的，符合现代或当前思想的风格、时尚、设计等。它从拉丁语"*com*［together（共同的）］+*temporārius*［relating to time（有关时间）］"演化而来。在国外其实很难从语义上区别"近代""现代"和"当代"。比如欧美汉学界的"现代"往往是包括了我们所谓的"当代"部分，而日本把"现代化"称为"近代化"。在国内，大概只有中国现当代文学专业的人才会明确区别这两个概念："现代"特指1919—1949年的文学，而"当代"则指1949年以后的文学。其他情况下一般也会视"现代"和"当代"为同义词。

我们知道，词语或者概念本身会有生长、变化和迁移，但也会保留相对稳定的含义。以上分析可以帮助我们更好地从词源角度理解"中国当（现）代文学"这样的概念。首先，我们可以明确"现代""当代"

---

① 参见罗竹风《汉语大字典》（缩印本）（上海辞书出版社，2007）"当代"词条。相关语言学知识是和同事交流时所得。

是个时间概念，任何一个时代都可以称自己为"现代"（或当代）。据说早在1127年，巴黎修建的一座修道院在当时就被称为"现代作品"（opus modernum）。① 其次，从"现代"的词源来看，它与"改革""革新""注重现在"以及人道主义等密切关联。这符合"当代"的词源本义——"共同的时间""同一个时代""正在发生的""目前这个时代"——的内在的逻辑。这意味着"现代""当代"除了"时间"外，也具有某种性质和意义的隐含界定。这样我们就不难理解洪子诚在《"当代文学"的概念》一文中的分析了：他全文的核心就是"想看看'当代文学'这个概念是如何被'构造'出来和如何被描述的"。他指出陈思和对"现代文学"与"当代文学"的区分是"人为的划分"，这些概念中"意识形态"的含义以及注重历史过程的视角，是讨论问题的起点。他从中国现当代文学学科的角度，结合翔实的史料对"当代文学"的生成过程、内涵描述以及后期概念分裂的讨论都变得更加清晰有力。他虽然没有在文章中正面展开"现代""当代"的概念本质、词源辨析，但其实这篇文章潜在的起点正是时间概念之外"性质"意义上的"当代"。

当代文学"历史化"的另一个强劲推力和学科的发展密切相关。或者说，和当代文学的学科合法性有着直接关系。当代文学研究者当然不会仅仅出于对自我认同的焦虑有意去"历史化"该学科，而是这个问题随着时间的延长将会变得越来越无法避免。程光炜在"当代文学史研究丛书"总序开篇中讲道，"从1949年全国第一次文代会算起，中国当代文学的建史和研究，已经足足60年"②，显然有60年并不算短的感慨（尤其相对于现代文学30年）。一方面，当代文学的确就发生在人们还能共同记忆的历史时段；另一方面，60年放在更长的中国历史中似乎也确实不值得惊诧。因此能够理解中国当代文学学科为何没有像古代和现代文学那样建立学术的自足性、规范性，反而屡屡被人误解和贬低。他还明确指出：如果当代史观到今天还没有在幅员辽阔的大地上成为一种"社会共识"，那它势必会不断动摇与当代史观息息相关的当代文学

---

① 赵一凡，等. 西方文论关键词. 北京：外语教学与研究出版社，2006：651.
② 程光炜. 当代文学的"历史化". 北京：北京大学出版社，2011.

史的思想基础和学科基础。当代文学史学科自律性一直缺乏的另一个原因，是它的下限始终无法确定。有这种困惑的显然不止程光炜一人，比如洪子诚也明确表达了这种困惑（或者不满？）："为什么胡适、朱自清写在距新文学诞生仅有五年或十余年的书，就可以列入现代文学史的评述范围，而且被给予颇高的评价，没有人说他们当时不应该做'史'的研究，而在 80 年代'当代文学'已经过了三十多年，却还提出'不宜'写史呢？这个问题我就想不通了。"① 贺桂梅在《中国现当代文学学科概要》第 11 章"当代文学的历史叙述和学科发展"中讲："当代文学"作为诸多文学专业中最年轻的一个研究方向，它的学科合法性自 80 年代以来，一直处在一种暧昧状态中。这不仅指一直存在的关于当代文学能否写"史"或是否有"史"的质疑，更是指作为学院体制中的一门学科与其历史叙述之间存在的矛盾性。很大程度上，前一问题正是由于后一问题产生的。② 贺桂梅认为 20 世纪 80 年代的"重写文学史"是当代文学面临质疑的原因之一。这种不同于以左翼文学为核心的文学史叙述脉络，其实是对 50 年代后期建立的文学史规范进行调整和改写，建立新的文学史观和规范。50—70 年代的文学品质致使"当代文学"有了丧失"历史性"的嫌疑。质疑原因之二是"新时期"文学实践具有丰富性和复杂性特征，与之前文学史体例和叙述有了明显裂缝，甚至"断裂"，呈现出"多元"的文学格局。这使得当代文学本身的主体性叙述有一种"拦腰截断"的困境。在她看来，90 年代后期文学史研究的突破，主要表现为对 80 年代"重写文学史"的再重写——这一观察，和张清华认为当代文学的"历史化"是一个一直存在的事实相呼应。事实上，笔者也认为所谓当代文学的"历史化"本质上还是一次"重写"，是杰姆逊"永远历史化"口号在中国当代文学领域里的一次具体实践。而且，经过前面历次文学史观念、理论、实践的准备，它应该也有可能形成更好的成果。笔者以为不论是程光炜等人的"重返八十年代"研究，还是李杨对 50—70 年代文学的研究，以及贺桂梅、蔡翔等人的相关研究，都可视为某种"历史化"行为。正如我们前文已经指出的：历

---

① 洪子诚.问题与方法.北京：北京大学出版社，2010：45.
② 温儒敏，等.中国现当代文学学科概要.北京：北京大学出版社，2005：141.

史化的概念内涵里没有规定具体的方法、标准，它们只是历史化众多可能性的几种呈现。

至此我们可对中国当代文学的"历史化"做如下理解："历史化"在中国应该是个本身充满悖论和统一的中性新造词。从汉语语法构成来讲，"历史化"最基本的含义应该是"使指称对象成为自己（历史）的过程"。而英文"历史化"（historicize）对中文历史化的"过程"有了更为具体的解释：强调了在"时间的过程"中要赋予指称对象"历史意义"，实现使之"成为历史事实"的目标，并且作为历史发展结果的"阐释"显然还要经得起历史的检验。但它们都没有说明历史化的方法、标准、步骤等。所以，如何"历史化"成了问题的关键，也成为各种"重写""再解读"等理论与实践的分化原点。因此有了中国当代文学"历史化"的丰富表达和不同实践。它的悖论和统一体现在："历史"本身有"时间与结果"这样的内涵，并具有某种终极的价值意义。而"化"强调了"过程"中出现结果，赋予意义，成为历史事实。因此"历史化"其实意味着走向最终目标的过程，尚未完成的结果，不稳定的意义，即它同时解构了自己的最终目标——历史。然而，这个看似矛盾的新词语，却因此也有了某种理论阐释的"永动机"效果，杰姆逊大概也是看到了这一点，才大胆地提出"永远历史化"的口号而不用担心缺乏历史动力吧？

虽然"历史化"本身是个中性词，但在被使用时却可以浸染那个时代人的主体性，即李杨所说的自我"历史化"，而不可避免地具有杰姆逊所强调的"政治无意识"，会在使用和实践过程中呈现出不同意识形态立场，甚至截然相反的结果。对于"当代文学"而言，正如张清华等人所指出的，"历史化"活动从来就有。程光炜等人展开的当代文学的"历史化"是通过"重返八十年代"这样非常具体的范围、文本进行的。它强调拉开时间距离，采用历史眼光，去除批评的浮华，沉淀出文学事实，结合亲历性体验，划出历史范围，做好具体工作，并取得较好的影响。这种影响和20世纪90年代洪子诚的当代文学史专著形成了某种知识的联动效应，也和张旭东《重访八十年代》一文的某些想法形成呼应。[①] 而"再解读"系列（唐小兵、黄子平、李杨、王

---

① 张旭东. 重访八十年代. 读书, 1998 (2).

晓明等)、80年代的"重写文学史""新文学整体观""20世纪中国文学"概念的提出等能否也看成"历史化"的理论或方法？有观点认为1978年前后对于《部队文艺工作座谈会纪要》以及"文化大革命"与"左"倾文艺路线的否定，也可以视为"重写文学史"的起点。① 按照同样的逻辑，既然20世纪70—80年代的中国社会与文学可视为一个多重意义的"重建"过程，那么"文革"时期江青搞的"样板戏"，表面上是对"十七年"的某种"断裂"，实质上是否也可以看作另外一种"历史化"企图呢？只不过这是被证明失败的历史化企图。如此"对象历史化"是必然的选择，而"自我历史化"才可能是我们真正面临的困难。

中国当代文学的"历史化"和"当代文学"的概念以及学科的发展密切相关。从中国"当代"的词源角度看，至少在唐代杜甫的《奉简高三十五使君》里已经明确有了这个词语，并且意为"目前这个时代"。英语"当代"（contemporary）的解释也强调了"当下、当前""同一个时代，正在发生的"的意义。因此它不仅仅是一个时间的概念，也有性质的判断。这就不难理解对一个正在发生的、当下时代的文学做出某种性质判断的困难与争议了。"当代"这个词语的概念核心与来源注定了"当代文学"及其"历史化"都会成为不容易沉淀下来的研究对象。尤其是作为"学科"发展，一方面它需要"历史化"；另一方面，它的天然属性和中国当代文学本身的特殊性又给它造成了种种困难。这一特征如果和"历史化"本身的悖论及其统一联系起来，将会带来更多理解的变化和障碍。这一切意味着"历史化"的主体——那些提出具体方法与实践的人，需要有足够审慎的智慧处理他们的对象。当我们以一种方法论的眼光来观察已经进入中国当代文学史但仍在写作的莫言、余华等作家作品的"历史化"，来研磨诸如"重返八十年代""再解读""重写文学史""新文学整体观""20世纪中国文学"甚至"文革"、十七年文学观念所塑造的文学经典时，就会强烈地感受到每一代人渴望将对象和自我"历史化"的冲动与努力。

历史大度地给予"当代"人自由选择的意志与权利——同样也将

---

① 旷新年. "重写文学史"的终结与中国现代文学研究转型. 南方文坛，2003（1）.

"历史化"的接力棒交给了他们的"后代"。纵观中国近代以来的历史，面对传统文化、"五四"、现代文学、"十七年"、"文革"、"80年代文学"，我们的观察与结论已经不止一次地泛起、沉淀，然后再泛起，历史化从来就没有停止过，而那些反复经历历史化的筛选的作品，最终将以文学经典形式慢慢沉淀下来。时间会继续前进，强调"当前""批评意义"的"当代文学"也将永远存在，只是我们相信经过"历史化"三番五次搅动，然后沉淀下来的那些文学经典，才能最后真正进入文学史。在这个意义上，我们更愿意相信杰姆逊在《政治无意识》里那句自信的绝对口号——永远历史化！中国当代文学国内的历史化进程也必将为其海外的国际化历程提供最为直接的参考与支撑。

第二节 当代文学研究的国际化

当代文学研究的国际化是指发生在中国与世界之间，不断强化的双向"走出""进入"和"参与"的过程。具体内涵则指自20世纪80年代，海外学者越来越多地介入中国当代文学的批评与研究，并和国内学界产生互动效果。在不断加强的国际交流、影响与教育中，部分中国当代文学从业者开始尝试着突破传统的批评模式，更自觉地从材料和语言上跳出汉语边界的限制，强调把海外资料纳入当代文学体系，坚持利用当代文学的立场、问题意识和专业知识，将个人批评和海内外资料充分融合，努力实现一种兼顾中国本土经验与世界比较视野的批评研究。相对而言，中国学者自觉地从汉语边界走出，进入更广阔的世界视野展开当代文学的批评与研究，将会对当代文学从材料到方法及至结论等各方面都产生深刻的影响。而以莫言获奖为契机，近年来兴起的中国当代文学海外传播研究热潮，正是这一国际化历史转型的启动表征。在这样一种研究框架中，世界语境中的当代文学概念及其文学史写作就成为国际化研究的重要基础与参照。

一、国际视野下"当代文学"的概念

讨论中国当代文学的海外传播，首先应该了解"当代文学"这个概

念在海外甚至并不存在。其所指"1949年后中国文学",往往会被纳入"现代文学"或者"20世纪中国文学"当中。对特定概念、关键词的详细分析与考察,往往能深刻反映概念背后更为复杂的关系变迁,这就是我们要首先梳理"当代文学"这个概念在海内外的差异的原因——保证我们的问题起点是正确的。

"当代文学"这个概念前文我们已有说明,但在海外为何是用"现代"和"当代"混称当代文学呢?"现代"的英文 modern 从拉丁语 *modernus* 演化而来,并可追溯至拉丁语 *modo*,义为当下(just now)、以某种方式(in a certain manner),所以 modern 的基本义有"目前""正在发生""最近的时间"。"当代"(contemporary)在英语的解释里主要强调了以下几点:同一个时代,正在发生的,符合现代或当前思想的风格、时尚、设计等。从英语词源的角度看二者的基本词义有重复,现在英语词典也会指出二者有时候互为同义词。了解以上基本词义后,就不难理解海外为什么会混用这两个词,并把它们天然地视为一体。它们的本义一方面阻碍了中国赋予"当代"这个词特殊的政治属性及其意旨;另一方面,也可能注入了海外对中国当代文学某种想当然的标签式想法。

许多著述外语版的名称也显示:海外没有中国意义上的"当代"文学,在时间上会把现当代视为一体。如1944年美国哥伦比亚大学出版社出版了王际真翻译的《中国当代小说集》(*Contemporary Chinese Stories*),1946年袁家骅(Chia-Hua Yuan)和罗伯特·佩恩(Robert Payne)编《当代中国短篇小说》(*Contemporary Chinese Short Stories*)。这些作品虽然从现在来看已是"现代"文学,但在出版当年使用"contemporary"应该说非常准确,义为"当下的、正在发生的"。这些早期译作也说明了一个事实:海外对中国现代以来的文学作品始终保持着译介热情,从鲁迅到丁玲,从西方资本主义国家到社会主义苏联,中国现当代文学的对外译介从未真正中断过,只是传播译介的方式、原因、机制、动力、规模、效果等有所区别。

即便是同一个研究者也会出现"现代"和"当代"文学同义混用的现象。如:加拿大学者杜迈克(M. Duke)在1985年夏普出版社(M. E. Sharpe)出版《中国当代文学:后毛时代小说诗歌选》(*Contemporary Chinese Literature:An Anthology of Post-Mao Fiction and*

Poetry）时，使用的"当代文学"和中国使用的内涵并无差异。但他在1991年夏普出版社出版的《现代中国小说世界》（Worlds of Modern Chinese Fiction）里，主要选择了中国的短篇小说，如韩少功等人的小说，显然和中国对"现代"的界定有区别。再如2005年哥伦比亚大学出版社出版了杜爱梅（Amy Dooling）等的《女作家在现代中国：革命年代（1936—1976）》（Writing Women in Modern China: The Revolutionary Years, 1936 - 1976），从其时间范围不难看出也是把"当代"和"现代"视为一体的。与此形成对比的是，由中国出版的译为"contemporary"的作品集，从所选作家作品来看则基本都符合中国"当代"文学的意旨，如1982年熊猫书屋出版的《中国当代七位女作家》（Seven Contemporary Chinese Women Writers）等。海外当然也有"20世纪中国文学"这样的概念，如1995年Garland Publishing出版的方芝华译《20世纪中国小说》（Chinese Stories of the Twentieth Century），以及国内比较熟悉的三位海外学者——德国的顾彬、澳大利亚的杜博妮、日本的藤井省三分别编写的三本关于20世纪中国文学的著作。

正如"当代文学"在20世纪80年代开始遭受学界的质疑与分裂所反映的国内文学（史）观的深刻变化一样，"当代文学"这个在中国有着特定政治内涵和历史意味的概念，在海外某种程度的"缺失"和被"收编"同样反映了"内"与"外"两种文学语境的互动与错位。一个国内语境中的概念被放入国际语境后尽管面临着直接"消失"和重新命名，但这本身显示或者暗示了强烈的认同差异和评判区别。"当代文学"原本被赋予的性质与意义在海外传播的过程中既有认同也有延异，甚至被拆散和重建。这也提醒我们如果仅仅依靠国内研究积累下来的经验惯性和知识视野，在缺少充分客观的海外第一手资料和必要亲历性的体验观察情况下，很容易出现空泛或者隔阂的研究成果，难以实现强劲有效、"内""外"平等的对话与交流。

命名和分期会深刻反映不同的意识形态审美差异和文学史观。中外对同一文学对象不同的命名方式更多地折射出性质和价值判断上的诸多问题，会从根本上影响作家作品的文学史评定。最典型的例子莫过于夏志清小说史对鲁迅、张爱玲的评判，当代文学则主要表现在对莫言等人的海内外评价方面。如果说海外使用"当代文学""20世纪中国文学"

这些概念体现了和国内一定程度的互动，那么诸如"世界社会主义文学"等概念则更多地显示了某种错位。海外这些概念和国内的"晚清文学""民国文学""新文学""现代文学""20世纪中国文学""新文学整体观"，以及打通近代、现代、当代文学的呼吁一起构成了丰富的文学景观。结合各种版本当代文学史里的分期，就会生动形象地呈现出当代文学在"内"与"外"的世界图景中被众声喧哗地表述的现实。比如对鲁迅或者莫言的研究，我们始终以他们的作品为统一的对象，展开他们在不同民族国家语言文化环境中的研究，在"世界中"形成对同一作家作品的研究意见。这显然对新一代当代文学研究者提出了更高的要求与挑战，却也有可能是无法逃避的趋势。

二、世界范围内的"重写文学史"及其分期

"重写文学史"运动不仅发生在国内，同时也在世界发生着，它是当代文学历史化的一种国际表现形式。海外对20世纪中国文学史的不同分期，和国内文学的生成与发展直接相关，也会间接地影响到我们对中国当代文学海外传播历史阶段的划分，可帮助我们更好地理解国内文学史的分期。这里，我们以美国、德国、澳大利亚、日本学者的四部20世纪中国文学史著作来具体分析。

海外传播研究会天然地打通中国现当代文学，融合内地与港澳台以及海外华文文学，形成"世界中"的文学大视野。比如由美国俄亥俄州立大学东亚语言文学系邓腾克教授（Kirk A. Denton）主编的期刊《中国现代文学与文化》及其资源网站，很好地呈现了中国（现）当代文学在美国的发展与演变、历史与现状。该期刊也是美国"现代文学"形成学科再到跨学科发展的重要见证，后文会有详细讨论。从其资源网站罗列的现当代中国港澳台四五百位作家作品的海外翻译、研究信息来看，它打破了由政治意识形态、国族、时代、地域、视野等因素造成的各种阻隔和无视，客观地呈现了中国作家作品的世界影响力，对于国内当代文学史的写作应该有参考价值。

海外涉及当代文学的文学史有《剑桥中国文学史》、《哥伦比亚中国文学史》[The Columbia History of Chinese Literature，梅维恒（Victor H. Mair）主编，哥伦比亚大学出版社，2001]、《哥伦比亚现代东亚文

学指南》[Columbia Companion to Modern East Asian Literatures，约书亚·莫斯托（Joshua Mostow）主编，哥伦比亚大学出版社，2003]。美国作为目前海外中国学研究最为发达的国家，仅近几年汉学家关于中国现代文学史的成果就有：2016年邓腾克主编的《哥伦比亚中国现代文学指南》，张英进主编的《中国现代文学指南》，罗鹏（Carlos Rojas）和白安卓（Andrea Bachner）主编的《牛津中国现代文学手册》。2017年王德威主编的《新编中国现代文学史》由哈佛大学出版社出版，成为海外文学史写作的一个重要话题。《南方文坛》于2017年第5期在《海外中国现代文学史》专栏刊出王德威和王晓伟《"世界中"的中国文学》、陈思和《读王德威〈"世界中"的中国文学〉》、丁帆《"世界中"的中国现当代文学史编写观念——王德威〈"世界中"的中国文学〉读扎》、陈晓明《在"世界中"的现代文学史》、季进《无限弥散与增益的文学史空间》等系列文章，极力张扬"世界中"这一关键词。它们均显示出中国当代文学研究不仅在"国际化"，而且已在"国际化"后开始了在更广阔的"世界中"的"历史化"进程。

王德威主编的《新编中国现代文学史》是哈佛大学出版社从20世纪80年代就开始的专门针对世界上几个文学大国的文学史写作计划。按照王德威的说法，哈佛大学出版社《新编中国现代文学史》是近年英语学界"重写中国文学史"风潮的又一尝试。这本文学史集合美欧包括中国在内的亚洲国家143位学者作家，以161篇文章构成一部体例独特、长达千页的叙述。① 从参与的撰写者来看，显然增加了此书的世界性元素，扩大了在"世界中"看中国文学的视域。《新编中国现代文学史》起止时间非常大胆甚至富有想象力：起自1635年晚明文人杨廷筠、耶稣会教士艾儒略（Giulio Aleni）等的"文学"新诠，止于当代作家韩松所幻想的2066年"火星照耀美国"。全书一方面采取编年模式，回归时间/事件的素朴流动，向中国传统史学论述源头之一的编年史致意。另一方面各篇文章就选定的时间、议题，以小观大，做出散点、辐射性陈述。比如哈金写鲁迅《狂人日记》的细读文本，要用一个作家的立场

---

① 王德威，王晓伟."世界中"的中国文学.南方文坛，2017（5）.同期有陈思和、丁帆、陈晓明、季进等人关于《新编中国现代文学史》的讨论文章。

来思考、想象鲁迅在八九十年以前写作《狂人日记》的心情和他所面临及不能解决的问题。因此最基本的要求是把故事讲好然后再谈批评观。和传统讲"五四"文学的时间点（1919年5月4日）不同，王德威选择了1922年8月沈从文到达北京的那一天作为关键点，因为他觉得那个时间点其实透露了很多的信息：一个外省的青年到了文化的重镇，新的学问对他的影响、漂流、从乡土到都市等问题接踵而来。而沈从文在以后60年里精彩万分的生命冒险就从这个点开始。所以这些点不是随便选的，它牵涉到了书写者和编纂者的用心，也牵涉到了其宏大的历史观点或者说文学史观。

王德威承认其就章节表面而言似乎挂一漏万，但它的重点却在于全书各个时间点所形成的脉络及缝隙——促使我们想象文学史千头万绪，与时俱进，总有待增删填补。换句话说，这本文学史著作不再强求一家之言的定论，而在于投射一种继长增成的对话过程。这种挂一漏万的表现有：在该文学史中，鲁迅的作品仅及于《狂人日记》和有限杂文，当代文学只触及莫言、王安忆等少数作家，诸多和大历史有关的标志性议题与人物、作品付诸阙如。当我们将中国文学置于世界文学的语境里，一个不同以往的图景于焉出现。与其说《新编中国现代文学史》意在取代目前的文学史典范，不如说它就是一次方法实验，是对"何为文学史""文学史何为"的创造性思考。虽然尚未看到该书中译本，优劣难以详细评述，但从王德威的导论中不难看出，该书确实是近年来"重写文学史"的又一部力作。

德国汉学家顾彬在《二十世纪中国文学史》中区分出"现代前夜的中国文学"、"民国时期（1912—1949）文学"和"1949年后的中国文学：国家、个人和地域"三个阶段。该书对民国时期又以1927年、1937年为界划分出中国现代文学的奠基、发展和激进化三个阶段。对当代文学60年没有进行更详细的划分，但通过书中内容和某些访谈可以判断90年代是一个非常重要的分期点。比较重要的事件如1992年邓小平南方谈话，这是第一次由一个中国领袖公开地评述市场经济，因为之前毛泽东不会这么说，孙中山也不会。① 他认为90年代从多方面呈

---

① 刘江凯. 关于中国文学研究与中国当代文学：顾彬教授访谈录. 东吴学术，2010（3）.

现出一种根本的社会性转向，它使得艺术摆脱了原先仅仅作为党的传声筒的任务，从而为艺术家敞开了一种真正持有个人性立场的可能性，而不用理会人们是否赞成这种立场。① 顾彬的《二十世纪中国文学史》作为一家之言，不论意见是否合理，其观点当然和国内的文学史分期形成一种对话效果。从大的方向讲，他显然认同国内最基本的文学史分期，直接以"民国"和"中华人民共和国"划分20世纪中国文学也有着鲜明的"政治"属性。该著对当代文学史的叙述最值得注意的是从港澳台这些国内传统文学史写作的"边缘"开始，以"华语文学"的概念真正体现了统一的"文化中国"的撰写理念。顾彬在引言中从中国台湾的白先勇和郑愁予这两个出生于大陆、成长于台湾、定居于美国的作家诗人谈起，又提到了北岛，以及英美、东南亚华人的作品，指出华语创作和出版是世界范围的，"唯一一种中国文学"的说法不再成立，"边缘的代表人物就不容再继续受到忽视。因而，从边缘开始叙述1949年以后的文学史就十分必要。对于1949年至1979年中国大陆文学的评价更是加重了这一必要性"②。我们应该注意，除了"时间"维度是文学史观最为重要和直接的体现外，文学史观另一个重要维度就是文学的"空间"范围。顾彬的文学史在中国港澳台等华语创作方面可能比国内学者的文学史处理得更为自然和富有创见，超越了那种简单"拼贴"罗列式的写作。

　　澳大利亚学者杜博妮与雷金庆合著的《二十世纪中国文学史》对20世纪中国文学的历史分期和国内习惯的划分显著不同，体现了非常有意思的"他者"的视野。③ 该书认为依据文学经典的构成可以把20世纪中国文学分为三个时期。第一个时期是1900—1937年，描述了中国新文学的发起，强调了西方文学对于职业创作决定性的影响，如文学新概念、风格类型和语言，以及以读者为基础不断发展壮大。第二个时期是1938—1965年，作者认为这一时期整体上可以看作是对前期不断西化（westernisation）的中断。由于日本的侵略，作家们主动地承担

---

① 顾彬. 二十世纪中国文学史. 范劲，等译. 上海：华东师范大学出版社，2008：360.
② 同①233-234.
③ McDougall B, Louie K. The Literature of China in the 20th Century. London: Hurst & Company, 1997.

起拯救民族的重任,中国共产党政权的巩固与扩展直至建立新中国,也对文学的生产与消费产生了越来越多的政治影响。西方风格的现代主义和苏联模式的政治约束是这一时期文学的显著特点。第三个时期是1966—1989年,作者认为"文革"十年削弱了苏联模式的影响,并导致第二个时期的结束。20世纪70年代出现的地下文学是对以传统戏剧为基础、政治宣传味浓重、集体创作话剧的明显胜利,同时也是30年代现代传统及西化的延续。80年代开创了当代写作的一个新的时期,官方试图加强和重组的五六十年代的传统渐渐地被忽略。实验运动以及对于图书和读者开放的姿态,使得这一时期的文学非常吸引西方读者。杜博妮的文学史分期和国内常见的文学史分期有很大不同,其划分的主要依据似乎有比较明显的"西方中心主义"的文学史观的意味。

日本学者藤井省三在其主编的《20世纪的中国文学》中认为现代文学可分为六个时期。[①] 第一个时期从19世纪末到20世纪10年代中期为清末民初时期。清王朝在19世纪末期由于人口激增等内政及西欧的侵略等外患而开始呈现出没落的景象,改革及革命活动蓬勃发展,人们开始探索国语及言文一致的文学。第二个时期为"五四"时期,从1917年发生的文学革命到20年代后期的国民革命。随着白话文学运动的兴起,内心、恋爱、家庭、货币经济制度等起源于西欧的重要概念在这个时期全都出现了。第三个时期为狂热的30年代。国民党成功统一了中国后,蒋介石在一党独裁的体制下大力推进经济建设,上海作为新中国的经济中心达到了其繁荣的鼎盛时期。报刊的发行量剧增,爱好文艺的知识阶层与市民阶层壮大起来,职业作家和职业批评家陆续登场,上海成为文化出版中心。大众文学及其电影改编作品日趋流行,富有地方色彩的文学开始出现。第四个时期是繁荣梦破碎的40年代。由于担心中国民族主义的勃兴会导致其既得利益的丧失,日本继九一八事变(1931年)以后,在1937年发动了对中国的全面侵略。由此,中国被分割成了国民党治下的"大后方"、共产党领导的"解放区"和日本占领下的"沦陷区"三个部分。战时的大后方和沦陷区由于受到30年代的繁荣的影响,文学逐步走向成熟。第五个时期是从1949年开始,作者使用了

---

① 藤井省三.20世纪的中国文学.东京:放送大学教育振兴会,2005.

一系列充满意识形态色彩的词语来描述，如认为这个时期陆续发动了反右斗争（1957）、"文化大革命"（1966—1976）等政治宣传活动，文学艺术被赋予了赞美新中国和党的任务。第六个时期是自70年代末开始的改革开放时期，开始走向正轨，这是一个新生与飞跃的时代。这一时期作者特别标注了三个事件，其一是80年代中期的"寻根文学"，其二是1989年春夏之交的政治风波，其三是1992年改革开放进一步加速。

藤井省三的这本文学史著作中最核心的关键词是"越界"：有现代作家谱系（鲁迅、胡适、徐志摩、林语堂等）在中国、日本、欧洲之间的文化越界，也有以新旧交错的北京和上海为中心而发展起来的现代媒介及其文学影响；有中国香港文化里"南下文化人"的越界加入，也有中国台湾民众在接纳各种越界而来的政治文化时的独立文化追求，更有对日本人阅读中国20世纪文学，日本与中国文学交流的越界考察。他所说的"20世纪中国文学"，指的是中国与日本在现代文化交流过程中的相互越界，其中包括以北京、上海、香港、台北及东京等东亚都市为主要舞台而流动着的作家与作品，连同读者成为主角，等等。该书旨在清理一个世纪里汉语圈民众情感与逻辑的形态及其形成过程。文学是中国人情感与逻辑再生产的集中表现，他试图描述出这种整体的流脉，同时希望能回答日本人是怎样接受和回应中国文学的问题。可以看出，藤井省三把20世纪中国文学视为各类文化"越界"的混生产物，从汉语圈文学的角度把中国及日本联系起来，并且以中日文学关系作为一种内在观察视角，呈现了又一种完全不同的文学史观察视角。

文学史分期及其写法往往会透露出非常深刻的"史观"和评价问题。以上几种海外20世纪中国文学史的分期、内容、写法，既体现了和国内主流文学史基本"吻合"的特点，又反映了海外之于国内的诸多"延异"表现。如果说"时间"的划分是文学史观极其重要的一个参考角度，那么上述海外文学史里还有一个非常值得注意的文学史角度，即"空间"——主要表现于文学史应该如何处理中国内地、港澳台文学，海外华文文学，以及中外文学的关系方面。以顾彬和藤井省三的两本文学史著作为例，他们在常见的线性"时间"外都很好地展示了某种"空间"的文学史观，把中国内地、香港、台湾，以及日本及西方的多重文学"关系"有效地联系和融合起来考察。如果与国内文学史的处理方式相比，他们既写出了现代文学发生、发展的客观复杂性，也较好地跨越了国内文学史的某些限制，让汉语文学圈内部的差异和圈外的异域文学影响关系都得以展现，为我们提供了理解现代文学史的新角度。

　　文学史的"重写"似乎总是面临来自"时代、区域、视野"的困扰，这和文学史写作立场密不可分。时代主要表现为如何处理当代文学不同阶段的文学史分期；区域则主要表现在如何处理中国港澳台与内地文学的关系；视野则是如何与世界文学的接受现实衔接起来，淡化政治意识形态干扰，形成相对客观公认的文学史意见。

　　就文学史的时代而言，王德威认为"所谓文学史研究的一个根本的问题，是一个分期问题"①。这个观点看似简单，但通过分期确实可以解决对文学史的根本理解问题。学者张泉根据《台湾出版中国文学史书目提要（1949—1994）》一书附录的统计数据指出：从1880年到1994年（含部分1995年），新加坡、韩国、日本、欧洲、美国、苏联、中国出版的中国文学史著作总数达1 606种。② 同时，根据张泉的不完全统计，内地出版的严格意义上的中国现代文学史，即完整的现代文学断代史，从1951年到2007年，共检索到119部。其中，改革开放之前的20年，出版了10部，平均每两年1部；改革开放之后的29年，出版了109部，平均每年3～4部。那么当代文学史的写作状况如何呢？许子东教授也做了一个统计：截至2008年10月，中国内地已出版"当代文学史"共计至少72种，并特别指出两个当代文学史出版最密集的年份：1990年（10部）和1999年（7部）。③ 尽管这些统计还没有包括其他"类"文学史，诸如系列丛书，各种断代、分体、区域、专题文学史，其数量也确实令人吃惊。

　　如果把近代以来最有代表性的文学史、思潮史、系列丛书、重要论

---

　　① 王德威，陈思和，许子东. 一九四九以后：当代文学六十年. 上海：上海文艺出版社，2011：428.
　　② 张泉. 现有中国文学史的评估问题：从"1600余部中国文学史"谈起. 文艺争鸣，2008（3）.
　　③ 同①83.

文中文学分期年份罗列一下，按照时间顺序有 30 多个：1840、1892、1894、1896、1897、1898、1902、1903、1907、1911、1915、1917、1918、1919、1920、1921、1927、1929、1937、1942、1945、1949、1956、1957、1962、1966、1971、1973、1976、1978、1985、1989、1990、1992、1993、2000。① 不论是用于文学史分期起讫还是内部阶段的划分，每一个年份后边必然有一个划分的理由。除 1949 年新中国成立外，与当代文学分期密切相关的年份及事件还有 1942 年一体化源起，1945 年抗日战争结束，1956 年社会主义改造基本完成，1957 年反右派斗争扩大化，1962 年提出"千万不要忘记阶级斗争"的口号，1966 年"文革"开始，1971 年"九一三"事件，1976 年"四人帮"倒台，1978 年十一届三中全会召开，1985 年现代派小说兴起，1989 年春夏之交的政治风波，1992 年邓小平南方谈话，1993 年文学市场化的全面展开等。不同时段的组合则反映了每位撰写者的文学史观，其中不同的分期方式，有时甚至会产生一种戏剧化效果，如近代、现代、当代文学存在着大量"交叉"，这种交叉甚至可以达到取消其中一个学科的程度。以笔者掌握的近代文学的起讫时间为例，其开始时间有四种，最远可上溯至晚明，最近则是戊戌变法；而其结束时间有三种，最早为五四运动，最晚延伸到新中国成立（此说以鸦片战争为上限），理由是从鸦片战争到中华人民共和国成立的百余年，中国社会性质未变，反帝反封建的文学主流未变。② 现代文学的开始时间从"五四"向前推至 19 世纪末③，有的甚至认为其源流可以上溯到鸦片战争甚至更早的晚明④，其下限可以延续至 20 世纪 70 年代末⑤甚至到 90 年代前后。2017 年王德威主编的

---

① 根据王瑶《中国新文学史稿》、刘绶松《中国新文学史初稿》、司马长风《中国新文学史》、赵遐秋和曾庆瑞《中国现代小说史》、夏志清《中国现代小说史》、钱理群等《中国现代文学三十年》、朱栋霖等《中国现代文学史》、朱寨《中国当代文学思潮史》、洪子诚《中国当代文学史》、陈思和《中国当代文学史教程》、孟繁华和程光炜《中国当代文学发展史》、吴秀明《中国当代文学史写真》、董健等《中国当代文学史新稿》、陈晓明《中国当代文学主潮》、顾彬、藤井省三、杜博妮与雷金庆三种外文版 20 世纪中国文学史著作，以及"百年中国文学总系"丛书、孔范今等《中国新时期新文学史研究资料》等。
② 叶易. 中国近代文艺思潮史. 北京：高等教育出版社，1990：17.
③ 谢冕. 1898，百年忧患. 济南：山东教育出版社，1998.
④ 周作人. 中国新文学的源流. 南京：江苏文艺出版社，2007.
⑤ 吴中杰. 中国现代文艺思潮史. 上海：复旦大学出版社，1996：345.

《哈佛新编中国现代文学史》更为奇特：起自1635年，止于一个未到来的时间——2066年。①

就目前的中国近代、现代、当代文学史而言，这种大规模相互"进入"对方的讨论至少可以使我们进行以下几个方面的思考：其一，这三个时代的文学确实存在着"打通"和"整体"研究的可能，我们有必要去思考、寻找更有效的文学史观及写作策略。其二，文学史的写作会拒绝简化的"大一统"讨论方式，需要我们从各个角度、层次分别讨论它的对象，并最终勾勒、拼凑、还原文学史大概的面貌。其三，文学史的事实，作为统一的研究对象，会被不同的"看法"和"史观"人为地割裂，我们研究时有必要"往前"或"往后"甚至在文学的"周边"寻找源流及影响，弥补切割带来的缺陷。

就文学史的区域和视野而言，以洪子诚著《中国当代文学史》，陈思和主编《中国当代文学史教程》，董健、丁帆、王彬彬主编《中国当代文学史新稿》，顾彬著《二十世纪中国文学史》，孟繁华、程光炜著《中国当代文学发展史》，陈晓明著《中国当代文学主潮》对"中国港台文学"的处理为例，正如洪子诚所讲的：在文学史中"整合"港台文学而不是"简单地并置"，需要提出另外的文学史模型，所以该书没有涉及此项内容。这六本文学史著述，除《中国当代文学史新稿》进行了近似于"拼贴"式港台文学史写作外，顾彬的《二十世纪中国文学史》虽然当代文学篇幅短小，却也有专节的港台文学讨论，并且体现了一种在"世界中"观察港台文学的开阔视野，是一种"融入"式的研究。其他文学史基本没有涉及港台文学。而如何有效地叙述"文革"文学则构成了当代文学史写作的另一个难点，虽然这些文学史著述努力做出尝试，但似乎还难以找到一种大家普遍认同的文学史处理方式。这些问题如果在"海外""世界视野"中去理解和书写，就有可能产生新的问题意识和不一样的写作启示。

综上所述，海外并没有"当代文学"这样的学科概念，学者们自然也不会有强烈的"当代文学"学科归属感，但他们无疑是目前海外中国文学最为活跃的一支力量。"汉学"（中国学）在海外学术界并不处于中

---

① 王德威，王晓伟."世界中"的中国文学. 南方文坛，2017（5）.

心位置,"文学"不过是海外汉学里的一个门类,古代文学的海外影响力其实远远大于现代文学。"当代文学"作为现代文学的分支,虽然这些年确实有了长足的发展,也产生了一些可以和世界文学相媲美的作品,但即便有中国综合国力不断提升作为背景,也仅仅是提供了更多让海外关注当代文学的机会。就笔者的调查访问和海外切身感受而言,当代文学对海外切实的影响力几乎无从谈起。我们不能因为获得某些国际大奖,国内媒体的舆论宣传,国家文化政策的大力扶植,学界机构的不断推动,课题、著作、文章的不断涌现,就想当然地以为当代文学在海外已经形成了很大的影响力。如果我们把"当代文学"放在世界文学的视野里去研究,就会十分强烈地感受到它在国内的那种"分量"会迅速被弱化。当代文学从业者如果不在语言、文化、研究方式上具备真正的国际视野与能力,就很难在国际化的当代文学现实中有效地发出自己的声音。

第二章 中国当代文学海外传播研究

第一节 国内中国当代文学海外传播研究

国内中国当代文学海外传播研究近些年持续升温，甚至展示出某种鲜明的学科拓展意识。客观地讲，"中国文学"海外传播的研究历史并不短，相关成果累积起来也不少，甚至早在20世纪八九十年代就曾出现过系列丛书，至于相关的零散文章更是一直都存在。但我们不认为早期这些编著或零散的文章可以作为中国当代文学海外传播研究兴起的标志性成果，国内中国当代文学海外传播真正的研究兴起于21世纪。如果非要找一个具有标志性事件的年份，应该是2012年莫言获得诺贝尔文学奖并引发一连串综合效应。2012年莫言获奖后各界的反应及2013年成为学术十大热点，以及短期内迅速增长的研究，只能证明这一领域之前留下了多么巨大的空缺。

一、在而不盛：中国当代文学海外传播的研究历史

中国当代文学海外传播研究历史"在而不盛"的表现是：当代文学海外传播从新中国成立初，就频繁但零散地出现在当时中外文化交流的报道和文章里。在随后各个时代，持续以广泛、零散、边缘的形式出现于中外文化交流报道，比较文学、外国文学、翻译学等学科，以及外语、汉学（中国学）、当代文学研究者的著述中。而它的"不盛"除了时间上没有标志性事件，观念上未曾引发学界的集体重视和普遍的研究热情外，更主要地体现在边界不清、学科交叉、参与者众多但各自为政

的研究格局上。其并不明确的学科归属导致其在任何一个相关学科领域都难以获得充分的发展机会，沦落为学科的边缘话题或附属演练对象①，一定程度上阻碍了相关研究力量的有效沟通与融合。

中国当代文学海外传播的研究历史虽然整体上呈现"在而不盛"的特征，但并不意味着对它的关注始终不变，在经历了几次间接研究催动后，其呈现出渐渐加速并明晰起来的发展特点。在50—70年代主要表现在文章与报道方面，其推动力并非来自文学，而是政治文化交流的需要；八九十年代则在著作、文章、报道、研究机构等方面都有相应表现，其推动力开始有了来自文学的因素；21世纪则更加密集且丰富多样，文化输出开始成为自觉的原动力。

20世纪50—70年代基本特点是少而政治化。这一时期多涉及文艺政治、中外文学交流、重要作家交流访问等方面，从传播方向上看，外国文学的输入远远多于中国文学的输出。如卞之琳等人在《十年来的外国文学翻译和研究工作》一文中提到：1949年10月至1958年12月，我们翻译出版的外国文学艺术作品共5 356种，但1949年之前30年间的全部翻译著作（包括社会科学和自然科学），据比较可靠的统计仅有6 650种，其中文学艺术所占的比重大约为1/3，新中国成立后9年多文艺方面的译本几乎是成立前30年的两倍半。② 在五六十年代中国参加的几次亚非作家会议上，中外作家的发言、报告中往往会简要提到有哪些作家作品被译介出版，如森纳那亚克《在亚非作家运动中进一步发扬万隆精神》的报告中，提到锡兰用民族语言翻译中国古典小说和现当代文学作品，如茅盾的《子夜》、高玉宝的《我的童年》、杨朔的《雪花飘飘》《三千里江山》等。③ 毛泽东文艺思想可能是直到现在海外翻译传播最广、影响最大的当代文艺思想。④ 重要作家、翻译家有郭沫若⑤、杨

---

① 张健."中国文学海外传播研究书系"总序//刘江凯. 认同与"延异"：中国当代文学的海外接受. 北京：北京大学出版社，2012.
② 卞之琳，等. 十年来的外国文学翻译和研究工作. 文学评论，1959（5）.
③ 详细内容参见1963年的《世界文学》。
④ 刘振瀛，等. 毛泽东文艺思想在日本. 文学评论，1960（3）. 文章详细介绍了毛泽东文艺思想，尤其是《在延安文艺座谈会上的讲话》对日本进步作家、学者、学生、工人等的影响。
⑤ 戈宝权. 郭沫若的著作在日本. 文献，1979（1）.

宪益、巴金（《随想录》）、沙博理（Sidney Shapiro，《我的中国》）等。在50—70年代，就目前看到的资料而言，中国当代文学海外传播研究的特点往往是作为文学外交活动的"附属"信息出现，而不是作为中心对象的文学输出研究，更多的是关于国外"输入"中国的文学翻译研究。

80年代开始陆续出现关于中国文学"输出"的相关编著。这可能也是新中国成立后第一次成规模地编辑出版此类图书，这一阶段著述以编辑整理为主。如李岫编《茅盾研究在国外》（湖南人民出版社，1984），孙瑞珍、王中忱编《丁玲研究在国外》（湖南人民出版社，1985），以及中国社会科学院文学研究所国外中国学（文学）研究组编《国外中国文学研究论丛》（中国文联出版公司，1985）等。① 茅盾、丁玲等著名作家的海外研究资料汇编也是一项重要的基础性工作，这些成果对海外研究意见直接编译，少有作品翻译传播的第一手资料信息，作家也并非典型意义上的"当代作家"。这一时期直接针对中国当代文学海外传播的研究文章也很少，代表性的有《〈中国文学〉三十年》，作为《中国文学》的创刊译者、执行主编，作者回顾了创刊初衷：新中国成立不久，一些外国友人表达了对中国新文学的兴趣。而国内确实涌现出不少反映中国人生活新的一面，以及迥异于国外所知的新人物形象的一面的作品。为满足来自世界各地、各行各业、不同社会阶层记者的诉求，刊物更多地兼顾学术性和普及性，以进一步提升读者的阅读兴趣，提供老少咸宜的作品。② 李欧梵、李陀、阿城也曾提到80年代中国当代文学海外传播的状况：海外对中国资料信息的了解落后了至少30年，中国政治运动中受影响的作家在海外可能会红，但中国当代文学在海外是没有地位和影响的。其原因一方面是中国当代文学的翻译非常差，另一方面则是30年来一般的外国人对中国当代文学的感觉就是宣传。1986年的这些情况在今天仍然部分存在，但在程度上已经有了很多变化，比如海外翻译出版有时候与国内出版几乎是同步进行，翻译渠道日趋多样化，质量不断在提高，从文学角度展开的讨论也更多。

90年代花城出版社的"中国文学在国外"丛书成规模、有体系地

---

① 此类名家的国外研究资料的编辑成册工作主要在80年代后展开，稍早点还有乐黛云编《国外鲁迅研究论集（1960—1981）》（北京大学出版社，1981）。

② 杨宪益. 中国文学三十年. 中国文学，1981（10）.

推动了中国文学海外传播的研究工作。① 其他还有如施建业《中国文学在世界的传播与影响》(黄河出版社，1993)、《赵树理研究文集·外国学者论赵树理》(中国文联出版公司，1995)。这一时期呈现出自主研究和资料汇编成册相结合的局面，这些编著共同体现了国内学者将研究的视角伸向海外的努力，同时也暴露了中国文学海外传播的尴尬现实：要么是少数现代名家，要么是整个"中国文学"——就"中国当代文学"的海外传播而言，以上图书涉及较少，只是作为整个"中国文学"海外传播的后缀内容补充出现，所以很难把它们视为中国当代文学海外传播研究兴起的代表性著述，但这些成果确实有力地打开了中国文学的海外视角，为后期的相关研究提供了宝贵的经验与方法。

90年代中国当代文学海外传播的研究文章仍然以零散形式为主。比如关于翻译的有刘树森的《香港中文大学翻译研究中心与翻译系简介》②，该中心主持出版的《译丛》，从70年代起承担了大量包括中国当代文学在内的翻译工作，和《中国文学》一起对于当代文学海外传播贡献很大。再如张泉较早地关注了新时期文学在国际文学交流中的中外文学版权交易"逆差"现象，这一现象直到现在仍然没有得到根本改变。③ 赵晋华《中国当代文学在国外》是当时少见的聚焦中国当代文学的报道。④ 法国学者安妮·居里安对中国当代文学的追踪研究，参考价值较高，国外学者也是这一领域研究非常倚重的学术力量。⑤ 刘再复对诺贝尔文学奖的评定、获奖名单与中国作家的缺席做出了非常精到的分析，他在文章中重点提及的高行健、莫言分别于2000年、2012年获奖，北岛等人也是多年的候选人。⑥ 这些能出入于中外文学之间的专业

---

① 如严绍璗、王晓平《中国文学在日本》(1990)，李明滨《中国文学在俄苏》(1990)，曹卫东《中国文学在德国》(1990)，钱林森《中国文学在法国》(1990)，张弘《中国文学在英国》(1992) 等。

② 刘树森. 香港中文大学翻译研究中心与翻译系简介. 中国翻译，1994 (5).

③ 张泉. 世界舞台上的中国新时期文学：试析国际文学交流"逆差"说. 当代文坛，1995 (4).

④ 赵晋华. 中国当代文学在国外. 中华读书报，1998-11-11.

⑤ 居里安 (韩一宇编译). 近二十年来中国文学的探索. 山西教育学院学报，1999 (2). 法国出版界对中国当代文学的认识与认同，见《法国汉学》第4辑 (中华书局，1999：262)。

⑥ 刘再复. 百年诺贝尔文学奖和中国作家的缺席. 北京文学，1999 (8).

意见是难得的优秀研究成果。90年代起国内陆续成立了一些专注于研究"海外汉学（或中国学）"的机构并办有相应刊物。[①]但各种机构之间缺乏必要的沟通协同，导致研究力量分散、内容重合、资源浪费等问题，非常值得做出反思。

二、存而不明：中国当代文学海外传播的研究现状

21世纪以来直到2012年莫言获得诺贝尔文学奖之前，中国当代文学海外传播研究延续着自然缓慢的状态。但种种迹象表明，关于中国文学、当代文学的海外传播研究在经历了前面的积累期后，相关事件（如"顾彬现象"）、报道、文章、著述、课题都呈现加速发展趋势，相关研究正在自然兴起并缓慢转型。

21世纪以来相关编著数量非常有限，但出现了一些比较重要的研究成果。汉学（中国学）方面有何培忠《当代国外中国学研究》（2006）、钱林森《法国汉学家论中国文学——现当代文学》（2009）；访谈类著述如季进《另一种声音：海外汉学访谈录》（2011）、李凤亮《彼岸的现代性：美国华人批评家访谈录》（2011）等。2000年出版的夏康达、王晓平《二十世纪国外中国文学研究》，是目前查到最早由国家课题发展而来的相关著作。该书分日本、东南亚、欧美、俄苏四篇，主要介绍了中国古典文学在国外的传播状况，涉及当代文学的资料较少，如日本、泰国、越南、缅甸、新加坡基本止于现代文学，俄苏部分对新时期文学有较充分的介绍。2007年出版的马士奎《中国当代文学翻译研究（1966—1976）》首次将"文革"期间发生在中国的双向文学传递作为研究对象，全书以意识形态与文学翻译之间的关系为线索，重点考察

[①] 如1996年3月华东师范大学成立海外中国学研究中心，办有期刊《海外中国学评论》（China Studies Review International）；同年11月，北京外国语大学成立中国海外汉学研究中心，办有期刊《国际汉学》。国内其他相关刊物主要有《汉学研究》《清华汉学研究》《法国汉学》《复旦汉学论丛》《汉学世界》《世界华文文学论坛》等，其中偶有涉及中国现当代文学的文章。21世纪出现了更多相关机构和刊物。如2004年中国社会科学院成立国外中国学研究中心；2005年苏州大学成立海外汉学（中国文学）研究中心；2006年中国人民大学汉语国际推广研究所成立；2008年国家图书馆海外中国学文献研究中心成立；2009年7月北京师范大学中国文学海外传播研究中心成立，并与美国俄克拉何马大学知名杂志《当代世界文学》（World Literature Today）联合实施一系列项目；2009年12月北京大学国际汉学家研修基地成立。

了"文革"时期对外文学翻译工作，如毛泽东诗词、"样板戏"和浩然等人的作品。2009年出版的方长安《冷战·民族·文学：新中国"十七年"中外文学关系研究》，以"十七年"国内对外国文学的翻译为主，对当时中国与苏联、欧洲、英美、亚非拉国家的文学交流有扎实的分析，书中"'十七年文学'在社会主义阵营和日本的传播""欧美资本主义国家对'十七年文学'的绍介、言说"两章涉及当代文学的对外翻译。2010年纪海龙的博士学位论文《"我们"视野中的"他者"文学——冷战期间美英对中国"十七年文学"的解读研究》，从选本、翻译、研究角度讨论了美英两国对"十七年文学"的解读，探讨两国在"冷战"这样一个特定的时段内怎样言说中国的"十七年文学"及这种言说背后隐藏的话语机制。

2011年出版的姜智芹《中国新时期文学在国外的传播与研究》是教育部课题资助成果，其主要内容由莫言、余华、王安忆等十余位作家的海外传播与研究构成。该书针对新时期作家做了大量第一手资料挖掘，是少数集中讨论当代作家海外传播的专著。姜智芹教授从外国文学涉入"中国当代文学海外传播"领域，至少在2005年以前就已经开始了这方面的研究，在推出专著后仍然持续发表了一批相关论文，大致经历了从"偶然"涉猎到"自觉"发展的研究转变。2011年刘江凯的博士学位论文《认同与"延异"：中国当代文学的海外接受》，以中国当代文学海外接受为核心，较系统地整理了大量海外第一手资料，内容涉及中国当代小说、诗歌、戏剧的翻译与研究，海外期刊、著作、学者的译介，部分当代作家海外传播与接受的个案研究等，对中国当代文学海外传播的发展、问题及研究趋势展开了相应的讨论。有专家评价该作在"该研究领域中令人印象深刻""为下一步工作的展开，有奠基性的作用"[1]。"他的博士论文把海外不同地区联合起来，这样不仅帮助中国了解中国当代文学在海外的传播，也帮助德国了解欧洲之外的汉学，更帮助美国了解欧洲的汉学情况。"[2]还有些著作也会大量涉及当代文学海外传播，如郑晔、耿强、林文艺等人对《中国文学》及"熊猫丛书"的

---

[1] 程光炜．当代文学海外传播的几个问题．文艺争鸣，2012（8）．
[2] 顾彬．序//刘江凯．认同与"延异"：中国当代文学的海外接受．北京：北京大学出版社，2012．

研究，他们在梳理史料的基础上，着力追溯新中国成立后对外传播文学文化的源流，揭示以英文版《中国文学》为平台的中外文学交流现象，阐述新中国成立后文学文化对外传播与交流的途径、方法与启示。以上研究从翻译、中外文学关系、期刊等角度，对"十七年""文革""新时期"或者当代文学整体展开研究，共同体现了中国当代文学海外传播丰富的"跨界"性，在研究资料、视野方法、切入角度等方面都可以起到很好的互相借鉴和补充作用。

2012年莫言获得诺贝尔文学奖以后，中国当代文学海外传播呈现了一个明显膨胀发展的高峰期，甚至一度出现了"热而无序"的现象。这首先是因为其历史积累不可能在短时间内迅速改变。其次，该研究领域天然的跨学科特点加重了爆发阶段的混乱与浮躁之气。最后，作为一个貌似突然暴露的学术新大陆，人们的研究热情在开始阶段自然会溢出发展的缓慢节奏和研究经验。

以莫言海外传播研究为例。在2012年之前查到的直接关于他的海外传播研究论文只有5篇[1]，其中姜智芹的文章有首开莫言海外传播研究之功，提供了基本的研究方法，而邵璐的文章在资料整理和原因分析方面体现了非常扎实和深入的特点，另有刘江凯侧重于从当代文学的研究立场和问题意识上去处理莫言海外传播的第一手材料，几篇文章共同对莫言海外传播研究做出了有益的探索。2012年至2014年（10月）莫言海外传播研究文章蹿升至60多篇。仔细阅读后，由莫言获奖引发的话题性文章有40篇左右，另有20篇左右的文章从莫言作品的海外综述、具体作品的海外翻译研究、获奖引发的翻译研究等方面展开了讨论。这些文章一方面对莫言的海外传播展开了更多角度的扩充研究，另一方面也存在诸如简单补充、转换重复，有的甚至变相抄袭的现象。莫言和其他当代作家作品的海外传播研究兴起固然是好事，但摆脱"热门"效应、积累有效经验、丰富研究模式、在交叉融合中不断提高学术

---

[1] 分别是：姜智芹《西方读者视野中的莫言》(《当代文坛》2005年第5期)、《他者的眼光：莫言及其作品在国外》[《中国海洋大学学报》（社会科学版）2006年第2期]，陈曦《法国读者视角下的莫言》(《吉林省教育学院学报》2008年第5期)，邵璐《莫言小说英译研究》(《中国比较文学》2011年第1期)，刘江凯《本土性、民族性的世界写作——莫言的海外传播与接受》(《当代作家评论》2011年第4期)。

水平，显然是我们还要继续努力的方向。和单独的莫言海外传播研究相似，统计显示中国当代文学海外传播的研究也在2012年至2014年出现"井喷"态势。从文章到课题到相关编著，在两三年内呈现密集增长态势，但它们并不属于严格意义上的"中国当代文学海外传播"研究成果。

"存而不明"主要是指它的学科归属问题。中国当代文学海外传播天然具有跨学科、跨文化、跨语言的基本特点。除了涉及中国当代文学外，还有海外汉学、外国文学、比较文学、翻译学、译介学甚至电影学、传播学以及各种交叉研究。相关参与人员自然地分布在各个领域，其中海外学者和国内的比较文学、外语研究者占据了相当比例。这也导致了不同学科的研究立场与方法、问题和目标都存在着差异。中国当代文学海外传播研究无疑是一个新兴的跨学科研究领域，因为每个学科的"所长"即"所短"亦即"局限"，多学科协同创新大概是该领域的必经之路。只有跨学科才能打破传统学科的藩篱，释放学术的创新活力，通过学科间的协同合作去取长补短，最大限度地满足研究本身的客观需要。

在坚持交叉融合研究的同时，相关学科更要努力结合自身特点做一些探索性的尝试工作。比如就当代文学而言，其海外传播研究必然会带来材料、视野、方法以及结论方面的新拓展，如何将"域外"材料和国内批评、研究及文学史写作有效结合，都将是当代文学要认真面对的问题。当代文学不应该仅仅局限于汉语材料和国内视野，而应兼顾本土化和国际化。这不是崇洋媚外，而是学科的自然拓展和教育结构国际化以后必然出现的趋势。从"淹没"中突围，展现"当代文学"特有的海外传播品质也成为一个问题。这是因为一方面，当代文学海外传播研究天然的"跨界性"决定了参与学科和人员的广泛性，那么如何突显当代文学研究相比于其他相关学科海外传播研究的特色就成为我们要思考的问题。另一方面，如何在"中国文学"海外传播的大格局中突出"当代文学"的新品质也是我们应该考虑的。

我们如果把当代文学海外传播视为当代文学研究的一个新兴领域，就要努力摸索、探讨、建立起一套更为专业、有效的研究方法，要有能力真正打通国内和海外的相关资料。这绝非"外语"+"当代文学"那么简单的事。我们初步的经验是按照"对象统一"的原则（以研究对象来统一不同国家、文化、语言等因素的切割）在完成基本资料梳理的同时，更强调把这种研究纳入当代文学的体系里，充分利用当代文学的专业知识"嵌入"自己的研究心得，形成一种"对话"式的研究述评。要把典型个案和宏观整理相结合，注重第一手资料；强调个案和对比研究、资料性和学术性相结合；注重对作家、经纪人、翻译家和海外学者的直接调查访问，以发掘最新资料，避免研究的复制性。当代文学海外传播研究方面大量的空白，也会导致出现雷同、空泛的研究现象，而差异性正好是我们要时刻警惕的。资料的总量是客观和固定的，因而在补白的同时提高对资料的利用率，发现不同的问题才是关键。这不仅是对当代文学，也是对其他相关学科提出的挑战。

2012年莫言获得诺贝尔文学奖促使中国当代文学海外传播研究由"自然自发"进入"人为自觉"爆发状态，快速发展暴露了一系列值得注意的问题。热点问题开始时往往具有"话题多"而"研究少"的特点。比如对顾彬"垃圾论"的讨论就非常典型，在初期，它成为人们写作发言的由头，后期才有一些针对顾彬文学史或当代文学研究扎实的批评文章。当代文学海外传播研究在开始时也存在"话题宣传"多于"学术研究"的问题。在爆发初期大量关于莫言和当代文学海外传播的文章中，愿意扎实做材料与解决问题的文章实在太少，尽管当代文学海外传播研究存在巨大的空白，但在没有更多地系统性推进基础研究之前，根据一个莫言就大谈中国文学、文化"走出去"，或者太多引申出来的意义、效果、启示等，总有一些小题大做的夸张和华而不实的鼓吹嫌疑。一些文章占有的资料非常有限，并未深入展开实际研究，通过冠名、抽样的方式把一个艰深的学术问题变成了时尚的宣传话题，造成了研究的虚假繁荣。好在这种状况随着热情的沉淀很快得到了改善。

"复制性"也是当代文学海外传播研究爆发阶段的主要问题，主要表现是尽管研究对象和角度似乎有所变化，但细读以后发现其研究模式、方法、思路甚至材料线索都存在强烈的复制转换嫌疑，未对研究对象做出真正意义上的材料扩充、模式创新或者独到问题的发现与解决，有些甚至就是在已有成果的范围内打转，更换或扩充某些内容即完成了所谓的海外传播研究。"平面化"是当代文学海外传播研究初始阶段另一个可以理解但必须努力克服的问题。主要指目前当代文学海外传播研究存在资料性和学术性不平衡的问题，实质是一个史料、史识和研究能力的协调问题。当代文学海外传播存在大量不同语种、国家或区域急待填补的空白资料，往大了讲，该领域"跨界"的学科立场与研究方法很难在短时间内被消化和整合，难以出现"全人通才"之作，因此只能一边积累材料一边摸索相应的学术价值。往小了说，相关学科专业比如比较文学、翻译学、当代文学如何建立自己不可被替代的专业品质？或者如何去探究交叉研究的新模式与方法？突破简单的资料累积，在更开阔的交叉视野里发现研究对象的新价值，这些正是后期研究者们必须努力的方向。

三、和而不同：中国当代文学海外传播研究的未来趋势

通过以上中国当代文学海外传播研究历史与现状的分析，针对它的"跨界"特点和已有研究经验，中国当代文学海外传播未来发展的基本趋势应该是：各归其所，和而不同。即"中国当代文学海外传播"理应成为当代文学重要的研究内容，同时兼顾海外汉学、翻译学、比较文学等学科的方法与成果。这一原则同样适用于其他涉及海外传播的学科，比如音乐、电影、美术、哲学等。中国当代文学海外传播研究目前的诸多问题和我们在这方面研究经验、方法、能力的积累欠缺有关，更和该领域研究参与学科不同的研究立场和方法有关。

从研究发展来看，一些研究成果从汉学、比较文学、外语翻译的格局中脱颖而出，开始努力用相当明确的"当代文学"的学科意识去展开研究。如由北京师范大学中国文学海外传播研究中心发起，张健、张清华主编的"中国文学海外传播研究书系"共有六部著作，分别是张清华著《中国当代文学中的历史叙事：海德堡讲稿》，张清华编《他者眼光与海外视角》《当代文学的世界语境及评价》《中国当代作家海外演讲》，张柠、董外平编《思想的时差：海外学者论中国当代文学》，刘江凯著《认同与"延异"：中国当代文学的海外接受》。这些图书成体系地展示了中国当代文学在欧美及亚洲各国的传播成就，以及海外各国汉学家对中国当代文学的评价，对当代文学的海外传播研究具有重要的集成贡献。再如姚建彬主编的《中国当代文学海外传播研究》，收集了当代文

学海外传播的理论体系、国家形象、译介出版、莫言及其他个案研究相关文章。① 2016年出版的贾燕芹著《文本的跨文化重生：葛浩文英译莫言小说研究》（由其2013年博士学位论文修改而成）从政治话语、性话语、方言话语和戏曲话语四个方面对照原作和译作分析其中的偏离和变异，是非常扎实的当代文学海外传播作家个案研究专著。

  一批研究者也加入和充实当代文学海外传播研究。《当代作家评论》《南方文坛》《小说评论》都有相关专栏文章持续专注当代文学的海外传播与译介研究，其中一些文章令人印象深刻。如冯强《现代性、传统与全球化：欧美语境中的于坚诗歌海外传播》、褚云侠《在"重构"与"创设"中走向世界——格非小说的海外传播与接受》、赵坤《泛乡土社会世俗的烟火与存在的深渊——西方语境下的毕飞宇小说海外传播与接受》以及薛红云、曹霞等人的文章。② 这些作者并不满足于对作家作品海外翻译与研究的资料梳理，而是更多地结合个人对作家作品的研究心得，对文学作品和海外译介展开深入的对话与分析，体现了鲜明的当代文学研究方法与问题意识，显示了很好的专业反思和批判能力。③

  近几年中国当代文学海外传播研究的经验告诉我们，这是一项难度极大的"跨界"协同研究，也是一项在普遍性中强调差异性的研究，更是一项耗时耗力需要进行长远人才储备与培养的基础研究，对相关研究人员从知识结构到语言能力都提出了新的挑战。我们希望通过自己的努力提供一扇了解中国当代文学海外传播与接受基本状况的窗口，很显然，这项研究不可能提供终结性的统一结论，但可以提供理解、尊重、

---

  ① 2014年出版的杨四平著《跨文化的对话与想象：现代中国文学海外传播与接受》也是近年来重要成果之一，该著以现代文学为主要研究对象，和当代文学构成了一种连接关系，我们这里选择以"当代文学"为主的海外传播研究。

  ② 冯强．现代性、传统与全球化：欧美语境中的于坚诗歌海外传播．当代作家评论，2015（5）；褚云侠．在"重构"与"创设"中走向世界：格非小说的海外传播与接受．当代作家评论，2015（5）；赵坤．泛乡土社会世俗的烟火与存在的深渊：西方语境下的毕飞宇小说海外传播与接受．当代作家评论，2016（3）；薛红云．当代中国文学与文化研究的双重标本：王蒙作品的海外传播与研究．当代作家评论，2017（1）；曹霞．作为"动态经典"与"文学文本"的阐释：浩然作品的海外传播与研究．当代作家评论，2017（1）．

  ③ 刘江凯．本土性、民族性的世界写作：莫言的海外传播与接受．当代作家评论，2011（4）；刘江凯．当代文学诡异"风景"的美学统一：余华的海外接受．当代作家评论，2014（6）；刘江凯．"胀破"的光焰：阎连科文学的世界之旅．当代作家评论，2016（3）．

包容、借鉴乃至超越彼此间差异的可能性，真诚地希望有志之士加入讨论，推动这项文化事业。

第二节　海外中国当代文学研究：以 MCLC 为例

美国中国现代文学与文化资源中心（MCLC Resource Center，以下简称资源中心）隶属于《中国现代文学与文化》期刊，这种传统媒介与现代电子媒介相结合的方式更好地发挥了中国文学在海外的传播效应。资源中心有一个非常重要的资料库——"中国现代文学与文化名录"（MCLC List），这个名录主要是通过电子邮件的方式进行相关研究对象资料的咨询与索取。根据邓腾克主编的解释，他想通过这种方式使《中国现代文学与文化》形成集传统印刷、网络资源、电邮管理于一体的"三维多媒体资源"（a three-dimensional multi-media resource），以便更好地为那些对中国现代文学与文化感兴趣的学者、学生提供服务。他认为网络化管理最大的好处是可以迅速、大量、持续不断地更新资源。通过定期地给名录成员发送信息的方式，资源中心请他们提供自己研究领域最新的出版物及参考资料，然后添加、更新到资源中心。资料的收集并不是采用非常系统的方式进行，因此会造成有些领域的资料缺漏，但至少在"文学"和"媒介"这两个领域，他认为资源中心提供了最为全面的英文参考资料。

一、资源中心栏目综述

资源中心的旧版首页设计非常简洁（新版页面改版后，功能分区有所改变），以四行四列呈现 16 个分类资源栏目。① 它们分别是："通告"（Announcements）、"书评"（Book Reviews）、"目录"（Catalogues）、"课程"（Course）、"教育"（Education）、"图片档案"（Image Archive）、"机构/人物"（Institutions/People）、"期刊"（Journals）、"文学"（lit-

---

①　本书写作时的栏目设置时间为 2012 年，MCLC 网站后来进行了升级改造，截至 2022 年 10 月，其官网栏目与本书写作时相比已有较大改变，但核心资源的变化主要是内容更新。

erature)、"媒介"（Media）、"中国现代文学与文化名录"（MCLC List）、"音乐"（Music）、"网络资源"（On-line）、"研究项目"（Projects）、"出版物"（Publications）、"可视艺术"（Visual Arts）。新版的首页更简洁，分为五大类，分别是MCLC期刊、书评、网络出版物、中国现代文学与文化名录、参考文献。栏目及其子栏目提供的资源往往"包括"中国现代文学与文化，实际涉及的内容非常广泛。因此除"文学"一栏我们作为重点单独介绍外，其他栏目只简要介绍涉及文学的内容。

"通告"在新版首页中已被删除，旧版内容包括世界各国、各大学举办的会议、研讨会、电影系列、特别的公开课、征文、演讲、演出、工作等信息，涉及内容均和现代中国文学、社会、文化、历史等有关，并且不断更新。通过这一栏目可以及时地了解海外相关学术动态，积极地参与有关学术活动。如最早的一条通告是北京大学戴锦华教授1999年2月在俄亥俄州立大学讲授"中国女性写作"课程的公告，再如2005年由旅美诗人绿音（Yidan Han）创办的《诗天空》（Poetry Sky）双语季刊的通知。该刊发表当代中美原创诗歌及其译文，是全球首家中英诗歌双语网刊，中美当代诗歌交流的专业平台。诗天空网（PoetrySky.com）包括《诗天空》双语季刊、《中文诗刊》、诗人专栏、诗评家专栏、诗天空新闻、诗天空书架、诗天空诗人协会等栏目，以发现优秀诗歌和优秀诗人、激发诗人的创造力、促进中美当代诗歌交流为宗旨。其他通告如：2009年7月14日在澳大利亚墨尔本召开的"中华人民共和国60年：变革与挑战"会议。有些已经结束的会议甚至可能直接阅读到提交的论文内容。较新的通告有：《中国现代文学与文化》关于"传染疾病与文化影响"的征稿启事；加州大学伯克利分校发起的"现代与现代性：两次世界大战期间的上海视觉叙事"（Modern and Modernity: Visual Narratives of Interwar Shanghai）会议。据粗略统计，从1999年到2009年，这里发布的各种会议、研讨会、征文和招聘信息等有150多条，从中可以看出海外研究机构有关现代中国文学、文化的研究兴趣和关注热点。网络快捷更新、方便查询的方式也很好地弥补了印刷期刊相对滞后的不足，一方面可以大量保存过期的重要资料，另一方面又能非常及时地帮助相关人员在第一时间获得有用资讯，提前准备。

"书评"主要包括2003年以后由《中国现代文学与文化》和资源中心联合发表的各类书评,内容主要分为学术和文学作品两大类。截至2018年4月共发表大约230篇书评,其中2017年14篇,2016年25篇,2015年25篇,2014年20篇,2013年22篇,2012年15篇,2011年15篇,2003年至2010年共发表书评80多篇。相对于2003年前在印刷期刊上发表的书评而言,网络发表书评的形式不但灵活方便,而且容量也远远超过印刷形式。这使许多原本不能在印刷期刊上发表的书评有机会被更多的人看到,对学术交流起到了更好的促进作用。

除了书评外,另一个栏目"出版物"也具有相似的作用。邓腾克主编曾在给笔者的一封信里说明:资源中心另一个重要发展阶段是2000年开始在网上发布了一系列多媒体材料,这些材料要么不适合在印刷期刊上发表,要么学术性稍差但仍然对学术交流很有价值,比如诗歌、散文、戏剧、电影剧本、小说、学术演讲等的翻译,以及作家访谈、参考书目等。截至2018年4月,该栏目共发表68部作品,涉及当代文学的有:2004年由麦克尔·斯坦达特(Michael Standaert)对作家余华和诗人严力的访谈(时间分别在2003年8月和10月,艾奥瓦大学"国际写作计划");2005年《标语诗歌和本土人诗歌:中国第一届诗歌节观察》[The Poetry of Slogans and Native Sons: Observations on the First China Poetry Festival,作者约翰·克雷斯皮(John A. Crespi)];2006年杭程剧本《新青年》[New Youth,乔纳森·诺布利(Jonathan Nobley)译介];2009年王小波《革命时期的爱情》[Love in an Age of Revolution,王敦和迈克尔·罗德里格斯(Michael Rodriguez)译]。值得一提的是,荷兰莱顿大学的柯雷在这里提供了许多较有参考价值的研究成果,如2003年《被忽略的不快和独处的快乐:中国诗歌现状记录》(The Horror of Being Ignored and the Pleasure of Being Left Alone: Notes on the Chinese Poetry Scene)和《颜峻的诗》(The Poetry of Yan Jun);2007年《中国非官方诗歌期刊:一份研究笔记与参考书目评注》(Unofficial Poetry Journals from the People's Republic of China: A Research Note and an Annotated Bibliography),这份报告提供了非常翔实、珍贵的非官方诗刊资料,列出了从1978年《启蒙》至2004年《剃须刀》共计100种民办期刊的详细信息;2008年《中国先锋诗歌:

中文学术与批评参考书目》(Avant-Garde Poetry from the People's Republic of China: A Bibliography of Scholarly and Critical Books in Chinese),列举了中国权威学者和诗人的有关著作,每部作品附有简短内容介绍,对中外学术交流能起到很好的桥梁作用;另外,《中国先锋诗歌:单个作者与多作者合集参考书目》(Avant-Garde Poetry from the People's Republic of China: A Bibliography of Single-Author and Multiple-Author Collections) 主要罗列了中国先锋诗人及作品目录,此外还有海外华人诗人及其作品。最近的有 2017 年柯雷教授《荒野漫步:中国诗歌图景快照》(Walk on the Wild Side: Snapshots of the Chinese Poetry Scene),阿城的随笔《听敌台》(On Listening to Enemy Radio)等。以上这些资料在显示了海外学界对于中国文学的观察视角的同时,也提供了一些宝贵资料,部分内容则是我们容易忽视或很少评论的。

"机构/人物"包括"学术部门""协会、中心、社团""文化组织""基金会""个人网页"五部分。其中,文化组织和基金会因和本研究课题相关度较小,略过不提;个人网页主要列举了与资源中心有合作关系的海外学者,因此并不完整,如德国顾彬、荷兰柯雷、加拿大杜迈可及美国一些著名汉学家也未列入其中。"学术部门"列举了世界各地著名大学重要的东亚或中国研究院系,以海外院系居多,有少量中国的机构。其中,美国研究中国现代文学与文化的著名的大学、院系及代表人物有:哈佛大学东亚语言与文明系(East Asian Languages and Civilizations, Harvard University)王德威、周成荫(Eileen Chow);斯坦福大学东亚语言与文化系(Department of East Asian Languages and Cultures at Stanford)王斑、李海燕;哥伦比亚大学东亚语言与文化系(East Asian Languages and Cultures, Columbia University)刘禾、尤金尼·里恩(Eugenie Lean);加州大学洛杉矶分校亚洲语言与文化系(Department of Asian Languages and Cultures, UCLA)的胡志德(Ted Huters)、史书美(Shu-mei Shih);等等。英国的有伦敦大学亚非学院(SOAS, University of London)中国与亚洲内陆所的贺麦晓(Michel Hockx)等。其他协会、研究中心和社团共计有 66 个,如全美中国研究协会(American Association for Chinese Studies, AACS)、英国伦敦大学亚非学院亚非文学研究中心、法国现代中国研究中心(The

French Centre for Research on Contemporary China)、澳大利亚中国研究协会（Chinese Studies Association of Australia）等。这里需要单独介绍一个非常重要的学术机构——欧洲汉学学会（European Association for Chinese Studies，EACS）。通过其官方网站可以查看欧洲 22 个国家共计 120 多个汉学机构的信息。其中法国的汉学机构有 19 个，分布在 8 个地方，巴黎集中了 9 个；德国的汉学机构相对来说比较分散，22 个机构分布在 18 个不同城市；其他数量较多的国家分别是英国 16 个，意大利 13 个，西班牙、俄罗斯各 8 个，比利时 7 个。从名称上来看，对中国的研究往往是放在亚洲、东方甚至亚非的背景下进行的，许多机构则根本不涉及中国文学研究。中国当代文学在这个体系中大概处于如下序列：亚非研究—东方或亚洲—中国—各学科—文学—现当代文学—当代文学。可见，虽然海外有许多汉学研究机构，但涉及中国现当代文学的其实很少，尤其是当代文学的则几乎没有。中国当代文学只是作为"汉学"的一个小小分支零散地存在于海外学术体系中，我们只能从数量庞大的各种机构、组织、汉学系、期刊、学者中费力地"筛选"出当代文学信息。欧洲汉学学会的其他重要资源还包括：由德国海德堡大学汉学系主持的欧洲汉学研究数字资源中心（European Center for Digital Resources in Chinese Studies），通过该资源中心可以查阅欧洲最主要的数据库；欧洲汉学图书馆员协会（European Association of Sinological Librarians，EASL），该协会提供奥地利、比利时、丹麦、捷克、法国、德国、意大利、荷兰、挪威、瑞典、瑞士、英国最主要的汉学研究机构和图书馆信息。它对每个国家主要的汉学机构和图书馆都有比较详细的介绍，如名称、地址、联系方式、中文资源数量、特色馆藏、图书管理员及联系方式等；还有德国、奥地利、瑞士 1945—2004 年汉学研究机构与个人名录等。通过欧洲汉学学会、《中国现代文学与文化》及资源中心，我们应该注意到现代学术发展的一种新可能："数字化"学术研究。当我们习惯于在"故纸堆"里皓首穷经时，现代网络技术有可能为我们提供一种更为丰富、快捷、准确的学术方式。如果我们能够建立起值得信赖、权威的数字化资源，通过网络完成学术的资料查询、研究、发表、交流，形成不同于传统的数字化学术研究模式，这必将对今后学术的发展起到更好的推动作用。

"期刊"主要介绍关于现代中国文化的各类期刊,包括印刷出版物和电子期刊,分为"综合""文学与文化""电影与媒介""艺术""音乐"五大类。每一类里都有相应的大量专业期刊名称及其简介,并可以通过网页链接查阅更详细的介绍。关于中国现当代文学的期刊主要分布在"综合"和"文学与文化"两个部分。综合类涉及中国文学的期刊大概如下:《美国中国研究期刊》(*The American Journal of Chinese Studies*)是全美中国研究协会的官方期刊,一年出版两期,发表中国社科人文类文章,相对侧重于政治学,有时也有文学和文化方面的文章与书评。其他的还有英国伦敦大学亚非学院主办的《中国季刊》;澳大利亚亚洲研究协会主办的《亚洲研究评论》;荷兰莱顿大学《中国信息:当代中国研究杂志》;澳大利亚国立大学当代中国中心主办的《中国杂志》(*The China Journal*,1995年前刊名是 *The Australian Journal of Chinese Affairs*,中文为《澳中》);法国现代中国研究中心(中国香港总部)出版的《中国观察》,有较多中国现当代文学方面的内容;中国香港的《中国评论》;夏威夷大学主办的《中国研究书评》(取其封面中文名,英文为 *China Review International*);新加坡国立大学主办的《亚洲社会科学杂志》(*Asian Journal of Social Science*);等等。"文学与文化"类共罗列了中国出版的中外文期刊85种。中文期刊主要有《文学评论》《中国现代文学研究丛刊》《中国学术》《新文学史料》《文艺理论研究》《文艺理论与批评》《文艺研究》《文艺争鸣》《当代作家评论》《文学自由谈》《读书》《作家》,以及《当代》(台湾)、《文学》(台湾)、《中外文学》(台湾)等。外文期刊除了《中国现代文学与文化》外,其他经常发表中国现当代文学与文化的期刊还有中国香港岭南大学《现代中文文学学报》、俄克拉何马大学主办的《当代世界文学》、杜克大学主办的《形势:东亚文化批评》、加州大学洛杉矶分校主办的《现代中国》等。与研究机构的特点一样,尽管从数量上讲,海外有不少期刊的确涉及中国现当代文学,但这些研究成果依然是星星点点地分散于各国家、地区的期刊中,很难把它们剥离出来进行系统的调查和统计分析。以上期刊名单主要有三种来源:一是专家推荐,数量较少;二是对发表的中国现当代文学的文章进行期刊目录统计;三是查找期刊目录中的现当代文学文章进行进一步确认。

"目录"分为图书馆、书店、媒介三类,其中媒介是关于影视方面的各种网络资源,特别值得利用的是图书馆和部分网络书店。图书馆以美国、中国的为主。如美国哈佛燕京图书馆(Harvard-Yenching Library),通过其中的 HOLLIS 目录及查询系统可以非常方便地检索出需要的图书资料信息,可同时显示中文原名。联机计算机图书馆中心(Online Computer Library Center,OCLC)是非常优秀的世界图书馆连锁服务系统,通过 WorldCat 使图书馆资源更容易在互联网上被检索到。匹兹堡大学东亚图书馆中文学术期刊出版网关服务中心(Gateway Service Center for Chinese Academic Journal Publications)可免费提供电子版的中文全文资料,东京大学东洋学文献目录检索则可以输入中文进行作者、文章检索。这些说明海外中文资料的收集和检索系统是比较完备的。书店列出了美国、法国及中国的 45 个实体和网络书店,以中国的居多。如在中国比较成功的"当当网"等,而"亚马逊"(Amazon.com)则是非常成功的英语图书网络销售公司,通过它可以查到绝大多数公开出版的英文图书信息,除了出版社、语种、页数等信息外,我们还能了解到图书章节内容、相关专业书评、读者评论与统计,以及相近图书推荐等。网络同时能提供作者、译者的相关信息,大大地方便了广大读者和研究者。

"课程"在新版网页中也被删除,旧版分为"文学""文化""历史""电影媒介""艺术"五类,它整合了美国莱斯大学的"中美跨文化游廊"(Transnational China Project)资源,列出和介绍了海外开设的关于中国的各类代表性课程,其中艺术类 1 门,历史类 5 门,文化类 6 门,影视媒介类 15 门,文学类 13 门。如南加州大学孙绍宜教授"中国现代文学与电影:定义中国民族国家"(Modern Chinese Literature and Film: Defining the Chinese Nation-State)、加州大学洛杉矶分校史书美教授"中国移民文学与电影"(Chinese Immigrant Literature and Film)等。文学类课程如俄亥俄州立大学邓腾克教授"鲁迅与中国现代性"(Lu Xun and Chinese Modernity)、"现代中国小说"(Modern Chinese Fiction),莱斯大学理查德·史密斯(Richard Smith)"中国当代文学与艺术"(Contemporary Chinese Literature and Art),俄勒冈州里德学院(Reed College)吴千之(Charles Wu)"20 世纪中国诗歌"等。一般来说，这些课程都会有十分详细的课程说明与要求，如课程内容简介、作业要求、成绩核定方式等。很有参考意义的是，许多课程列出了每一周的上课计划，并附有具体到书名、作者、版本、页码的作品、材料名单。学生可以通过这些课程说明提前了解自己的学习任务，进行相关的阅读和准备，起到加强自主学习和课堂讨论的良好效果。通过这些海外中国现当代文学课程的内容，一方面我们可以借鉴一些有益的教学方法，另一方面可以获得中国现当代文学在海外教育体制中的重要信息，如他们主要在研究和关注哪些重点作家、经典作品等，随着时代的变迁，他们讲授的内容和对象的变化情况，等等。作为系统化的大学教育，这些课程的讲授内容对未来海外中国现当代文学的影响显然是巨大的，这方面仍然值得进行更为深入和系统的研究。

"网络资源"新版和旧版相比有所变化，新版为 18 个类别，旧版分为 16 个类别。主要包括中文门户网站、博客论坛、个人博客、报纸、杂志（印刷）、电子杂志、综合参考、历史/政治、文化情景、中国现代文学、文学网站、中国文学期刊、文学研究、流行文化、性别与同性恋研究、环境等。其中，综合参考中国现代文学里有较多中国现当代文学资料。网络资源内容庞杂，数量巨大，这一部分整体上更加鲜明地体现了前文所述的"学术数字化"：一方面，许多传统的学术资源正在数字化；另一方面，这些技术还未成熟，整个系统的权威性和可信度也相对较低，不得不花费大量的时间和精力进行甄别利用。

"研究项目"在新版中已删除，旧版有当时正在进行的一些研究计划，主要是现代文学与文化方面的内容，如耶鲁大学查尔斯·罗福林（Charles Laughlin）"中华帝国晚期的休闲文学"（Literature of Leisure in Late Imperial China）、杜克大学王谨和北京大学戴锦华合作的"中国流行文化研究"（Chinese Popular Culture Studies）等，没有当代文学相关项目。除以上栏目外，其他栏目的资源虽然也很丰富，但因为和中国现当代文学的关联度较小，我们不加详细介绍。

二、中国当代文学资料

"文学"在整个资源中心是资料最多、内容最丰富的栏目，也是我们研究海外中国现当代文学传播状况最有参考价值的部分。它分为 8 个子栏目,分别是作家研究(Author Studies)、传记(Biographies)、电子文本(E-text)、综合研究(General Studies)、鲁迅(Lu Xun)、作家个人作品翻译(Translations,Author)、作品合集翻译(Translations,Collection)、参考资料(Reference)。

其中,"传记"发表由《中国现代文学与文化》出版的关于现代中国作家的传记,目前只有一本《鲁迅传记》,作者是该刊主编邓腾克。这篇传记图文并茂,可以从中了解美国学者对鲁迅的研究角度与方法。"电子文本"链接了许多可以直接阅读中文作品的网络资源,对于可以直接进行中文阅读的海外研究者来说很方便。鲁迅是中国现代文学史上最重要的作家之一,"鲁迅"栏目以单独的形式罗列了有关重要成果,其在世界文学中的影响力和经典地位由此可见一斑。海外对他的研究也是全方位展开的,内容分为参考资料、合集翻译、传记、综合、小说、诗歌、散文、批评、翻译、学术、信件、视觉艺术,共12部分,每部分以中英文资料为主,偶尔可以看到德文研究资料,如德国汉学家顾彬的鲁迅研究。英语资料提供了极全面、权威的鲁迅研究资料目录,国内鲁迅研究界可以通过这些资料更好地推进鲁迅海外传播的相关研究。

"作家研究"是海外学者对中国现当代文学研究英语资料的汇编,按照字母顺序排列了海内外中国作家近430人(个别只有存目,偶有学者如刘再复、李泽厚)。这份名单几乎囊括了中国现当代文学史上重要的中国内地、港澳台作家及海外华人作家。每个作家都有数量不等的相关英文研究资料,可以清楚地知道研究专著或文章的题目与出处。这份名单本身也有较高的参考价值,首先是它把内地、港澳台作家与海外华人作家放在同样的平台上来观察,非常直观、清楚地显示了海外中国现当代文学的研究格局与影响力。除了我们熟悉的内地当代作家外,一些港澳台作家在海外的影响力也不容小觑。海外学界很自然地跳出区域文化的限制,在更为广阔的世界文学背景下研究内地、港澳台,以及海外现代华文文学,这种视野在一定程度上可以帮助内地当代文学更好地认清形势,调整策略,扩大影响。其次,这份名单很自然地打通了中国现代、当代文学,把它们作为一个整体进行研究。海外学界本来没有"当代文学"这一分科意识,它的"现代"包含了延续至当下的文学。通过根据名单对外文研究成果的分析统计,我们可以很自然地看出关于现代作家的海外研究虽然在数量上不如关于当代作家的海外研究，却显得"少而精"，现代作家的海外研究相对厚实，在整体上比当代作家显得更加"经典化"。最后，这份名单体现了一个基本规律：在现当代文学中相对重要的"经典"作家，其外文研究篇目和相应的作品翻译也较多。所以，通过对作家研究中外文资料的统计与深入挖掘，我们可以相对客观地找出哪些当代作家在海外的影响力更大一些，以及海外研究界对他们的评论意见。

从内地作家名单可以看出：其一，中国当代文学在海外的传播与研究呈现出比较稳定的历史延续性，从早期的胡风、浩然、赵树理到后来的卫慧、棉棉以及刘慈欣甚至"80后"作家，海外给予了持续关注与介绍，内地每一时期出现的不同文学类型及其代表作家几乎都有所反映。其二，20世纪八九十年代出现的文学力量在海外占有绝对的主导地位，海外对他们的翻译与研究也最多。特别是关于80年代在内地成名的作家的研究远远地超过对其他年代成名作家的研究。其三，内地作家在海外传播的原因比较复杂，并非纯粹的文学性在起主要作用，我们有必要对之进行更为深入和具体的研究。如卫慧、棉棉，对她们的翻译与研究更多的是从市场与文化的角度介入的。对于中国当代文学海外的研究状况，我们现在还未充分介绍，虽然国内一些汉学期刊、文学期刊如《当代作家评论》曾开辟专栏进行介绍，但整体上比较零散，不成体系，加强这方面的研究工作依然需要长期的努力。

"翻译"包括"作家个人作品"和"作品合集"两部分，基本包括了最主要的英文译本资料。"作家个人作品"部分按照汉语拼音顺序排列作品翻译信息，包括港台作家以及原本就以英语发表的作品。其中既有整本书的翻译，也有零散的短篇翻译。因为同样是按照作家姓氏顺序排列，所以这份目录和"作家研究"名单配合使用，有助于我们更好地了解作家的海外传播与研究状况。有些作家只有作品的翻译，没有相关的海外研究，如近些年在海内外影响都不断扩大的毕飞宇，有两篇经葛浩文翻译的作品，分别是《祖宗》和《青衣》，但没有相关的外文研究信息；翻译名单中甚至包括了"80后"作家，如春树的《北京娃娃》[1]。

---

[1] Chun S. Beijing Dolls. Tr. Goldblatt H. NY：Penguin，2004.

而像莫言、余华等更为知名的作家，其作品翻译和海外研究则呈现出量多并且均衡的特点，这间接反映了中国当代作家在海外的不同影响力。

"作品合集"按类型分为"综合""小说""诗歌""戏剧""散文""文学批评"六种。按专题则分为伤痕、朦胧诗、现代主义、寻根、报告文学、台湾、香港、少数民族、女性作家、先锋文学、回忆录、流行文学、中美文学、同性恋文学等。其中，综合类作品合集比较重要的有许芥昱（Kai-yu Hsu）、丁望（Ting Wang）编《中华人民共和国文学》；沃尔特·梅瑟夫（Walter J. Meserve）和鲁思·梅瑟夫（Ruth L. Meserve）编写的《中国现代文学》，包括短篇小说、诗歌、戏剧、散文；方芝华（音译）编《20世纪中国短篇小说》，包括鲁迅、许地山、刘心武、高晓声、铁凝、汪曾祺的小说等。①

小说类的作品合集约有40种，部分作品名称虽然有"当代"一词，但其实是新中国成立前的译本，即我们的"现代"文学。如哥伦比亚大学1944年版王际真（Chi-chen Wang，1899年生，第一位将《红楼梦》译为英文的华人）翻译的《中国当代小说》，收录了张天翼、茅盾、老舍、鲁迅、叶圣陶、巴金、凌叔华、冯文炳、杨振声等许多现代名家的作品。其他当代小说译本还有葛浩文等编译的《麻雀的叫声：中国当代短篇小说》，收录了从中国报纸、杂志、文学期刊及个人文集中摘选的短篇小说91篇，北岛指出"这些独特而敏锐的选本将可以使英语读者从中瞥见中国的日常生活，想象中国的历史，并且品味中国文学的精美"（见该书封底）②。《毛的收获：中国新一代声音》一书分为六部分，收录了包括潘晓《人生的路呵，怎么越走越窄》、顾工《两代人》等在内的书信、散文、诗歌、小说等不同体裁作品，作者还包括顾城、北岛、张洁、刘心武、舒婷、蒋子龙、陈忠实、甘铁生、叶文福等。③《中国当

---

① Literature of the People's Republic of China. Bloomington and London：Indiana University Press，1980；Meserve W J，Meserve R L. Modern Literature from China. NY：New York University Press，1974；Fang Z H. Chinese Short Stories of the Twentieth Century. New York：Garland Publishing，1995.

② Loud Sparrows：Contemporary Chinese Short-Shorts. Trs. Mu A，Chiu J，Goldblatt H. NY：Columbia University Press，2006.

③ Siu H，Stern Z. Mao's Harvest：Voices from China's New Generation. NY：Oxford University Press，1983.

代小说经典著作》(The Vintage Book of Contemporary Chinese Fiction) 出版于 2001 年，收录了程乃珊、王安忆、王蒙、莫伸等人比较新的作品。其他小说类作品合集还有《〈迷舟〉及其他中国新小说》(The Mystified Boat and Other New Stories from China)、《中国近期中短篇小说选（1987—1989）》(Recent Fiction from China, 1987 - 1989: Selected Stories and Novellas) 等。除了外国学者编译外，海外华人学者和中国内地学者也同样有力地推动着中国当代小说的译介工作。如中国著名翻译家朱虹编译的《中国西部：中国当下短篇小说》(The Chinese Western: Short Fiction from Today's China) 等等。

诗歌类代表性的作品有许芥昱《二十世纪中国诗歌选》，以及《红土地上的女人：中国现代女性诗选》《夏季的辉煌：中国当代诗歌集》《红杜鹃："文革"后中国诗歌》《兰舟：中国女性诗人》《新一代：中国当下诗歌》《新浪潮：中国当代诗歌》《中国现代诗歌一百首》《中国当代八大诗人》等。除了书籍以外，一些海外期刊也会不定期地推出中国诗歌专辑，翻译和介绍中国当代诗歌，如《亚特兰大评论》。

专题类的小说合集较多，如香港联合出版社 1979 年出版的《伤痕：1977—1978 年"文革"新小说》(The Wounded: New Stories of the Cultural Revolution, 1977 - 1978)；美国纽约出版社 Hippocrene Books 1983 年出版的《新现实主义："文革"后的中国写作》(The New Realism: Writings from China after the Cultural Revolution)。寻根小说集则有兰登书屋 1989 年出版的《春竹：中国当代短篇小说选》(Spring Bamboo: A Collection of Contemporary Chinese Short Stories)。北京外文社 1990 年出版的"熊猫丛书"之一《夏夜燃烧的爱》(Love That Burns on a Summer Night)，收录了包括玛拉沁夫、蔡测海、乌热尔图、扎西达娃、张承志等不同民族十位作家的作品。先锋文学有王平（音译）编的《中国新先锋诗歌（1982—1992）》(The New Chinese Avant-Garde Poetry, 1982 - 1992)，王德威和 Jeanne Tai 编选的《众声喧哗：中国新作家》(Running Wild: New Chinese Writers)。从 20 世纪 70 年代至 2003 年出版的回忆录列举了约 40 部，当然，这只是众多作品中的一小部分。海外华人出版的关于当代中国的回忆录，内容多和"文革"有关系或者有较强的意识形态因素。中国作家代表性的回忆录如杨绛的《干校六记》在海外有着巨大的影响，有三个英译本，分别是 Geremie Barmre 翻译的 *A Cadre School Life：Six Chapters*，香港联合出版集团 1982 年版；Chang Chu 翻译的 *Six Chapters of Life in a Cadre School：Memoirs from China's Cultural Revolution*，美国 Westview 出版社 1986 年版；葛浩文翻译的 *Six Chapters from My Life "Downunder"*，华盛顿大学出版社 1983 年版。

"参考资料"分为词典、中国现代文学词典、期刊出版、文学简编、参考书目原始资料、参考书目二手研究、生平与访谈、笔名和外国名字、外国作品翻译成中文、图书馆之外材料的查找十个部分。这类内容同样十分有用，按照不同类型，可以发现很多国内不曾了解的重要资料信息。如参考书目原始资料里，由 Kam Louie 和 Louise Edwards 编著，于台北 1993 年出版的《中国当代小说英译与评论目录（1945—1992）》(*Bibliography of English Translations and Critiques of Contemporary Chinese Fiction*，1945 - 1992)。该书可以结合齐邦媛、王德威编，印第安纳大学出版社 2000 年出版的《二十世纪下半期中国文学评述》(*Chinese Literature in the Second Half of a Modern Century：A Critical Survey*) 一书，查找并整理大量中国当代文学的海外传播与研究信息。如金介甫作、查明建译《中国文学（一九四九——一九九九）的英译本出版情况述评》[①] 一文即如此。1997 年 Phyllis T. Wang 和 Cathy Ch'iu 编的《中国现代诗歌英译指南（1917—1993）》(*Guide to Modern Chinese Poems in English Translation*，1917 - 1993)；1991 年 Phyllis Wang 和 Donald Gibbs 编的《中国文学报刊（1949—1966）读者指南》(*Readers's Guide to China's Literary Gazette*，1949 - 1966) 等也是有较高参考价值的英文资料。

"综合研究"按时期进行分类。每一历史阶段的资料基本都是关于该时期文学与文化的研究成果，包括著作和在期刊上发表的文章。参考价值较大的如 1984 年加利福尼亚大学出版社出版、杜博妮编的《中国（1949—1979）大众文学与表演艺术》(*Popular Chinese Literature and Performing Arts in the People's Republic of China*，1949 - 1979)。海

---

① 参见《当代作家评论》2006 年第 3、第 4 两期。

外中国当代文学研究，经历 50—70 年代意识形态化研究的高潮后，到八九十年代渐渐开始回落。海外一些博士论文也会涉及这一时代的研究，如纽约大学 1980 年金凯鑫（Luke Kai-hsin Chin）的博士论文《1949 年后中国戏剧改革政策：社会化的精英策略》（The Politics of Drama Reform in China after 1949: Elite Strategies of Resocialization）；2009 年彼得·巴顿（Peter Button）根据其博士论文出版的《中国文学与审美现代性的真实形态》（Configurations of the Real in Chinese Literary and Aesthetic Modernity）等。还有一些中国学者也不断地参与到海外中国当代文学的研究中，如 1996 年 H. Chung 主编的《在党的精神中：苏联、东德、中国的社会主义现实主义与文学实践》（In the Party Spirit: Socialist Realism and Literary Practice in the Soviet Union, East Germany and China）一书中，收录了中外学者的相关论作，其中有陈晓明《消失的真实：从现实主义到现代主义中国》（The Disappearance of Truth: From Realism to Modernism in China）一文。他的另一篇文章《个人记忆与文学历史化》（Personal Recollections and the Historicization of Literature）则收录到陶东风主编、剑桥大学出版社 2009 年出版的《中国革命与中国文学》（Chinese Revolution and Chinese Literature）一书中。海外学界中国学者声音的出现，将会更好地带动中外学术的互动与促进。以上列举的仅是 20 世纪五六十年代文学著作方面的资料，其他时代的资料我们将在后文中进行选择性译介。除了按时代分类外，综合研究按地区分为中国台湾、中国香港及海外华文（散居、流亡、跨国际）三大部分；按主题分为综合、文学社团、印刷文化、现代主义、后现代主义、性别、同性恋、生态文学与自然写作、乡土寻根文学、大众文学、现代主义、儿童文学、国家民族；按体裁又分为诗歌、戏剧、散文和报告文学、文学批评。以上每一小类，都有相应的研究成果信息，可以十分方便地按照自己的研究视角选取需要的资料。需要说明的是，这里的分类虽然和"翻译"部分有重合内容，如"同性恋"，但实际内容并不完全一样。综合研究里的内容更加丰富，多是文化角度的研究成果，而翻译类则多是文学作品。

我们以当代文学为主要研究对象，选择性地介绍了资源中心的基本情况，列出了许多重要的第一手英文资料信息（包括少量的德文、法文资料）。总体而言，我们觉得《中国现代文学与文化》及资源中心非常注重对中国当代文学相关学术成果的收集、整理和译介工作。尤其是资源中心的网络化目录，虽然大多数只是提供了书名目录，但是为更深入的研究指明了查找外文资料的便捷方向。另外，我们不得不在此基础上进行大量资料的阅读和整理，来完善相关的研究工作。资料收集向来是基础性的工作，特别是开创性的研究工作，其学术价值往往首先体现在资料性上。

中国当代文学的海外传播涉及的国家多、语种杂，研究对象和种类也比较复杂，加之很少有可以参考的成熟文献，因此如何有效地组织文章成了一个非常棘手的问题。资源中心只是众多数字化网络资源的一种，它提供的更多的是一种"目录"式的检索。根据这种检索的指导，我们还可以充分利用其他各种网络资源进行检索和补充，最后实现自己的研究目的。根据笔者的经验，利用数字化资源进行学术资料的收集与研究大概需要三个步骤：第一步是"查找目录资源"。可以利用联机计算机图书馆中心、各大学图书馆，尽量全面地找到需要的资料信息。第二步是"获取原文资料"。现代网络提供了大量查找、共享资料的平台，有些网站甚至专门提供"原文资料"的下载，并且往往是免费的。最常用的如谷歌图书等，许多图书是影印的 PDF 文件。更可靠的方式是利用大学购买的权限直接阅读、下载相关资料，如中国的 CNKI 和"读秀"等资源。第三步是"补充完善资料"。现代网络虽然很发达，但并非所有资料都能直接从中获取。比如有些资料前两步都尝试后依然没有获得，该怎么办？我们可以利用各种已知信息设法补充和完善资料，包括回归传统的学术方式。资料互助是现在常见的一种学术方式，如果需要的资料在自己的大学无法获得，笔者就会寻求其他大学甚至国外朋友的帮助。另外，国内近些年也涌现了一些机构，开始了相关专业数据库的建设，整合国内相似资源，实现资源的共享和最大化利用，这也是一个可以大有作为的学术服务空间。总之，感性的文学和抽象的数字化之间，似乎存在着美丽的邂逅，它们的结合会产生哪些美妙的故事，我们还需要更多的等待和想象。

第三章 未完成的民族性与世界性：莫言的诺贝尔文学奖之路

第一节 本土性、民族性的世界写作：莫言作品海外传播与接受*

莫言是当代中国最富活力、创造力和影响力的作家之一，无论是在国内还是海外，都享有很高的声誉。在国内为数不多的当代作家海外传播研究文章中，关于莫言的研究相对较多。海外中国当代作家研究，莫言无疑也是一个重镇。本节以莫言的海外接受为重心，围绕着莫言作品的海外翻译、出版、接受与研究状况展开，希望通过这方面的分析，揭示和探讨中国当代文学海外传播过程中存在的规律与可能的问题。

一、作品翻译

一般认为，莫言在国内的成名作是《透明的红萝卜》，1986年《红高粱家族》的出版则奠定了他在中国当代文坛的地位。根据对莫言作品翻译的整理，《红高粱家族》是他在海外最先被翻译并获得声誉的作品。这部作品于1990年推出法语版，1993年同时推出英语、德语版。莫言的作品被翻译成多种语言出版，并先后获得过法国"Laure Bataillin 外国文学奖"、"法兰西共和国文学与艺术骑士勋章"、意大利"NONINO

---

* 本节首发于《当代作家评论》2011年第4期，这里根据资料，题目和正文有所更新或改动。

第三章 未完成的民族性与世界性：莫言的诺贝尔文学奖之路

国际文学奖"、日本"福冈亚洲文化大奖"及美国"纽曼华语文学奖"等国外奖项。作品被广泛地翻译出版并且屡获国外文学奖，在客观上显示了莫言的海外传播影响以及接受程度。为了更直观、详细、准确地了解莫言作品的海外出版状况（1989—2010），综合各类信息来源，笔者对莫言的海外出版进行了整理，如表3-1所示。

此外还有一些未收录到表3-1中的莫言作品翻译信息。以德语作品为例，除表中《酒国》（2005年再版）外，莫言的德译作品还有《红高粱家族》（Das rote Kornfeld，Peter Weber-Schäfer译，有Rowohlt 1993、1995年版，Unionsverlag 2007年版）、《天堂蒜薹之歌》（Die Knoblauchrevolte，Andreas Donath译，有Rowohlt 1997、1998、2009年版）、《生死疲劳》（Der Überdruss，Martina Hasse译，Horlemann 2009年版）、《檀香刑》（Die Sandelholzstrafe，Karin Betz译，Insel Verlag 2009年版）和中短篇小说集《枯河》（Trockener Fluß，Bochum 1997年版）以及短篇小说合集《中国当代短篇小说集》（包括莫言、阿来、叶兆言、李冯的作品）。莫言的意大利语翻译作品除了表3-1中收录的外，经查还包括《红高粱家族》（Sorgo rosso，Einaudi 2005年版）、《丰乳肥臀》（Grande seno, fianchi larghi，Einaudi 2002、2006年版）、《檀香刑》（Il supplizio del legno di sandalo，Einaudi 2005、2007年版）、《生死疲劳》（Le sei reincarnazioni di Ximen Nao，Einaudi 2009年版）。日语有2011年岩波书店出版的《筑路》，2011年中央公论新社出版的《蛙》，2010年菱沼彬晁译《狗文三篇》，此外还有立松升一翻译的三篇文章发表在《季刊中国现代小说》上，分别是《石磨》(1997)、《拇指铐》(2001)、《扫帚星》(2005)，两篇文章刊登在《中国现代小说》上，分别是《月光斩》（2009年6月）和《普通话》（2012年4月）等。莫言的越南语翻译作品数量很多，其早期代表作品《透明的红萝卜》（củ cải đỏ trong suốt）、《红高粱家族》[Cao lư'o'ng đỏ, Nhà xuất bản Lao Động（劳动出版社）2006年版] 已有越南语翻译。除了个人作品外，莫言也有和其他中国当代作家一起被翻译的作品集，这里不再列出。

可以看出，莫言作品被翻译较多的语种有法语、英语、德语、越南语、日语和韩语。其作品海外传播地域的分布和余华及苏童具有相似性：

表 3-1 莫言作品翻译统计

语种	中文名/译名	外文名	译者	出版机构	年份
法语	超越故乡	Dépasser le pays natal	尚德兰	塞伊出版社（Seuil）	2015
	幽默与趣味·金发婴儿	Professeur singe suivi de Le bébé aux cheveux d'or	弗朗索瓦·萨斯杜尔内内；尚德兰	塞伊出版社	2015
	变	Le grand chambard	尚德兰	塞伊出版社	2013
	檀香刑	Le supplice du santal	尚德兰	Points / 塞伊出版社	2009 / 2006
	生死疲劳	La dure loi du karma	尚德兰	塞伊出版社	2009
	四十一炮	Quarante et un coups de canon	Noël Dutrait; Liliane Dutrait	塞伊出版社	2008
	天堂蒜薹之歌	La mélopée de l'ail paradisiaqu	尚德兰	Points / Éd. Messidor	2008 / 1990
	欢乐	La joie	Marie Laureillard	P. Picquier	2007
	会唱歌的墙	Le chantier	待查	塞伊出版社 / Scandéditions	2007 / 1993
	师傅越来越幽默	Le maître a de plus en plus d'humour	Noël Dutrait	Points	2006
	丰乳肥臀	Beaux seins, belles fesses: les enfants de la famille Shangguan	Noël Dutrait; Liliane Dutrait	塞伊出版社	2005 / 2004
	爆炸	Explosion	Camille Loivier	Caractères	2004
	藏宝图	La carte au trésor	Antoine Ferragne	P. Picquier	2004

第三章　未完成的民族性与世界性：莫言的诺贝尔文学奖之路

续表

语种	中文名/译名	外文名	译者	出版机构	年份
法语	十三步	Les treize pas	Sylvie Gentil	塞伊出版社	2004 1995
	铁孩	Enfant de fer	尚德兰	塞伊出版社	2004
	透明的红萝卜	Le radis de cristal	Pascale Wei-Guinot; Xiaoping Wei	P. Picquier	2000 1993
	酒国	Le pays de l'alcool	Noël Dutrait; Liliane Dutrait	塞伊出版社	2000
	红高粱家族	Le clan du sorgho	林雅翎；Pascale Guinot	塞伊出版社（全译本）Actes Sud	2014 1990
	变	待查	陈登黄	文学出版社	2014
越南语	蛙	Ếch	Trung Hỷ Trần（陈忠喜）	Văn học	2010
	战友重逢	Ma chiến hữu	Trung Hỷ Trần	Nhà xuất bản Văn học	2009
	牛	Trâu thiến	Trung Hỷ Trần	Văn Hóa Thông Tin	2008
	红蝗	Châu chấu đỏ	Trung Hỷ Trần	Văn học	2008
	筑路	Con đường nước mắt	Trung Hỷ Trần	Văn học	2008
	白棉花	Bạch miên hoa	Trung Hỷ Trần	Văn học	2008
	丰乳肥臀	Báu vật của đời	陈廷笔（Đình Hiến Trần）	Nhà xuất b Hà Nội Văn àn Văn nghệ	2007 2002
	生死疲劳	Sống đọa thác đày	Trung Hỷ Trần	Nhà xuất bản Phụ nữ	2007

续表

语种	中文名/译名	外文名	译者	出版机构	年份
越南语	四十一炮	Tứ thập nhất pháo	Trung Hỷ Trần (陈忠喜)	Nhà xuất bản Văn Nghệ	2007
	生蹼的祖先们	Tổ tiên có màng chân	Thanh Huệ; Việt Dương Bùi	Nhà xuất bản Văn học	2006
	酒国	Tửu quốc; tiểu thuyết	陈廷宪	Nhà xuất bản Hội nhà văn	2004
	檀香刑	Đàn hương hình	陈廷宪	NXB Phụ nữ	2004
	四十一炮	Bốn mươi mốt chuyện tầm pháo	陈廷宪	Nhà xuất bản Văn Học	2004
	红树林	Rừng xanh lá đỏ	陈廷宪	Nhà xuất bản Văn Học	2003
	蛙	Frog	葛浩文	Viking	2015
	透明的红萝卜	Radish	葛浩文	Penguin	2015
		A Date with the Master	葛浩文	Pathlight	2013
英语	神坛（《檀香刑》选译）	Divine Altar (an excerpt from Sandalwood Death)	葛浩文	今日中国文学社	2013
	诺贝尔奖颁奖典礼演讲	Noble Prize Banquet Speech	葛浩文	今日中国文学社	2013
	讲故事的人：诺贝尔奖演讲（2012年12月7日）	Storytellers: Nobel Lecture (Dec. 7, 2012)	葛浩文	今日中国文学社	2013
	檀香刑	Sandalwood Death	葛浩文	University of Oklahoma Press	2012

续表

语种	中文名/译名	外文名	译者	出版机构	年份
英语	四十一炮	Pow!	葛浩文	Seagull Books	2012
	蛙（节选）	Frog (excerpt)	葛浩文	Granta	2012
	讲故事的人	Storyteller	葛浩文	The Nobel Foundation	2012
	变	Change	葛浩文	Seagull	2010
	生死疲劳	Life and Death are Wearing Me Out	葛浩文	Arcade Pub.	2008
	丰乳肥臀	Big Breasts and Wide Hips	葛浩文	Methuen Arcade Pub.	2004 2005
	师傅越来越幽默	Shifu, You'll Do Anything for a Laugh	葛浩文；林丽君 (Sylvia Li-chun Lin)	Methuen	2002
	酒国	The Republic of Wine	葛浩文	Penguin Arcade Pub.	2001 2000
	天堂蒜薹之歌	The Garlic Ballads	葛浩文	Penguin Viking	1996 1995
	红高粱家族	Red Sorghum	葛浩文	Penguin Viking	1994 1995 1993
	莫言中短篇选	모옌 중단편선	沈揆昊；刘素瑛	民音社	2016
韩语	月光斩	달빛을베다	任弘彬	Munhakdongne	2016 2008

续表

语种	中文名/译名	外文名	译者	出版机构	年份
韩语	师傅越来越幽默	사부님은 갈수록 유머리스해진다	任弘彬	Munhakdongne	2016 2009
	红高粱	붉은 수수밭	沈惠英	文学与知性社	2014
	蛙	개구리	沈揆昊;刘素瑛	民音社	2012
	十三步	열세걸음	任弘彬	Munhakdongne	2012
	变	모두 변화한다	文炫善	Thinking Lab	2012
	四十一炮	사십일포 1.2	朴明爱	文学与知性社	2008
	生死疲劳	인생은 고달파 1.2	李旭渊	创批出版社	2008
	天堂蒜薹之歌	티엔탕 마을 마늘종 노래 1.2	朴明爱	Random House	2007
	食草家族	풀 먹는 가족 1.2.3	朴明爱	Random House	2007
	丰乳肥臀	풍유비둔 1.2	朴明爱	Random House	2004
	酒国	술의 나라 1.2	朴明爱	Bookworld	2003
	檀香刑	단향형 1.2	朴明爱	中央 M&B	2003
	红高粱	붉은 수수밭	沈惠英	文学与知性社	1997
	透明的红萝卜	꽃다발을 안은 여자	Kyŏng-dŏk Yi	호암출판사	1993

第三章　未完成的民族性与世界性：莫言的诺贝尔文学奖之路

续表

语种	中文名/译名	外文名	译者	出版机构	年份
日语	生死疲劳	転生夢現（上、下）	吉田富夫	中央公論新社	2008
	四十一炮	四十一炮	吉田富夫	中央公論新社	2006
	白狗秋千架——莫言自选短篇集	白い犬とブランコ——莫言自選自選短編集	吉田富夫	日本放送出版協会	2003
	檀香刑	白檀の刑（上、下）	吉田富夫	中央公論新社	2003
	红高粱	赤い高粱	井口晃	岩波書店	2003
	最莘福的时刻——莫言中短篇集	至福のとき——莫言中短編集	吉田富夫	平凡社	2002
	丰乳肥臀	豊乳肥臀（上、下）	吉田富夫	平凡社	1999
	酒国	酒国：特捜検事丁鈎児（ジャック）の冒険	藤井省三	岩波書店	1996
	来自中国农村——莫言短篇集	中国の村から——莫言短篇集（発見と冒険の中国文学）	藤井省三；長堀祐造	JICC出版局	1991
	《现代中国文学选集：莫言》	莫言（現代中国文学選集）	井口晃	徳間書店	1989 1990
	怀抱鲜花的女人	花束を抱く女	藤井省三	JICC出版局	1992

续表

语种	中文名/译名	外文名	译者	出版机构	年份
希伯来语	天堂蒜薹之歌	Baladot ha-shum	Idit Paz	Or Yehudah: Hed artsi: Sifriyat Ma'ariv	1996
	红高粱	סורגום אדום	Yoav Halevi	Or Yehudah: Sifriyat Ma'ariv	1994
意大利语	养猫专业户及其他故事	L'uomo che allevava i gatti e altri racconti	M. R. Masci D. Turc-Crisà	Famiglia cristiana; Einaude	1997 2008
波兰语	丰乳肥臀	Obfite piersi, pełne biodra	Katarzyna Kulpa	Wydawnictwo W. A. B	2007
	酒国	Kraina wódki	Katarzyna Kulpa	同上	2006
西班牙语	红高粱	Sorgo rojo	待查	Muchnik	2009 1992
德语	酒国	Die Schnapsstadt	Peter Weber-Schäfer	Rowohl	2002
瑞典语	天堂蒜薹之歌	Vitlöksballaderna	待查	Tranan	2001
	红高粱	Det röda fältet	Anna Gustafsson Chen	Tranan	1998 1997
挪威语	红高粱	Rødt korn	待查	Aschehoug	1995

注：本表主要依据 WorldCat 整理。同时在莫言获诺贝尔文学奖后参考了合歌图书、亚马逊以及其他相关资料进行了力所能及的更新。表中待查部分为暂时无法确认的资料信息。译者和出版社、有较为通行的中文译名的，根据中文译名给出，其他的均保留其原始名称未译，以便读者查阅。

呈现出以发达资本主义国家和受中国文化影响很大的亚洲国家为中心的特点。这说明经济发展水平和文化关联程度是制约中国文学海外传播最基本的两个要素，在此基础上，才会进一步分化出其他更为具体的不同接受原因。从莫言的主要传播地域来看，以英法德为代表的西方接受和以日韩越为代表的东方接受会有哪些异同？这里其实产生了一个很复杂的问题：究竟有哪些主要的因素从根本上制约着文化间的交流方向和影响程度？我们知道文化和政治、经济并不总是平衡发展的，中国作为文明古国，产生了不同于西方并且可以与之抗衡的独立文化体系，形成了以自己为中心的亚洲文化圈。当它的国力发生变化时，它会对文化传播的方向、规模、速度产生哪些影响？这些都值得以后更深入地探讨。

中国当代文学的西译往往是从法语、德语或英语开始，并且相互之间有着很大的影响。一般来说，如果其中一个语种获得了成功，其他西方语种就会很快跟进，有些作品甚至并不是从中文译过去，而是在这些外文版之间相互翻译。就查阅的中国当代作家作品而言，一般来说法语作品出现得最早。莫言的西方语种翻译也符合这个特点，如《红高粱家族》法语版最早于1990年推出，1993年又推出《透明的红萝卜》；德语和英语版《红高粱家族》则都于1993年推出并多次再版，反映了这部作品的受欢迎程度。相对于西方，东方国家如越南和韩国对中国当代文学的翻译高潮出现在21世纪以后，尤其是越南对中国当代文学的翻译出乎意料。许多当代作家作品被翻译最多的语种是法语或越南语，并不是想象中的英语。如表3-1所示，莫言作品被翻译最多的语种是法语，其作品在法国的影响力也很大。莫言在一次访谈中曾表示：除了《丰乳肥臀》《藏宝图》《爆炸》《铁孩》这四本新译介的作品，过去的《十三步》《酒国》《透明的红萝卜》《红高粱》又都出版了简装本，书展上同时有八九本书在卖。① 另外，《丰乳肥臀》在法国出版以后，确实在读者中引起一定的反响，正面的评价比较多。他在法国期间，法国《世界报》《费加罗报》《人道报》《新观察家》《视点》等重要的报刊都做了采访或者评论，使他在书展期间看起来比较引人注目。

---

① 莫言，李锐."法兰西骑士"归来. 新京报，2006-11-11.

从以上统计来看，日本不但是亚洲也是世界上最早译介莫言作品的国家。如1989年就有井口晃翻译的《现代中国文学选集：莫言》，并很快再版，之后有1991年藤井省三、长堀祐造翻译的《来自中国农村——莫言短篇集》。日本汉学家谷川毅表示："莫言几乎可以说是在日本代表着中国当代文学形象的最主要人物之一。无论是研究者还是普通百姓，莫言都是他们最熟悉的中国作家之一。"据谷川毅讲，是电影把莫言带进了日本，"根据莫言的小说改编的电影在日本很受欢迎，他的小说也随之开始引起注意，所以，他进入日本比较早"[①]。莫言的越南语作品自2003年以来出版多达十本以上，其出版速度和规模都是惊人的。越南学者陶文琉指出："在一些书店，中国文学书籍甚至长期在畅销书排行榜占据重要位置。而在这些文学作品中，莫言是一个引人注目的代表性作家，其小说在中国作家中是较早被翻译成越南语的，并很受越南读者的欢迎，在越南国内引起过很大的反响，被称作越南的'莫言效应'。""越南文化部出版局的资料显示，越文版的《丰乳肥臀》是2001年最走红的书，仅仅是位于河内市阮太学路175号的前锋书店一天就能卖300多本，营业额达0.25亿越南盾，创造了越南近几年来图书印数的最高纪录。"[②] 越南著名诗人、批评家陈登科说："我特别喜欢莫言的作品，尤其是《丰乳肥臀》与《檀香刑》两部小说。莫言无疑是当今世界上最伟大的作家之一。"[③] 关于莫言和中国当代文学在越南走红的原因，他认为主要有三：首先，莫言作品具有高贵的艺术品质，通过《丰乳肥臀》与越南当代小说的比较，他指出中越当代文学发展过程中其实存在着某种相同的倾向，突出地体现在思想与审美趋向以及文学艺术的建构与发展方面；其次，跟中越两国共有的历史文化传统有关，中越不但历史上都深受儒家文化的影响，形成了相近的文化情趣与历史情结，而且在20世纪80年代后两国都进入了转型时期，在政治、经济、文化、思想等社会多方面也有许多相似之处；最后，这是全球化时代文化交流的必然产物。

---

① 王研.日本文学界只关注3位中国作家：莫言、阎连科和残雪.辽宁日报，2009-10-19.
② 参见陶文琉的文章：《以〈丰乳肥臀〉为例论莫言小说对越南文学的影响》。
③ 同②。

二、莫言的海外研究

以莫言作品的海外传播规模和影响力，其很自然地成为海外研究中国当代文学的主要代表之一。笔者在查阅和整理资料的过程中发现了一个基本规律：如果一个作家的作品翻译语种多、作品数量多、再版次数多，必然会产生研究成果多的效应，这些作家往往也是在国内经典化程度比较高的作家。在英、法、德、日几个语种中，都有大量关于莫言的研究文章，限于语言能力，这里只对部分有代表性的英语研究成果进行简要梳理。

和中国的研究状况一样，海外学术期刊是研究莫言最重要的阵地之一，海外主要涉及中国当代文学的学术期刊几乎都有关于莫言的研究文章。如《当代世界文学》(*World Literature Today*) 曾专门出版过莫言评论专辑，发表了包括陈雪莉（Shelley Chan）《从父性到母性：莫言的〈红高粱〉与〈丰乳肥臀〉》(From Fatherland to Motherland：On Mo Yan's *Red Sorghum* and *Big Breasts and Full Hips*)、葛浩文《禁食》(Forbidden Food："The Saturnicon" of Mo Yan)、托马斯·英奇（Thomas Inge）《西方人眼中的莫言》(Mo Yan：Through Western Eyes)、王德威等《莫言的文学世界》(The Literary World of Mo Yan)在内的四篇文章。① 另一个重要的中国现当代文学研究期刊《中国现代文学与文化》（原名为《中国现代文学》）也先后发表过周英雄（Ying-hsiung Chou）《红高粱家族的浪漫》(Romance of the Red Sorghum Family)、陈建国《幻象逻辑：中国当代文学想象中的幽灵》(The Logic of the Phantasm：Haunting and Spectrality in Contemporary Chinese Literary Imagination，同时分析莫言、陈村、余华的作品)、司徒安（G. Andrew Stuckey）《回忆或幻想？红高粱的叙述者》(Memory or Fantasy? Honggaoliang's Narrator)。② 其他期刊上研究莫言的文章还有刘毅然（音译）《我所知道的作家莫言》，蔡荣（音译）《外来者的问题化：莫言〈丰乳肥臀〉中的父亲、母亲与私生子》，苏曼·古普

---

① World Literature Today, 2000, 74 (3).
② Modern Chinese Literature, 1989, 5 (1): 33-41; 1998, 10 (1/2): 7-24. Modern Chinese Literature and Culture, 2002, 14, (1): 231-265; 2006, 18 (2): 131-162.

塔（Suman Gupta）《李锐、莫言、阎连科和林白：中国当代四作家访谈》，托马斯·英奇《莫言与威廉·福克纳：影响与融合》，孔海莉（音译）《端木蕻良与莫言虚构世界中的"母语土壤"精神》，Kenny Ng《批判现实主义和农民思想：莫言的蒜薹之歌》，杨小滨《〈酒国〉：盛大的衰落》等。①

除了学术期刊外，在各类研究论文集中也有不少文章涉及莫言。如著名的《哥伦比亚现代东亚文学指南》中国文学部分就收有柏佑铭（Yomi Braester）《莫言与〈红高粱〉》（Mo Yan and *Red Sorghum*）②；其他还有费维恺（Feuerwerker）和梅仪慈（Yi-tsi Mei）合作的《韩少功、莫言、王安忆的"后现代寻根"》（The Post-Modern "Search for Roots" in Han Shaogong, Mo Yan, and Wang Anyi）③，杜迈克《莫言20世纪80年代小说中的过去、现在与未来》（Past, Present, and Future in Mo Yan's Fiction of the 1980s）④，吕彤邻（Tonglin Lu）《〈红蝗〉：逾越限制》（*Red Sorghum*：Limits of Transgression）⑤，王德威《想象的怀乡：沈从文、宋泽莱、莫言和李永平》（Imaginary Nostalgia：Shen Congwen, Song Zelai, Mo Yan, and Li Yongping）⑥，岳刚（音，Gang Yue）

---

① Liu Y R. The Writer Mo Yan as I Knew Him. Chinese Literature, Winter 1989：32 - 42；Cai R. Problematizing the Foreign Other：Mother, Father, and the Bastard in Mo Yan's "Large Breasts and Full Hips". Modern China, 2003, 29（1）：108 - 137；Gupta S. Li Rui, Mo Yan, Yan Lianke, and Lin Bai：Four Contemporary Chinese Writers Interviewed. Wasafiri, 2008, 23（3）：28 - 36；Inge T. Mo Yan and William Faulkner：Influences and Confluences. The Faulkner Journal, 1990, 6（1）：15 - 24；Kong H L. The Spirit of "Native-Soil" in the Fictional World of Duanmu Hongliang and Mo Yan. China Information, 1997, 11（4）：58 - 67；Kenny Ng. Critical Realism and Peasant Ideology：The Garlic Ballads by Mo Yan. Chinese Culture, 1998, 39（1）：109 - 146；Yang X B. The Republic of Wine：An Extravaganza of Decline. Positions Asia Critique, 1998, 6（1）：7 - 31.

② Mostow J S. The Columbia Companion to Modern East Asian Literatures. NY：Columbia University Press, 2003：541 - 545.

③ Feuerwerker. Ideology, Power, Text：Self-Representation and the Peasant "Other" in Modern Chinese Literature. Stanford：Standford University Press, 1998：188 - 238.

④ Widmer E, Wang D. From May Fourth to June Fourth：Fiction and Film in Twentiety-Century China. Cambridge：Harvard University Press, 1993：295 - 326.

⑤ Kang L, Tang X B. Politics, Ideology, and Literary Discourse in Modern China：Theoretical Interventions and Cultural Critique. Durham：Duke University Press, 1993：188 - 208.

⑥ 同④107 - 132.

第三章　未完成的民族性与世界性：莫言的诺贝尔文学奖之路

《从同类相残到食肉主义：莫言的〈酒国〉》(From Cannibalism to Carnivorism：Mo Yan's Liquorland)①，钟学平（音，Xueping Zhong）《杂种高粱和寻找男性阳刚气概》(Zazhong gaoliang and the Male Search for Masculinity)②，朱玲（音，Ling Zhu）《一个勇敢的新世界？〈红高粱家族〉中的"男子气概"和"女性化"的构建》(A Brave New World? On the Construction of "Masculinity" and "Femininity" in The Red Sorghum Family) 等③。海外研究中国当代文学的博士论文，一般来说，很少单独研究某一当代作家，多数是选择某一主题和几位作家的作品。如加拿大英属哥伦比亚大学 2004 年方津才（音，Jincai Fang）的博士学位论文题为《中国当代男性作家张贤亮、莫言、贾平凹小说中父系社会的衰落危机与恢复》④。当然，除了英语外，法语、德语也有许多研究成果，如执教于巴黎第七大学的法国诗人、翻译家、汉学家尚德兰女士，主要负责 20 世纪中国文学和翻译课程，对中国当代诗歌的法译做出了重要的贡献。她也对莫言的小说颇有研究兴趣，曾撰写《莫言〈红高粱〉》(Le Sorgho rouge de Mo Yan) 一文⑤。莫言获诺贝尔文学奖后，英语世界关于莫言的研究文章也比获奖前明显增多，最有代表性的如 2014 年出版的《文本中的莫言：诺贝尔文学奖得主与全球讲述者》⑥，结集了英语世界关于莫言研究的很多重要成果。

莫言的英译作品有《红高粱家族》《天堂蒜薹之歌》《酒国》《丰乳肥臀》《生死疲劳》《师傅越来越幽默》等，译者主要是被称为现代文学

---

①　Yue G. The Mouth that Begs：Hunger, Cannibalism, and the Politics of Eating in Modern China. Durham：Duke University Press，1999：262-288.

②　Zhong X P. Masculinity Besieged?：Issues of Modernity and Male Subjectivity in Chinese Literature of the Late Twentieth Century. Durham：Duke University Press，2000：119-149.

③　Lu T L. Gender and Sexuality in Twentieth-Century Chinese Literature and Society. NY：SUNY Press，1993：121-134.

④　Fang J C. Crisis of Emasculation and the Restoration of Patriarchy in the Fiction of Chinese Contemporary Male Writers Zhang Xianliang, Mo Yan, and Jia Pingwa. Vancouver：The University of British Columbia，2004.

⑤　La Littérature chinoise contemporaine：tradition et modernité. le 8 juin 1988. Aix-en-Provence：Publications de l'Université de Provence，1989：11-13.

⑥　Duran A, Huang Y H. Mo Yan in Context：Nobel Laureate and Global Storyeller. West Lafayette：Purdue University Press，2014.

首席翻译家的葛浩文先生。他对莫言文学作品的研究发表在《中国文学》、《中国现代文学与文化》、《当代世界文学》、《现代中国》(*Modern China*)、《中国信息》(*China Information*)、《中国现代文学杂志》(*Journal of Modern Literature in Chinese*)等著名期刊上。[①] 当然，在各类报纸上也有许多关于莫言及其作品的评论。海外对莫言的研究角度各异，从题目来看，大体可以分为以下几类：作品研究，如对《红高粱》《酒国》等的分析，这类研究数量最多，往往是从作品中提炼出一个主题进行研究；比较研究，如苏曼·古普塔对莫言和李锐、孔海莉对莫言和端木蕻良的研究，王德威《想象的怀乡：沈从文、宋泽莱、莫言和李永平》，以及方津才的文章等。还有一类可以大致归为综合或整体研究，如王德威《莫言的文学世界》，以及刘毅然、杜迈克等人的文章。作品研究里，以对《红高粱》《丰乳肥臀》《酒国》的评论最多。

哈佛大学教授王德威在《莫言的文学世界》[②]一文中认为，莫言的作品多数喜欢讨论三个领域里的问题：一是关于历史想象空间的可能性；二是关于叙述、时间、记忆之间错综复杂的关系；三是重新定义政治和性的主体性。文章以莫言的五部长篇小说和其著名的中篇作品为基础展开了论证，认为莫言完成了三个方向的转变，它们分别是：从天堂到茅房，从官方历史到野史，从主体到身体。莫言塑造的人物是有着俗人欲望、俗人情感的普通人。在谈到《红高粱》时他说："我们听到（也似看到）叙述者驰骋在历史、回忆与幻想的'旷野'上。从密密麻麻的红高粱中，他偷窥'我爷爷''我奶奶'的艳情邂逅……过去与未来，欲望与狂想，一下子在莫言小说中化为血肉凝成的风景。"[③] 文章最后指出，之所以总是提及"历史"这一词语是因为他相信这是推动莫言小说世界的基本力量，也客观上证明了莫言一直试图通过小说和想象来替代的努力。莫言不遗余力地混杂着他的叙述风格和形式，这也正是他参与构建历史对话最有力的武器。

时任弗吉尼亚州伦道夫-梅肯学院英文系教授的托马斯·英奇对莫

[①] 关于海外期刊参见刘江凯《认同与"延异"：中国当代文学的海外接受》（北京大学出版社，2012）"海外期刊与中国当代文学"一章。
[②] 该文主要内容可参见王德威《当代小说二十家》第11章。
[③] 王德威. 当代小说二十家. 北京：三联书店，2006：217.

言也是大加赞赏,他在《西方人眼中的莫言》一文开头就讲:"莫言有望作为一个世界级的作家迈入二十一世纪更广阔的世界文学舞台。"文章着重分析《红高粱》《天堂蒜薹之歌》《酒国》三部作品,认为《红高粱》营造了一个神奇的故乡,整部小说具有史诗品质,浸透着作者的观点,塑造了丰满、具有复杂性格的人物形象等,这些都是这部作品取得成功的重要因素。他认为莫言已经创作出了一批独特有趣、既对中国当代文学有益又保持了自身美学原则的作品,莫言正以其创作积极地投身于将中国文学带入世界文学的进程。他说,不止一个批评家同意加拿大英属哥伦比亚大学杜迈克教授的意见:莫言"正越来越显示出他作为一个真正伟大作家的潜力"。杜迈克对莫言的《天堂蒜薹之歌》很欣赏,认为这部作品把所有技巧性的和主题性的因素融为一体,创作了一部风格独特、感人至深、思想深刻的成熟的艺术作品。这是莫言最具有思想性的文本,它支持改革,但是没有任何特殊的政治因素。它是20世纪中国小说中形象地再现农民生活复杂性的最具想象力和艺术造诣的作品之一。在这部作品中,莫言或许比任何一位写作农村题材的20世纪中国作家都更加系统深入地进入中国农民的内心,引导我们感受农民的感情,理解他们的生活。[①]

  时任科罗拉多大学教授的葛浩文在《禁食》一文里,从东西方文学中人吃人现象谈到莫言对于吃人肉这个问题的处理。文章首先分析两种"人吃人",一种是"生存吃人",他举了美国1972年安第斯空难中幸存者被迫依靠吃死难者尸体生存下来的例子;另一种是"文化吃人",这种"吃人"通常有文化或其他方面公开的理由,如爱、恨、忠诚、孝、利益、信仰、战争等。作者认为吃人尽管经常和"野蛮"文化联系在一起,却也因为具有强烈的寓言、警醒、敏感、讽刺等效果常被作家描写。具体到《酒国》,他指出《酒国》是一部具有多重意义的小说,它直面许多人的国民性如贪吃、好酒、讳性等特征,探讨了各种古怪的人际关系。他认为既然《酒国》中的吃人肉不是出于仇恨,不是出于饥荒导致的匮乏,而是纯粹寻求口腹之乐,那么作者这样写显然是一种寓言化表达。科罗拉多大学的陈雪莉《从父性到母性:莫言的〈红高粱〉与

[①] 当代作家评论,2006 (6).

《丰乳肥臀》》一文则对莫言的《红高粱》和《丰乳肥臀》进行了分析。如《红高粱》中表现出对历史的不同书写。她认为《丰乳肥臀》可以视作对父权意识形态的一种叛离。不仅如此，作品中的性描写充满了反叛意味，作者通过这些手法审视了中国当下的国民性和文化。

对于《丰乳肥臀》，《华盛顿邮报》专职书评家乔纳森·亚德利（Jonathan Yardley）评价了它处理历史的手法，让人联想起不少盛名之作，如拉什迪的《午夜的孩子》和加西亚·马尔克斯的《百年孤独》，不过它远未达到这些作品的高度。"此书的雄心值得赞美，其人道情怀亦不言而喻，却唯独少有文学的优雅与辉光。"亚德利盛赞莫言在处理重大戏剧场面，如战争、暴力和大自然的剧变时的高超技巧。"尽管二战在他出生前10年便已结束，但这部小说却把日本人对中国百姓和抗日游击队的残暴场面描绘得无比生动。"给亚德利印象最深的，是莫言在小说中呈现的"强烈的女权主义立场"，他对此感到很难理解。亚德利说，尽管葛浩文盛名在外，但他在翻译此书时，或许在信达雅之间搞了些平衡，其结果便是莫言的小说虽然易读，但行文平庸，结构松散。书中众多人物虽然有趣，但西方读者却因为不熟悉中文姓名的拼写而很难加以区别。提到《丰乳肥臀》的缺点，亚德利写道："那多半是出于其远大雄心，超出了素材所能负担的限度。这没什么不对。"[①] 他还认为此书也许是莫言的成功良机，或可令他获得诺贝尔文学奖的青睐。

以上主要列举了海外专家对莫言作品的一些评论意见，下面来看一下海外普通读者对《生死疲劳》的相关评论。在英文版卓越网上笔者看到了八九个读者对这部作品的评论意见，基本上都是正面的、肯定的，但是理由各有不同。如一位叫 wbjonesjrl 的网友评论道："《生死疲劳》是了解二战后中国社会内景的一种简捷方式。"他强调了这部小说的情节控制的速度、戏剧性和其中的幽默意味，尤其佩服、惊叹于莫言对小说长度的巧妙化解，每个轮回都是一个独立的故事，这样读者就不会掉入漫长的阅读过程中了。网友 Bradley Thomas JohnQPublic 认为这部书对于西方人来说，可以帮助他们了解其他人的生活以及意识到他们的道德意识并不一定适用于其他领域。也有一些读者似乎因"长度"感到

---

① 康慨. 莫言"雄心"被赞 《丰乳肥臀》英文版出版. 东方早报，2004-12-03.

很困难，至少两位网友提到，这本书虽然故事精彩、内容丰富，但仍然让他们感到有点"疲劳"。一位叫 Blind Willie 的网友说："我推荐这本书，但有时《生死疲劳》也确实让我感到很疲劳。"在其他的一些评论中，有评论者指出了《生死疲劳》中的民俗、人物性格刻画、叙述方面的高超技巧。当然，也有人指出这部作品的不足之处，如认为小说的最后三分之一写得太松散等。

三、莫言海外传播的原因分析

在讨论莫言作品海外传播原因之前，我们应该首先思考另一个更普遍的问题：中国当代文学在海外不断得到传播的原因有哪些？这显然不是三言两语就能讲清楚的问题。提出这个问题的关键在于想指出：中国当代作家个人的海外传播除了源于他本人的艺术素质外，往往离不开宏观环境，并且有时候这种宏观环境甚至会从根本上制约作家个人的海外传播状况。比如当前世界似乎正在泛起的"中国热"的带动效应，再如当文化传播作为一种政府行为时，作家作品就会受到过滤和筛选。另外，大型的国家、国际文化活动也会加快作品的译介速度、扩大其译介范围，更不用说国家整体实力的变化，国家间经济、文化关系方面出现重大变化带来的种种影响了。就整体而言，这些基础性的影响因素还包括政治意识形态与文学的关系，东西方文明的交融与对抗，政府或民间交流的需要等。据我们所做的一项海外学者的调查问卷，美国华盛顿大学的柏佑铭教授的观点正好印证了这种判断。他认为：中国国际综合实力、政府文化活动、影视传播、作家交流、学术推动，中国当代文学中的地域风情、民俗特色、传统和时代的内容，以及独特文学经验和达到的艺术水平等，都是推动当代文学海外传播的重要因素。而作家的海外传播往往会嵌套在这一总体格局中，形成自己的传播特点。

关于莫言海外传播的原因，一些学者也曾进行过探讨。如张清华教授曾问过包括德国人在内的许多西方学者，他们最喜欢的中国作家是谁。回答最多的是喜欢余华和莫言。问他们为什么喜欢这两位。回答是，因为余华与他们西方人的经验"最接近"；而莫言的小说则最富有"中国文化"的色彩。因此他认为："很显然，无论在任何时代，文学的'国际化'特质与世界性意义的获得，是靠了两种不同的途径：一是作品中所包含的超越种族和地域限制的'人类性'共同价值的含量；二是其包含的民族文化与本土经验的多少。"① 张清华教授总结出来的这两个基本途径其实也揭示了中国当代文学海外传播的基本原因，即中国当代文学兼具世界文学的品质和本土文学的独特气质。共通的部分让西方读者容易感受和接受，独特的本土气质又散发出迷人的异域特色，吸引着他们阅读。而莫言显然在本土经验和民族文化方面有着更为突出的表现。另外，值得怀疑的是：这种地域性很强的本土经验能否被有效地翻译并且被海外读者感受到和欣赏？这就涉及莫言海外传播比较成功的另一个重要因素——好的翻译。

  中国很多当代作家的写作中充满了地域特色，如莫言和贾平凹就是两位地域色彩浓重的著名作家。莫言天马行空的语言和贾平凹有着民族传统文化积淀的方言，都会给翻译带来极大的困难。贾平凹对此深有感受，他认为中国文学最大的问题是"翻译不出来"。"比如我写的《秦腔》，翻译出来就没有味道了，因为它没有故事，净是语言。"他还认为中国目前最缺乏的是一批专业、优秀的海外版权经纪人，"比如我的《高兴》，来过四五个谈海外版权的人，有的要卖给英国，有的要卖给美国，后来都见不到了。我以前在国外出版的十几种译本，也都是别人断续零碎找上门来和我谈的，我根本不知道怎么去找他们"；最后他认为要培养一批中国自己的职业翻译家。② 翻译人才的缺乏确实是中国文学走出去的一个障碍。国外对中国当代文学的翻译远远不是系统的译介，合适的翻译人才太少，使得许多译介处于初级和零乱的阶段。顾彬教授曾在一个访谈中提到翻译问题，他讲到自己之所以更多地翻译中国当代诗歌而不是小说，其中一个重要原因就是他自己也是诗人。他的潜在话语是：诗歌的语言要求更高，他培养的学生可以很好地翻译小说，但未必能翻译诗歌。所以，优秀的翻译人才并不仅仅是语言的问题，还涉及深刻的文化理解甚至切身的创作体验等。我们可以培养大量懂外语的人，但让这些人既能对本国的语言文化有着深入的理解，又能对他国的语言和文化达到同等的理解程度，并且具备文学创作经验，这的确不是

---

  ① 张清华. 关于文学性与中国经验的问题：从德国汉学教授顾彬的讲话说开去. 文艺争鸣, 2007 (10).
  ② 铁凝, 贾平凹：中国文学"走出去"门槛多. 文汇报, 2009 - 11 - 09.

第三章 未完成的民族性与世界性：莫言的诺贝尔文学奖之路

一个简单的任务。顾彬批评中国当代作家不懂外语，他总喜欢举现代名家如鲁迅、老舍、郁达夫等为证，许多著名国外作家往往也能同时用外语创作。不得不承认，从理论上讲兼具作家、学者、翻译家三重身份的人应该是最合适的翻译人才。莫言也许是幸运的，他的许多译者正好符合这一特点，如其英语译者是号称中国现代文学首席翻译家的葛浩文，日语译者包括东京大学著名教授藤井省三等。

前文已经提到莫言海外传播的另一个重要的因素：张艺谋电影的海外影响。不但在日本，在西方国家也如此。电影巨大的市场往往会起到极好的广告宣传效应，迅速推动海外对文学作品原著的翻译出版。莫言本人也承认："中国文学走向世界，张艺谋、陈凯歌的电影起到了开路先锋的作用。"[①] 中国当代文学和中国电影在海外的传播，充满了互生互助的意味。这一方面说明优秀的文学脚本是电影成功的重要基础；另一方面也说明，成功的电影运作会引发连锁效应，可以带动一系列相关的文化产业。其中的规律与利弊很值得我们认真研究。我们知道，1988年《红高粱》获第38届西柏林国际电影节金熊奖，随后1989年获布鲁塞尔国际电影节青年评委最佳影片奖。电影的成功改编和巨大影响迅速地推动了文学作品的翻译，这一现象并不仅仅体现在莫言的身上。张艺谋可以说是为中国当代文学的海外传播间接做出巨大贡献的第一人，他先后改编了莫言的《红高粱》、苏童的《妻妾成群》（即《大红灯笼高高挂》）、余华的《活着》，这些电影在获得国际电影大奖的同时带动或扩大了海外对这些作家小说的阅读兴趣。另外，莫言、苏童、余华等人作品的海外出版也显示：电影对文学起到了聚光灯的效应，它提供了海外读者关注作家作品的机会，但能否得到持续的关注，还得看作品本身的文学价值。比如莫言就曾提到，他的作品《丰乳肥臀》《酒国》并没有被改编成电影，却要比被改编成电影的《红高粱》反响好很多。

当然，影响莫言海外传播的因素还有很多，除了作品本身的艺术品质、作家表现出来的艺术创新精神、作品中丰富的内容等因素外，国外对中国文学接受环境的变化也是重要的原因。我们曾谈到海外对中国当代文学的阅读和接受大体经历了一个由社会学材料向文学本身回归的过

---

① 莫言，李锐."法兰西骑士"归来. 新京报，2006-11-11.

程，这种变化使作品的文学艺术性得以更多地彰显，这种基于纯粹文学性的接受与传播方式，使得像莫言这样的作家更容易被人注意到创作才华。2009年德国法兰克福书展期间，不论是在法兰克福大学歌德学院会场，还是法兰克福文学馆的"中国文学之夜"，给人留下的直观印象有以下几点：（1）参加者有不少是中国留学生或旅居海外的中国人。（2）外国读者数量也会因为作家知名度的大小而产生明显变化，比如莫言、余华、苏童的演讲，会场往往爆满，而另一些作家、学者则并非那么火爆。（3）提问的环节往往是文学和意识形态问题混杂在一起，比如有国外记者问铁凝的方式很有策略性。他首先是问一个文学性问题，紧接着拿出一个中国异议作家的相片，问铁凝作为同行，对那位异议作家有何评论等。在"中国文学之夜"会场上，作家莫言、刘震云、李洱等以各种形式和海外同行、读者展开对话，就中国当代文学近年来在国外传播、接受的变化进行交流。如莫言和德国作家的对话①中讲到：20世纪80年代，国外读者主要是通过文学作品了解中国社会、经济等方面的情况，从纯文学艺术角度欣赏的比较少。但现在这种情况已经有了很大改观，德国的一些读者和作家同行开始抛开政治经济的视角，从文学阅读与鉴赏的角度来品味作品。德国作家马丁·瓦尔泽就曾在读完《红高粱家族》之后评价说，这部作品与重视思辨的德国文学迥然不同，它更多的是在展示个人精神世界，展示一种广阔的、立体化的生活画面，以及人类本性的心理、生理感受等。莫言得到这些反馈信息时感到很欣慰。他说：这首先说明作品的翻译比较成功，其次国外的读者、同行能够抛开政治的色彩甚至偏见，用文学艺术以及人文的观点来品读、研究作品是件很让人开心的事。他希望国外读者能以文学本位的阅读来体会中国小说。

必须指出的是，以上只是从总体上分析了莫言作品海外传播的原因，但不同民族国家对同一作家作品的接受程度是有不同的，其中也包含了某些独特的原因。如在法国、日本、越南，莫言作品的接受程度是与作品的选择大有关系的。莫言在谈到自己的作品在法国较受欢迎的原

---

① 魏格林．沟通和对话：德国作家马丁·瓦尔泽与莫言在慕尼黑的一次面谈．上海文学，2010（3）．类似的对话在法兰克福文学馆也举行过。

第三章　未完成的民族性与世界性：莫言的诺贝尔文学奖之路

因时说："法国是文化比较深厚的国家，西方的艺术之都，他们注重艺术上的创新。而创新也是我个人的艺术追求，总的来说我的每部小说都不是特别注重讲故事，而是希望能够在艺术形式上有新的探索。我被翻译过去的小说《天堂蒜薹之歌》是现实主义写法的，而《十三步》是在形式探索上走得很远。这种不断变化可能符合了法国读者求新求变的艺术趣味，也使得不同的作品能够打动不同层次、不同趣味的读者，获得相对广阔的读者群。"① 总的来说，在艺术形式上有探索，同时有深刻社会批判内涵的小说比较受欢迎，如《酒国》和《丰乳肥臀》。《丰乳肥臀》描写了一个非常复杂的大家庭的纷争和变化，《酒国》则是一部寓言化的、象征化的小说，当然也有社会性的内容。小说艺术上的原创性和深刻的思想内涵，是打动读者的根本原因。独立的文学经验并不意味着无法和世界文学很好地融合，莫言和其他中国当代作家有着完全不同的风格。以莫言、贾平凹、苏童、格非、余华、王安忆为例，我们在阅读他们的作品《檀香刑》《生死疲劳》《秦腔》《高兴》《人面桃花》《山河入梦》《兄弟》《启蒙时代》时，感受会各有不同。莫言、贾平凹之于苏童、格非，一方更倾向于民间、乡土，有着粗粝、热闹、生气勃勃的语言特性，小说散发出强烈的北方世俗味道；另一方则精致、细腻、心平气和地叙述，充满南方文人的气息。阅读《人面桃花》《碧奴》清静如林中饮茶，而阅读《生死疲劳》《秦腔》则热闹若台前观戏。莫言、贾平凹作品的画面感强，色彩浓重，声音响亮，气味浓厚，与余华的简洁、明快、幽默，王安忆的优雅、华贵、绵长的叙述风格都形成了鲜明的对比。莫言和贾平凹虽然在文风上有相似性，但陕地和鲁地不同的风俗、语言特征也使得很容易区分他们的作品。莫言显得比贾平凹更大开大合，汪洋恣肆，有一种百无禁忌、舍我其谁的气概，鲁人的尚武、豪迈之情由此可见一斑。

鲁迅1934年在《致陈烟桥》的信件中谈论中国木刻时曾说："现在的文学也一样，有地方色彩的，倒容易成为世界的，即为别国所注意。打出世界上去，即于中国之活动有利。"② 后来它被演绎出"越是民族

---

① 莫言，李锐."法兰西骑士"归来．新京报，2006-11-11．
② 鲁迅全集：第13卷．北京：人民文学出版社，2005：81．

的，越是世界的"的说法。鲁迅的原话在他的文章语境中是十分严谨的。"越是民族的，越是世界的"，如果从合理的方向来理解，也是可以讲得通的。这里引出一个问题：写作是如何从个人出发，走出地方、民族的限制，走向世界的？就其本质来说，写作其实是完全个人化的。我们听说过有两人或集体合作的作品，有通过地方民谣等口头传唱形成的作品，也有某一民族流传形成的作品，即便这些作品，最终也总是通过多次的个人化写作固定下来的，但好像从来没有听说过有世界范围内传唱并形成的作品。就莫言或者其他有世界影响力的中国当代作家而言，他们的写作都是从超越个人经验出发，沾染着地方色彩、民族性格，最终被世界接受的。包括柏佑铭教授在内的许多海外学者也认可中国当代文学中，地方和民族风情会显示出中国文学独异的魅力，是构成世界文学的重要标志。虽然作家们都在利用地方和民族的特色，但莫言无疑是其中最为成功者之一。他以个人的才华、地方的生活、民族的情怀，有效地进入了世界的视野。

第二节 双重的争议与经典化："世界中"的《红高粱》

1986年莫言在《人民文学》第3期发表中篇小说《红高粱》；1988年2月23日，张艺谋导演的电影《红高粱》荣获第38届西柏林国际电影节最高奖。时隔30多年，不论是在中国当代文学史上，还是在中国当代电影史上，《红高粱》都已经成为一个经典化的作品。今天我们更想在中国和世界的双重视野中，通过这部作品从文学到电影所引发的争议与经典化历程，讨论当代中国文学与电影的观念嬗变，观察当代中国文化在"世界中"的接受反应，反思当下中国文化"走出去"的相关问题。

一、《红高粱》的诞生与评论

20世纪80年代是中国文学的黄金时间，一篇成功的小说可以引发全国性的关注和讨论，并彻底改变一个人的命运。对莫言来说，整个80年代的创作是一个解放头脑、唤醒并寻找自我的过程。我们今天对

第三章　未完成的民族性与世界性：莫言的诺贝尔文学奖之路

《红高粱》的理解也应该纳入这样的时代背景中。

莫言有过解放军艺术学院（以下简称军艺）和北师大作家研究生班两次"科班"文学训练，窃以为这方面的研究目前尚未展开，从已有资料来看，至少第一次"科班"训练对莫言的文学创作产生了决定性的影响作用。小说《红高粱》的创作，抛开作者的原始生活积累，也是从莫言1984年夏天进入军艺学习，文学观念发生巨大转变后开始的。当时已经在军队提干的莫言偶然得知军艺新成立了文学系，向全军招收一批干部学员，几经周折，在距考试只剩12天的时候莫言拿到了准考证，开始复习。最后在包括李存葆、宋学武、钱钢、李荃等得过全国奖的作家在内的35个学员中，以文化考试第二名、专业课第一名的成绩成为军艺文学系成立后的第一届学生。①

军艺的学习对于莫言文学观念的改变包括后期作品的创作都起到了至关重要的转折作用，开启了莫言创作最重要的第二个阶段。莫言坦承刚进军艺时并不知道什么是好小说，当时写的《黑沙滩》成为整党形象化教材，觉得很兴奋，却被同学批评。从其创作历程来看，他在进入军艺前发表过十几个短篇小说，小说整体上观念陈旧，"这些作品大都是模仿之作"②。早期相对突出的《民间音乐》甚至被一个读者认为是"抄"美国作家卡森·麦卡勒斯的《伤心咖啡馆之歌》，另一部作品《售棉大道》被认为是"抄"阿根廷作家科塔萨尔的《南方高速公路》。③ 80年代外国作家作品对中国当代作家的影响并不止于莫言一人，这些"影响"激活作家们的创作感觉，在语言或者叙事文体上激发他们的创造性，说"抄袭"确实严重些，说早期有模仿的痕迹比较客观。

写作观念激活后的"不服气"是莫言文学起飞的重要动力。两股"不服气"让莫言有了成名作《透明的红萝卜》和奠定其文学地位的《红高粱》。当时军艺不仅请了北大、北师大、人大等学校的老师上课，还请了一些很活跃的作家、哲学家、音乐家，甚至练气功的来上课，这

---

① 莫言. 碎语文学. 北京：作家出版社，2012：114-115. 另参见：李桂玲. 莫言文学年谱：上. 东吴学术，2014（1）. 这里主要参考莫言文集相关资料，并结合该年谱补充，下文出自该年谱的补充资料不再另注。

② 莫言. 碎语文学. 北京：作家出版社，2012：304-305.

③ 同②.

种八面来风的教学方式极大地开阔了作家们的视野。莫言承认当时读了几十页马尔克斯的《百年孤独》后特别激动,第一反应是小说原来可以这样写,"马尔克斯实际上是唤醒了、激活了我许多的生活经验、心理体验"。莫言还研究了欧洲印象派画家,像梵·高、高更等人的作品,"这些现代派画家的作品带给我的震撼一点也不亚于《百年孤独》。那种用颜色的方式,那种强烈的对比,那种想象力","对我的小说风格也产生了很大的影响"。① 莫言早期小说包括《红高粱》大量关于色彩的描写,自然也来自对这些绘画作品的学习和借鉴。

《透明的红萝卜》的创作和当时组织的一次关于李存葆小说《山中,那十九座坟茔》的评论有关。当时莫言写了一篇名为"天马行空"的课堂作业,"里面包含了许多对同学的不满,对他们的猖狂不服气"。因为这些人在军队系统都很有名,参加过各种笔会,瞧不起人,像莫言这种从农村来的人,没发表过几篇小说,被他们蔑视。在座谈会上,莫言把李存葆的小说贬得一塌糊涂,说那根本不是一篇小说,像宣传材料一样。但这个作品却紧接着获得了全国优秀中篇小说奖,很多人都让他写一部作品出来看看,"我确实觉得有股气在那里撑着,而且我觉得我能写出很好的东西来"②,于是从"不服气"到"憋气"写出了《透明的红萝卜》。

《红高粱》的创作也和一个"会"、一股"气"有关系。"一次我们去西直门的总政招待所,开一个军事题材小说座谈会"③,会上一批老军事作家对中国军事文学创作忧心忡忡,拿苏联的战争文学做比较,"文革"扼杀了老作家的才华,改革开放的黄金时代已经被耽搁,年轻作家精力旺盛却没有战争经验,所以他们对中国军事文学很忧虑、很着急。莫言当即表示:我们固然没有见过日本鬼子,但可以通过查资料来解决。虽然没有亲身打过仗,但毕竟也当过兵,搞过军事演习,有间接经验。没有杀过人,但看过杀猪、杀鸡,可以移植到小说中来。莫言的发言让一些老作家非常不以为然,觉得年轻人狂傲。"当时我就憋着一股气,一定要写一部战争小说,后来就开始写《红高粱》,1985 年春天

---

① 莫言. 碎语文学. 北京:作家出版社,2012:306.
② 同①115-116.
③ 同①115-116.

写的,还是1984年年底写的,我记不清了。发表在1986年三月份《人民文学》上。"关于《红高粱》确切的写作时间也有一段小故事。2007年12月9日莫言在山东理工大学发表演讲《我的文学经验》时讲道:"写《红高粱》是在1985年的年底。我曾经记忆有误,把《红高粱》的写作时间说成是1984年。今年上海华东师范大学的一个博士写了一本《莫言传记》,他做了很多的研究工作,最后证明《红高粱》是在1985年写作的。他说莫言之所以把写作《红高粱》的年代推到1984年是为了要避开受马尔克斯影响的嫌疑。"①

《红高粱》写出来后,莫言给几个同学看,他们摇头表示一般,但此书走红后他们的观点却变了。《人民文学》朱伟最早约稿,结果刚把稿子抄出,《十月》一个老编辑刚巧过来,就拿回去看,看了以后要发表。朱伟打电话索稿时知道稿件被人拿走很生气,但还是找到《十月》的郑万隆硬是把稿子追了回来。朱伟在一封信中说当时《人民文学》的主编王蒙看了《红高粱》很喜欢,决定在1986年第3期上发表。

《红高粱》的写法跟过去描写抗日战争的小说很不一样,因此发表之后引起了巨大的反响。莫言认为这个小说产生的冲击力基本来自三个方面:第一是小说采用了"我爷爷"的叙述人称——他是一个土匪、一个强盗,杀人越货,到处绑票,同时也参加抗战,是抗日英雄。这个抗日形象和过去的八路军、新四军完全不一样。第二是小说的语言跟过去传统的写战争的小说不一样,"我爷爷"这个叙事视角就是莫言的一种发明,获得了一种极大的叙事方便,也让小说的叙事语言获得了一种民间活力的解放。第三就是这部小说被拍成电影后,它的影响力更大。关于电影扩大小说的影响后文会专门讨论,这里先了解一下当时文学界关于《红高粱》的评论。

小说《红高粱》发表后,评论界主要从军事题材文学、抗日人物形象、语言特色、叙述方式、对历史与生活的文学处理方式、审丑等方面展开了讨论。比如在《红高粱》对抗日题材的突破方面,前辈作家从维熙几乎在第一时间就做出了评价。他指出革命战争和抗日战争的文学题材,已成为百花中的残荷,难以再写出新鲜东西云云,但莫言及其《红

---

① 莫言.用耳朵阅读.北京:作家出版社,2012:249.

高粱》犹如这片困海中忽儿荡出的一叶逍遥自在、洒脱自如的小舟。他认为国内此类作品仍然醉心于描写战争过程,这成为无法挣脱的羁绊,这些东西被一次次写进书页,搬上银幕,久而久之读者、观众就会感到嚼木屑般乏味。和苏联描写卫国战争的作品相比,其第三代、四代作家则与我们明显拉开了距离,他们把战争的胜负、得失推到了次要地位,而把战争中的严酷真实,特别是战争中人的全景推到第一位。正是在这样的对照之下,他肯定了《红高粱》"把人当作描写的第一偶像",而不是"泼墨于战争",更接近生活底色,并且认为"从字里行间可追溯作者写作时的轻松状态"[1]。关于《红高粱》对战争题材的突破,雷达也认为"红高粱系列小说与我国以往的革命战争题材作品面目迥异。它也是一种历史真实,却是一种陌生而异样的、处处留着主体猛烈燃烧过的印痕、布满奇思遐想的历史真实","深刻的根源还在于主体与历史关系的变化,在于把握历史的思维方式之变革"。莫言以他的独创性"翻开了我国当代战争文学簇新的、尝试性的一页——把历史主体化、心灵化的一页"[2]。

语言方面,王晓明认为莫言似乎是在一种相当放松的状态下讲述故事的,莫言只是一心一意要把自己的感觉表达出来,别的什么都不管。他从莫言"不修边幅"的叙述语言中感受到了其强大的感觉能力,"要说莫言小说的特点究竟在哪里,我觉得首先就在他这独特的叙述语言上。中国当代小说似乎正在跨入一个语言意识的觉醒期"。王晓明认为莫言为了充分表达自己的丰富感受,显然在不断变换自己的叙述方式,不但没有跌入一些年轻同行已经跌进去的那种语言的窠臼,甚至表现出来某种极力要打破这种窠臼的迹象。[3]孟悦当时就对《红高粱》下了一个经得起历史检验的判断:"像七十余年前的《狂人日记》和十几年前的《班主任》一样,莫言带给我们的是一种震惊,一种完全不同的震惊。"[4]在叙事方面孟悦认为:

---

[1] 从维熙.“五老峰”下荡轻舟:读《红高粱》有感.文艺报,1986-04-12.
[2] 雷达.历史的灵魂与灵魂的历史:论红高粱系列小说的艺术独创性.昆仑,1987(1).
[3] 王晓明.在语言的挑战面前.当代作家评论,1986(5).
[4] 孟悦.荒野弃儿的归属:重读《红高粱家族》.当代作家评论,1990(3).

《红高粱》使人无法忘怀的第一个标记,就是它那奇特的叙事人称:一个由"我爷爷"、"我父亲"、"我母亲"、"我奶奶"、"我二奶奶"……组成的叙事人称系列。它使一个红高粱的故事上溯了三代人,由我,经由我的父辈,到达我父辈的父辈。这样一个人称设计预示着,在叙述与故事之间将展开奇特的分裂与张力。[1]

和孟悦一样,周政保认为《红高粱》是莫言小说创作的一座里程碑,"莫言的小说以自己的那种超常性感觉与新的叙述语言方式,已经悄悄地开拓了一个不大不小的局面,但《红高粱》的出现,却真正标志了他的冷静、深邃、神秘的小说艺术的创造才能"[2]。《红高粱》的成功,主要在于作者对历史生活的重新审视与重新理解所产生的新的启迪性。《红高粱》以抗战为背景,用充满诗意的独特叙述语言,艺术地把我们这个民族的精神面貌与行为方式展现得十分准确并富有社会人性力量。莫言的创造性还在于他没有把抗战生活当作一种孤立的内容来描绘,而是作为整个民族的性格历程来建构与书写。他写了他所理解的"土匪抗日",但也写了其中的民族性;他写了他所认知的英雄行为,但也写了人,写了人的命运与人的价值,以一种颇具现代性的审视眼光,观照了属于历史真实的民族之魂。此外,吴俊从性意识的角度分析了莫言作品中的少妇和孩童形象[3];胡松柏从色彩词语的角度,通过大量的统计和示例分析了《红高粱》中充满感情、充满生命意识和艺术感觉的色彩描绘[4];周英雄则从历史演义的角度分析了这部小说如何处理过去与现在的关联,如何应用意象的对比来描写人与历史的关系[5]。他们在分析的过程中较早纳入了一些海外的理论与观察视角。

1986年3月小说《红高粱》发表之初,关于它的评论主要发生在国内文学圈,影响力仍然非常有限。1988年2月电影《红高粱》的获奖则不仅再次引发了中国文化界的评论热潮,而且放大了其中所有的话

---

[1] 孟悦. 荒野弃儿的归属:重读《红高粱家族》. 当代作家评论,1990 (3).

[2] 周政保.《红高粱》的意味与创造性. 小说评论,1986 (6).

[3] 吴俊. 莫言小说中的性意识:兼评《红高粱》. 当代作家评论,1987 (5).

[4] 胡松柏.《红高粱》中色彩词语的运用. 上饶师专学报(哲学社会科学版),1987 (4).

[5] 周英雄. 红高粱家族演义. 当代作家评论,1989 (4).

题，不论是肯定意见还是批评意见，在电影的宣传和国内的争议声中，这抹"中国红"终于彻底地走向了世界。与此伴随的是，小说《红高粱》成为莫言在海外最先被翻译并获得巨大声誉的作品，于1990年推出法语版，1993年同时推出英语、德语版，并陆续打开了莫言更多作品的海外接受界面。

二、电影《红高粱》的获奖与争议考辨

莫言在多年后谈到了电影《红高粱》获奖时的他。当时他正在山东高密老家躲着写小说，堂弟拿着《人民日报》找到他，嚷叫着：得奖了，得奖了！"我接过报纸一看，整整一版的文章，题目叫《〈红高粱〉西行》①，我想现在即便得了奥斯卡奖，《人民日报》也不会拿出整版报道这个事情。"②

《红高粱》获奖后，张艺谋指出："得知《红高粱》获大奖的消息后，我激动得一夜没睡。首先想到西柏林电影节这个'红绣球'，并不只打在我一个人头上。我当时的感觉是，整个中国都在扬眉吐气地往前站！其次想到和我一起拍片的哥们儿以及所有关心和帮助过我的朋友，他们听到这消息后该会多高兴！我特别想到了吴天明。去年春天我们筹拍《红高粱》时，小说作者莫言正受非议。电影界也有人指责：'张艺谋在《一个和八个》里就歌颂土匪抗日，这个本子又是写土匪加妓女，色情加暴力。'把它说成是'资产阶级自由化的表现'。在剧本还没被上面通过的情况下，天明暗地批准我们先种下百十亩高粱，没点胆识办得到吗？没有他对我毫无保留的信任和全力以赴的支持，就没有《红高粱》。"③

当《红高粱》获奖的消息通过北京的长途电话传到西安电影制片厂时，当时和张艺谋一起拍片的一帮哥们儿聚到吴天明家，激动得相对无言，用拳头把彼此的肩背捶得生疼。因为这些人太明白这个奖对于当代中国电影人意味着什么："西柏林电影节是当代世界三大电影节之一，以体育比电影，如果说戛纳是奥运会，威尼斯是世界锦标赛，西柏林就是世界杯。《红高粱》在这个电影节获大奖，是中国电影的第一次。黑

---

① 本文作者是李彤，文章发表于《人民日报》1988年3月13日。
② 莫言．用耳朵阅读．北京：作家出版社，2012：108．
③ 罗雪莹．向你敞开心扉：影坛名人访谈录．北京：知识出版社，1993．

泽明的《罗生门》获1951年威尼斯电影节金狮大奖，标志着日本走入世界电影大国的行列；《红高粱》获奖对于中国电影的意义以及它在世界电影史上的地位，绝不低于《罗生门》。过去我几次出国参加国际电影节，总有一种深深的屈辱感。真像凯歌说的，西方人向来不把中国人放在眼里。偶尔夸你几句，也是一种专家对中学生，甚至老子对儿子的居高临下。今天，我们终于能和他们平起平坐，真是出了长期憋在心里的一口气，我由衷地感到了做一名中国人的骄傲……"①

今天重新阅读当年《红高粱》获"金熊奖"时的资料，还能够体会到当时中国电影人的激动与自豪之情。有人激动地宣称："中华影人，请记住这一创造历史的时刻：公元1988年2月23日，中国西安电影制片厂张艺谋导演的《红高粱》，荣获第38届西柏林国际电影节最高奖！"②《红高粱》在与15个国家的21部影片的角逐中，一举夺得与戛纳国际电影节、威尼斯国际电影节齐名的西柏林国际电影节最高奖"金熊奖"，这是亚洲电影第一次获得此项殊荣。

黄健中作为当时中国电影代表团团长带着他的片子《一个死者对生者的访问》与张艺谋同赴西柏林参展。回述起《红高粱》夺魁的前前后后，激动得涕泪双流："……这次西柏林电影节，是电影大国、大片、大导演的角逐。美国电影一向风靡欧洲，这次送来获本年度奥斯卡7项提名的《广播新闻》和获6项提名的《月亮欲》，都具有很强的竞争力。苏联送来被禁20年的影片《女政委》，在劳改营关押多年的导演也带着满脸的沧桑感前来参赛，在具有深厚人文主义传统的欧洲人中，赢得了极大的人道主义同情。《甘地传》的导演阿顿巴罗和波兰大导演瓦依达也带来了他们的新作……而我们这次参赛，艺谋两手空空，连一张黑白剧照都没有；影片的字幕也译得很草率，许多重要的画外音和歌词竟一字未译！在这种强手林立、我方宣传工作极差的情况下，我们好比是光脚跑马拉松，赤膊上竞技场呵！《红高粱》的获奖，完全是硬碰硬地讲艺术。"③

《红高粱》的走红引发了国内巨大的争议。1988年9月14日《人民日报》（海外版）发表评论员文章，称赞由对《红高粱》毁誉不一的

---

① 罗雪莹．向你敞开心扉：影坛名人访谈录．北京：知识出版社，1993．
② 钱海毅．中国电影的新突破：《红高粱》断想急就章．电影新作，1988（2）．
③ 同①159．

评论而引起的"《红高粱》现象"。文章称《红高粱》捧回了"金熊奖"，然而国人从参政议政的最高讲坛，到市井小民的街谈巷议，评价迥然不同。欢呼喝彩者有之，严词斥责者也有之。褒贬之词均见诸报端。获大奖之后，敢于继续开展批评，在批评的声浪中敢于大胆赞扬，在艺术的通道上，舆论界红灯绿灯一齐开，还是件新鲜事。

当时国内对《红高粱》的批评意见主要集中在诸如迎合了西方人猎奇的口味，认为影片对我们民族精神和民族生存方式的某些概括和表现，并不是无懈可击，对于外国人的叫好，我们要冷静，要分析，不应跟着起哄；影片着意表现的是中国的贫穷、愚昧和落后，对《红高粱》让一个中国人去剥另一个中国人的皮，"我爷爷"与"我奶奶"野合这种对中国妇女的污辱性描写无法接受；等等。肯定意见则从电影改编的观念、电影语言的应用、主题等不同方面进行了阐释。如认为《红高粱》着力抒发对民族、土地和人的深情，不掩饰当时当地的环境、文化赋予他们的原始与野性，充满了生命的强悍与壮烈等。仅1988年，《当代电影》《电影评介》《电影新作》《理论学刊》《文艺理论研究》等期刊就发表评论多达上百篇。在以后的中国当代电影、文学叙事中，《红高粱》作为重要的标本，也不断地被反复提及。

当时的各种争议可以概括为"红高粱"和"红太阳"在特定时代氛围下引发的喧嚣。所谓"红高粱"，在这里更多地象征着一种民间的变革力量，而"红太阳"在中国的语境中往往是被奉为神圣的东西，在艺术领域里往往表现为那些占据正统地位的艺术观念。所以，当"红高粱"表现出某种和这些正统观念不一致的艺术革新时，就会面临来自这种神圣力量的强烈挤压。如王一川指出，《红高粱》在其结构深层已隐含一个悖论：对生命的张扬却也是对反生命的张扬。"它实质上可以视为弱肉强食、强者生存的社会达尔文主义或法西斯主义逻辑的一种话语表达。"他认为《红高粱》是当时文化冲突的结果，"一是中国文化内部伦理理性与狂浪理性的冲突，二是中西文化之间伦理狂浪理性与工具价值理性的冲突"[①]。《红高粱》在观众中的成功提醒人们必须关注日益滋长的大众媒介所展示的银幕的"暴力"。

---

① 王一川. 茫然失措中的生存竞争：《红高粱》与中国意识形态氛围. 当代电影，1990 (1).

对此，刘南提出了反批评意见，从人物、情节、主旨等方面对王文进行反驳。① 当代中国文艺的发展总是深受时代及政治的影响，而艺术创新又必然要求打破一些固有的观念，对电影《红高粱》的评价问题其实也集中地表现了当代中国文艺观念的某种嬗变。张艺谋拍摄《红高粱》的想法其实很简单，他觉得《红高粱》就想对生命唱支赞歌，不想讲哲理。② 30多年过去了，这两种中国"红"或者说新旧文艺观念的冲突仍然时常上演，道德批判夹杂着意识形态经常名正言顺、大张旗鼓地参与到文艺批评中来。

陈晓明曾在一篇文章中认为政治代码（意指代码）在中国当代电影叙事中起着决定性的作用。那些脱离中国本土意识形态实践的电影叙事，以各种潜在的、文化的、类型化、符号化的方式不断地运用政治代码，来完成典型的中国电影叙事。他认为《红高粱》中，"'革命历史神话'没有构成叙事的主体，而是作为一种伪装的代码加以利用"。"《红高粱》不是意识形态轴心实践的直接产物，它崇尚生命强力而抓住了时代的无意识，为这个时代提示了想象性超越社会、超越文化、超越权力的欲望满足。但是，《红高粱》也不可能有多少实际的意识形态功能，它以生命狂欢节的形式获取了瞬间效应，提供了一次奇观性的满足。这就是典型的80年代后期的意识形态自我建构和解构的存在方式。"③ 从《黄土地》开始，到《红高粱》，再到以后的许多在国际上有影响的中国电影，一个显著的特点是，从前过于写实、政治化的电影的确退场。但它们并没有消失，只是换了种装束，以更隐蔽的方式悄然回场。只要排查一下那些在国际上有影响力的中国当代电影，就不难感觉到政治的主体虽然不在现场，但它们长长的影子一直错落有致地投射在那里，以一种象征性行为确认着自己的中国身份。

面对国内当时对电影《红高粱》的种种非议，笔者认为对《黄土地》的反批评意见同样非常适用于《红高粱》："怎么能说《黄土地》是

---

① 刘南. 情节·人物·意识：与王一川同志商榷《红高粱》与中国意识形态氛围问题. 当代电影，1991（6）.
② 张艺谋. 唱一支生命的赞歌. 当代电影，1988（2）.
③ 陈晓明. 神奇的他者：意指代码在中国电影叙事中的美学功能. 当代电影，1998（1）.

猎奇，是展览愚昧？对于凝固的历史、凝固的生产力，包括相当凝固的电影文化，我们的孩子们不能再容忍了！他们敢于法乎法外，他们有出息！""任何一个时代的艺术的突破，往往都是以青年人的迷恋和疯狂打开突破口的。要用我们这些人已经获得的艺术地位、社会地位，让年轻人大胆去闯、去飞！"① 所以，当一些年轻人看了《红高粱》之后说他们感到"特痛快""心里扑腾扑腾的"② 时，创作的目的就达到了。而莫言在1988年春天过后回到北京，深夜走在马路上还能听到很多人在高声大唱"妹妹你大胆地往前走"时，才感到电影确实是不得了，遇到张艺谋这样的导演很幸运。③

与当年在国内面临巨大争议不同，海外对《红高粱》从开始就持肯定意见。《红高粱》送展西柏林国际电影节时，海外观众争相观看，场场爆满，舆论界一片叫好。美国著名的影视杂志《综艺》2月24日紧急调整了版面，抽掉其他内容，刊载了《红高粱》故事梗概，并撰文评论道："《红高粱》获得本届西柏林影展金熊奖当之无愧。这部影片用色大胆新奇，以红色为基调，红色的结婚礼服，亮红色的高粱酒，鲜红的血，以及片尾血红的日落场面，构思神妙，手法高超，令人折服。""全片极尽视听之娱，充分表现出导演具有卓越的才华和超人的胆识。"本届评委一致通过将"金熊奖"授予《红高粱》，"这是影展有史以来第一次这么快得到结果，连评委们都大吃一惊"④。当时海外其他报刊和评委对《红高粱》的评论意见还有以下一些：

> 德国影评家素以严肃认真、善于思辨著称。但《红高粱》的巨大冲击波，却使他们难以抑制情感的流露："影片是一首具有特殊和高超的艺术魅力的史诗。"（《每日镜报》）

> 张艺谋首次执导的《红高粱》是一部水平极高的影片……具有非常漂亮的、有力的画面语言，对视觉是一种令人陶醉的享受。评奖委员会对中国在制片方面达到的世界水平表示赞赏。（《斯图加特日报》）

---

① 罗雪莹. 向你敞开心扉：影坛名人访谈录. 北京：知识出版社，1993：123.
② 张悦.《红高粱》：那片神奇的高粱地. 新京报，2005-08-17.
③ 莫言. 碎语文学. 北京：作家出版社，2012：18.
④ 晓风.《红高粱》走向世界. 电影评介，1988（5）.

本届电影节评委、英国女演员蒂尔达·斯文顿称赞:"这是我多年来看到的唯一称得上是电影的影片。"①

海外电影学界也对《红高粱》迅速地做出评论。以 1988 年美国学者张家轩(音)在《电影季刊》(Film Quarterly)的影评为例②,这篇文章从"文革"后中国电影获得新生讲起,列举了当时在海外获得声誉的许多电影,如《黄土地》《大阅兵》《老井》《盗马贼》,然后指出《红高粱》是中国电影第一次获得 A 类国际电影节的最高荣誉。作者盛赞张艺谋是新一代导演中兼具拍、演、导能力的天才。在简要回顾了电影情节后,作者认为《红高粱》表现了中国乡村一对夫妻珍惜自由、反抗压迫的生命激情,正是这种对自由的渴望让他们抵制传统和外来的冲突,超越这种冲突的,还有混合着自由的激情和原始野性与生命力。作者分析了电影中的歌谣,指出他们传承着自己的原始文化传统。电影结局这些人死于日本的枪械下,可以视为中国传统文化观念的一种延续。对于电影意象的应用,比如电影中红高粱场景的反复出现,作者也分析了其象征意义,以及对于人物性格形象的塑造。

海外对《红高粱》的评论迅速而热烈,如 1988 年 10 月 21 日的《华盛顿邮报》等,并且这种评论的热情也持续体现在以后很多年的评论当中。笔者在一些著名的电影评论网站上看到许多评论意见,这些评论基本是 21 世纪以来的,充分说明这部电影的生命力像红高粱一样旺盛。有网友认为《红高粱》可能是他看过最好的一部中国电影。从审美的角度讲,这部电影是对美国那些使用 CGI(电脑成像)或者数字技术来强化影视效果的电影的打击,张艺谋使用了颜色、声音和场景渲染了所有的氛围……这是真正的电影。有网友认为这部电影是悲剧和喜剧都有,导演很好地平衡了它们。有的认为这的确是一部沉重却值得欣赏的电影,重要的是,这是中国电影,他被电影打动而神伤落泪,这缘于它丰富、精彩的电影艺术。还有人评论这是张艺谋的第一部电影,也是巩俐的第一个角色,这是他们两人多么精彩的亮相啊!这部电影开始的时候有点像《大红灯笼高高挂》或者《菊豆》,却走向了完全不同的方

---

① 罗雪莹. 向你敞开心扉:影坛名人访谈录. 北京:知识出版社,1993:158.
② Zhang J X. Red Sorghum. Film Quarterly,1989,42(3):41-43.

向……其中许多场景有着令人震惊的美,几个场景甚至美得令人窒息,充满了如此多的活力和激情。

日本作家、诺贝尔文学奖获得者大江健三郎在和莫言的访谈中说他一共看了三次电影版《红高粱》,在第三次自己反复看了以后,发现一个可能只有日本人才能发现的细节:日本军队对中国百姓进行残酷的镇压,这个场面中的日本兵说的是日语。中国人可能不太注意,但日本人能听出来,那都是些战争中的话:"把他杀了!""打他!""开枪!"……但其中夹杂着这样一句话,翻成中文就是:"这可真荒诞!"这句话让一个日本人用纯正的日语说出来,对当时的日本军队所做的一切真是一种绝对的讽刺。

从中外评论界对《红高粱》的评论对比中,我们不难察觉,尽管最后两方面都走向了大致相同的评论意见,但起初阶段却体现了中国对这部电影接受的某种困难。在笔者看来,造成这种困难的重要原因,既有身在其中的文化关怀,也有解读习惯问题。海外对这部电影的接受也有几方面的因素:政治意识形态在这些海外评论中已经退居次位,但前期积累下的那种惯性却很好地彰显了这部电影的艺术性;电影本身的艺术能力,如对红色、场景、音乐的应用极好地调动了观众的艺术感觉;人物形象的塑造和小说故事的渲染;等等。在许多方面,这部电影都刷新了海外观众对中国电影的想象和期待,尤其是和他们熟悉的西方电影制作手段相比,从中他们可能更多地感受到了一种原生态的电影之美。

《红高粱》应该是中国当代文学与电影"相互沾光""共生""共舞"的典范。莫言曾在一次谈话中讲道:"中国文学走向世界,张艺谋、陈凯歌的电影起到了开路先锋的作用。"[①] 的确如此,文学界应该给张艺谋颁发一个"中国当代文学海外传播最佳导演贡献奖"。

这并非一个无关痛痒的玩笑话,把张艺谋和中国当代文学联系起来不仅有强劲的事实基础,也有广泛的现实意义,还可以延伸出许多重要的问题来,比如中国当代电影与文学的共生关系,当代文学的传播方式、影响范围以及接受空间的拓展等。尤其当我们加入一种"世界中"的观察视角时,就会发现在张艺谋、中国当代文学、世界影响之间存在

---

① 莫言,李锐."法兰西骑士"归来.新京报,2006-11-11.

着更多值得我们深入思考的问题。

制约中国当代文学与电影世界影响力的因素有很多，小说的电影改编显然是重要的原因之一。莫言、余华、苏童有一个共同特点，就是都有被著名导演张艺谋改编并获国际电影大奖的作品。日本学者谷川毅在一次采访中讲，是电影把莫言带进了日本，根据莫言的小说改编的电影在日本很受欢迎，他的小说也随之开始引起注意，所以，他进入日本比较早。① 同时，莫言也在一次采访中半开玩笑地表示：《红高粱》在拍电影之前其实在中国就已经很有影响了，引起了张艺谋的注意，可以说是他先沾我的光，我们是相互沾光。②

一个进入新时代的中国，必然要追求更卓越的文化"软实力"，也会表现出更加成熟的文化自信。那么包括当代文学、电影在内的中国当代文化究竟应该以怎样的一种姿态面对世界的对话乃至质疑呢？莫言的一个观点③也许值得我们参考。他认为《圣经·约伯记》里"我是唯一一个逃出来向你报信的人"这句话太有意思了，我们做电影也好，搞文学也好，完全可以用这样自信的口吻来叙述，真正有远大理想的导演或小说家，应该有这种开天辟地、唯一一个报信者的勇气。

第三节　当代文学的未完成性与不确定性：
以莫言小说新作为例

莫言曾写过一个具有强烈反讽与消解意味的短篇小说《与大师约会》。小说的主要情节是这样的：一群艺术青年在酒吧等待大师金十两，酒吧里一个长发男子在和他们聊天的过程中，指出他们所期待的大师其实不过是个骗子。长发男子在彻底解构了金大师在这些年轻人心目中形象的同时，把自己描述成了一个可以和普希金媲美的不得志大师。小说

---

① 王研：日本文学界只关注 3 位中国作家：莫言、阎连科和残雪．辽宁日报，2009 - 10 - 19．

② 刘江凯．"沾光"或"聚光"：当代中国电影与文学的海外接受关系：以《红高粱》、《活着》为例．长城，2012（5）．

③ 莫言．碎语文学．北京：作家出版社，2012：18．

结尾时，大师金十两现身，又指出长发男子的种种虚伪行径，解构了长发男子自我塑造的大师形象。谁是真正的大师？人们判断大师的依据是什么？这可能是小说直接留给读者的问题。之所以提到这个小说，是因为它在某种程度上象征性地预言了莫言获得诺贝尔文学奖之后国内外的评论反应①：一些声音欣赏和赞美他，另一些声音却贬损甚至诋毁他②。莫言作为第一位获得诺贝尔文学奖的中国籍作家所引发的焦点效应，远远大于小说里的"大师"，因此2017年以来莫言发表了小说、诗歌、戏曲、歌剧等一系列新作后③，自然又一次引起了广泛的关注④甚至争议。⑤

从20世纪80年代的《红高粱》《欢乐》到90年代的《酒国》《丰乳肥臀》，再到2012年获奖引发的争议及其下半场——新作发表，莫言的文学之路一直伴随着争议。诺贝尔文学奖得主和"大师"称谓一样，仿佛是一个"王冠紧箍咒"，在被欣赏的同时也得经受批评，正如作家苏童所说的，莫言其实是"一个'头顶桂冠，身披枷锁'的人"⑥。

我们对一个作家的讨论始终应该回到其作品当中。莫言的新作虽然没有长篇，却与自己的创作谱系和当代文学的发展形成了一些值得关注的对话或者说产生了变化。莫言的小说新作有《天下太平》(《人民文学》2017年第11期)、《故乡人事》(包括《地主的眼神》《斗士》《左镰》三个短篇，《收获》2017年第5期)、《表弟宁赛叶》《诗人金希普》(《花城》2018年第1期)、《等待摩西》(《十月》2018年第1期)以及笔记体小说《一斗阁笔记》(一、二、三，《上海文学》2019年第1期、

---

① Duran A, Huang Y H. Mo Yan in Context: Nobel Laureate and Global Storyeller. West Lafayette: Purdue University Press, 2014.

② 李斌，程桂婷. 莫言批判. 北京：北京理工大学出版社, 2013. 该书汇集了2013年前对莫言作品的批判文章。

③ 新作除小说外，按照文体还包括：戏曲文学剧本《锦衣》(《人民文学》2017年第9期)，歌剧《高粱酒》(《人民文学》2018年第5期)，歌剧《檀香刑》(《十月》2018年第4期，与李云涛合作)，组诗《七星曜我》(《人民文学》2017年第9期)，诗歌《高速公路上的外星人》《飞翔》《谁舍得死》(《十月》2018年第1期)，《饺子歌》(《北京文学》2019年第12期)，《鲸海红叶歌》(《人民文学》2020年第3期)。

④ 关于莫言新作比较集中的讨论，参见《当代作家评论》2019年第1期中莫言、余华、格非、张清华等人的文章。

⑤ 引发争议的内容包括对莫言诗歌和小说创作的不满，如杨光祖在《文学自由谈》杂志2018年第1期发表的《莫言归来的败象》等。

⑥ 李英俊. 莫言，还是那个讲故事的人. 文艺报, 2019-08-21.

第 3 期，2020 年第 1 期）。整体而言，这批新作虽然全面开花却有牛刀小试的意味。一方面，新作文体多样，不拘一格，显示出某种自由随性的写作状态；另一方面，这些新作尤其是小说又和原有的文学关联明显，在推陈出新的同时甚至有了点儿"老"马过河的意思。① 这里重点以小说新作分析莫言创作实践和作品谱系中可能蕴含的理论问题，以期展开更深和更广的讨论。

一、莫言创作的"未完成"现象

莫言的创作存在一个很有意思的"未完成"现象，即莫言后期作品对前期作品里那些看上去孤立、单调、省略、简化却具有"母题"性的元素，通过关联、重复、放大、再生等手法，不断地进行创造性的重复利用和改写。这种改写和利用导致作品之间在人物形象、故事内核、关键的叙述动力来源等方面存在着复杂的内在关联，使其小说表现出一种自我繁殖的生长特征和互文对话的审美效果。这些"母题"性的元素包括如小说中的铁匠、爷爷、姑姑、茂腔、割麦子比赛、食物和饥饿感、男孩特殊的童年经验等，而最有意思和最突出的表现是作家在作品中"植入"很多以自己为模版的"莫言"文学形象，将真实和虚构直接缝合在小说里。虽然其他当代作家比如马原早年的作品也有这种所谓"元小说"式的表现，但管之所见的范围内，莫言可能是把自己写进作品中最多的当代作家。由于莫言的创作时间长且体量大，他创作中的这种"未完成"现象会和前期作品一起激活小说的价值空间，并打开新的价值空间，使原本简单的小说世界充满对话性、生长性和复杂的审美意味，从整体上增加其小说体系的审美空间与艺术可能。

莫言坦承小说新作中"首先是把过去一些小说草稿找出来整理。原来就是一些毛坯，略微成形就放下了。这次重新把炉火点燃，把铁烧热，按眼下的构思锻造成形。有的小说本来已经结尾了，但时过境迁，因为小说素材所涉及的人物原型的故事又往前发展了，小说本身也就有了再生长的需求，像《等待摩西》就是这样的例子"②。可以看出，莫

---

① 刘江凯. 莫"言"诺奖，只谈新作. 中国艺术报，2019-04-03.
② 莫言，张清华. 在限制的刀锋上舞蹈：莫言访谈. 小说评论，2018 (2).

言创作的这种"未完成"现象既有写作过程中作品自然而然的"草稿修改",更有当代生活不断发展变化带来的文学新生成的内容;既有艺术构思方面,诸如对"莫言"形象的有意安排,也有作者潜意识层面对一些母题的重复改写。如果我们结合莫言不同时期的全部创作历程来看,也可以将之理解成一种文学的"未完成性"。当我们把莫言的创作看成一个正在发生、不断生成的写作体系时,这种"未完成性"就会使小说呈现出不同层面的生长性,有效地连接起莫言已有的创作经验和未来的写作出路,甚至也会和当代文学及社会构成深刻的对话与互文关系。

莫言文学的"未完成性"在之前的小说主题、题材、人物、意象等各个环节都有表现。比如短篇小说《地道》(《青年思想家》1991年第3期)讲述了方山和老婆在自己挖的地道里超生的故事,虽然他们的房子被拉倒了,却也终于生下了儿子。但关于计划生育未完成的文学想象,其实是在后来的《蛙》里才得到了更充分的表现和书写。再比如中篇小说《红蝗》似乎是对短篇小说《蝗虫奇谈》意犹未尽的扩写;《酒国》里的"肉孩"和《四十一炮》里的"肉孩"罗小通的形象具有相关性;等等。有些"未完成"现象是因为作者某种强烈的情结需要通过写作来反复释放,比如莫言作品里有许多和茂腔有关的创作。有些则是因为作者的一种念头不断地在生长,比如"肉孩"在《酒国》里是一道被人吃掉的菜,但在《四十一炮》里则演化成一个吃肉神童般的主人公,两部作品一起延续了鲁迅挖掘出来的"吃人"文化,并构成了更为复杂的对话与互文关系。

莫言2017年以来的小说新作几乎每一篇都有前文所述这种"未完成"现象。首先表现为后期作品对前期作品某些"母题"性元素的重复利用。比如《天下太平》里作为小说叙事动力、死死咬住小奥手指的大鳖形象和童年创伤,在莫言早期的短篇小说《罪过》(《上海文学》1987年第3期)里也以一种深刻的童年经验方式出现过。《罪过》讲述了七岁的"我"带着五岁的弟弟小福子去河堤上看洪水,两个赤条条的小孩被深不可测的鳖湾里鱼精鳖怪的神奇故事吸引。鳖精报恩送金豆芽的故事,诱惑了小福子去抓取漂在河里的一朵鲜艳红花。结果小福子淹死了,导致上百人围观、抢救,"我"的童年也在父母的愤怒、摔打、无视及众人的议论中彻底地"淹死"了。小说传达出一种弱小孩童视角里被侮辱的、被伤害的、被遗忘的深刻恐惧感,父母和乡亲在瞬间可以变成乌合之众和集体施暴者。

而《天下太平》的故事发生在一个叫太平村的地方,男孩小奥在村西大湾帮两父子看守捕捞上来的大鳖,小奥想放生大鳖却被咬住手指头,结果引出了更多的人和故事。打鱼父子见势不妙想溜被拦,警察的到来让故事继续推向人心或者说现实的幽深之处。养殖场污染及土地被征用建别墅的传闻等问题被一点一点地"咬"出来,太平村并不太平。小说的结尾和鲁迅在《药》里安排的光明的结局有异曲同工之妙:大鳖松开了小奥的指头,村民们发现它的背上有类似"天下太平"的文字图案,放生大鳖并集体欢呼"天下太平"。小说里暴露出来的所有问题,似乎也随着这欢呼声得到了放生。

乡村男孩子对河水鱼精鳖怪的天然兴趣以及他们的童年创伤经历,在莫言的许多中短篇小说里都有所表现,比如《金鲤》《夜渔》《枯河》《秋水》等。《天下太平》也再次对"童年创伤"这种"母题"性元素进行了推陈出新的重复改造和利用。莫言通过小奥手指被鳖咬住的焦点事件,将相关的人物逐一牵引出来,同时删繁就简地呈现了各类人物的不同内心。小说出现了很多紧贴当下现实的新内容:手机取证、网络传播、环境污染、农村用地等等。包括这部小说在内,莫言小说新作描写的许多内容和心态都是当代人非常熟悉的,和之前的小说相比,这批新作整体上有更强的现实对话性和问题意识,同时又以点到即止的叙事方式和现实生活保持了必要的艺术距离。

其次,对前期作品中特定的人物形象与关键情节的反复重写,也是莫言文学"未完成性"的重要表现之一。比如《故乡人事》包括了《地主的眼神》《斗士》《左镰》三个短篇。以《左镰》为例,文章开篇讲到铁匠老韩带着徒弟小韩、老三来村里干活,他们三人就是短篇小说《姑妈的宝刀》里的老韩、小韩、老三。莫言喜欢写铁匠,而且一出现往往是一伙人。比如《月光斩》(《人民文学》2004年第10期)里李铁匠和他的三个儿子,可以说用生命打成了一把叫"月光斩"的杀人不见血的绝世宝刀。除了"铁匠"形象外,《地主的眼神》里的割麦子场景也是莫言小说中多次出现的元素,在《大风》《麻风的儿子》里都曾出现过。

再次,莫言新作的"未完成性"还表现为以更具艺术性的方式延续和增强了对当代社会现实的反映和反思。重视当代社会现实是近年来许多作家的共同表现，如贾平凹的《带灯》《极花》等，以及近两年的诸多新作，如韩少功的《修改过程》、张炜的《艾约堡秘史》和新近讨论的"东北"写作等，我们从中都可以直接地感受到这种变化。可能是受限于短篇小说容量和技巧，莫言的新作并非像余华《兄弟》《第七天》那样采用正面强攻的方式进行"当代性写作"①，而更多的是侧面描写。

时代侧写的退出与进入是莫言新作尤其是小说（包括部分诗歌）给人留下的强烈的印象。所谓"侧写"，是指以个人生活史或者典型情节来侧面展现整个中国当代社会的发展史，看似轻描淡写，却极易使人产生共鸣，使小说整体上呈现一种"简约深刻丰富"的特征。如《表弟宁赛叶》中的表弟本名叫秋生，笔名宁赛叶，外号怪物。小说以表弟酒后和"我"对话的方式展开，从表弟认为自己的《黑白驴》远远超过"我"的《红高粱》却没有机会被承认讲起，历数了一个眼高手低的失败文学青年和成名作家对彼此的看法，由此把20世纪80年代到现在的社会发展通过一个人的角度以简笔勾勒了出来。

莫言即使在《等待摩西》《故乡人事》这些写过去时代的故事的作品里，也会"生长"出和现在密切的关系。尽管这批小说在叙事上几乎都采用了过去与现在互相穿插、嵌套、勾连的叙述手法，但其中的"当代性"却非常浓烈。这种以个人生活侧写社会发展的方式，使人可以鲜明地感受到某些人物与时代气息正在从历史中退出和进入，小说描绘的故事内容、刻画的人物有了更为浓烈的时代感。这并非说莫言之前的作品没有现实性或者时代感，而是指新作的"当代性"有了和先前创作不同的表现。

事实上，莫言在整个创作历程中都有紧扣社会现实的作品，主要表现为两类：一类是距离现实较近的如《售棉大路》《师傅越来越幽默》，以及《天堂蒜薹之歌》这样直接正面介入当时社会现实的长篇。另一类则是具有浓重的"批判现实主义"色彩的创作，比如《酒国》这样集先锋叙事实验与中国当代故事于一体的长篇小说，我们能从中读到20世纪90年代前后中国文坛和社会现实的各种样态。而《丰乳肥臀》《生死疲

---

① 刘江凯．余华的"当代性写作"意义：由《第七天》谈起．文学评论，2013（6）．

劳》《蛙》这样的长篇，其叙事在穿越了漫长的历史后，仍然和当下中国社会现实、人物心路历程及民族精神结构实现了准确而深刻的对接。

和以上两类表现不同的是，莫言的小说新作不但与现实的距离更近，而且表现得更具艺术性，在小说与现实的距离或者说分寸感上拿捏得更精准，具有一种"熟悉的陌生化"效果：小说的精神主旨、人物性格、心理群像、时代氛围等都是我们很熟悉的"当代"风貌，但故事内容、人物刻画、叙事方式等却又拉开了必要的艺术距离，体现了较好的小说艺术与现实生活的平衡能力。

最后也是莫言小说创作"未完成性"最有特色的标志：文学"莫言"形象的不断出现与反复塑造。笔者期待作家莫言能继续完善文学"莫言"的形象，为当代中国文学和世界文学贡献一个独特的文学人物形象。

文学"莫言"形象开始是以零星的方式出现在莫言的作品里的，而后渐渐发展。目前所见，最早是出现在《凌乱战争印象》中，作品以三老爷的口吻讲到姜司令游击队里的各色人物，其中写道："你在小说《红高粱》里写的那个任副官，就在咱家住过，那时候姜司令他们叫他小任，好像也是个大学生呢，他口袋里装着一把琴，常常含在嘴里吹，像啃猪蹄子一样。你怎么不把他吹琴的事写进书里去呢？你这个笨蛋！"之后莫言在《弃婴》(《中外文学》1987年第2期)里写道："我回家的路上，由一条白狗为引，邂逅了久别的朋友暖姑，生出一串故事。这些故事被我改头换面之后，写成了一篇名为《白狗秋千架》的小说。这篇小说我至今认为是我的好小说。"该小说里在医院妇产科工作的姑姑，也是《蛙》里姑姑的人物雏形。在《姑妈的宝刀》里，小说写道："淬火时挺神秘，我在《透明的红萝卜》里写过淬火，评论家李陀说他搞过半辈子热处理，说我小说的关于淬火的描写纯属胡写。"而长篇小说《酒国》中，"莫言"甚至成为一个不可替代的结构性人物形象，结尾部分"莫言"要坐火车去酒国，小说塑造了中年作家莫言的形象并说明了二者的关系："我知道我与这个莫言有着很多同一性，也有着很多矛盾。我像一只寄居蟹，而莫言是我寄居的外壳。"以上这些都是直接的"莫言"文学形象，还有一些是以莫言为原型的改装版人物形象，比如《蛙》里笔名为"蝌蚪"的作家等。

新作《诗人金希普》《等待摩西》《表弟宁赛叶》也都延续了直接将

现实的莫言植入小说当中的写法。比如《诗人金希普》中写道：这篇小说初稿写于2012年春天，五年过去了。前不久，"我"去济南观看根据"我"的小说改编的歌剧《檀香刑》，入场时遇到了金希普，他一口一个三哥，扫微信，还谈到了两万元帮表弟解决副台长的问题，说是因为反腐败所以没成。《等待摩西》则从特定历史时期柳摩西改名柳卫东写起，经历了1975年"我"当兵、1983年探亲时听闻摩西失踪，到2012年摩西失踪30年间的种种传闻，然后时间到了2017年8月1日。小说写道：

> 我在蓬莱八仙宾馆801房间。刚从酒宴上归来，匆匆打开电脑，找出2012年5月写于陕西户县的这篇一直没有发表的小说（说是小说，其实基本上是纪实）。我之所以一直没有发表这篇作品，是因为我总感觉这个故事没有结束。一个大活人，怎么能说没有了就没有了？生不见人，死不见尸，这不合常理。

虚构的小说里插入纪实的"莫言"形象，虽然只是寥寥数笔，却让小说和现实的联系犹如树木和大地一般结实。"莫言"文学形象的塑造在无形中消解了"虚构"与"纪实"之间的界限，暗示了文学作品与现实世界重叠而又微妙复杂的互文性，使虚构的小说产生强烈的真实感，由此创造出非常独特的半真半假的艺术审美空间，其中可能蕴含着值得批评家们从小说创作实践中总结提炼的理论话语。比如《诗人金希普》和《表弟宁赛叶》就通过"莫言"、诗人、表弟直接构成了互文关系。两篇小说正是通过文学"莫言"形象互相牵连，并通过骗取两万元和副台长的情节，将两个不同主线的小说人物和故事打通，非常巧妙自然地增强了小说的现实感和真实性。莫言对小说人物艺术化的批判自然也会在两篇小说中得到互相印证，形成互文的小说美学效果。如果我们以"莫言"文学形象为线索，综合考察《蛙》里的作家"蝌蚪"、《酒国》里的作家"莫言"，就不难发现，文学"莫言"是如何在莫言作品里不断地生长并且构成了丰富的自我对话和自我批判。在笔者看来，"莫言"文学形象无疑是罗兰·巴特所认为的那种还能不断创作的"可写的"文本。莫言今后的小说应该继续塑造好这个文学"莫言"形象。因为作家"莫言"的故事性、典型性会和文学"莫言"之间构成极为丰富的艺术互文空间，在为作家提供极大叙述便利的同时，也有可能使"莫言"成长为当代文学甚至世界文学中一个极为难得的典型人物形象，为其文学的"未完成性"提供更令人期待的审美空间。

当我们将观察的视野放得更大一些，就会发现文学的"未完成性"可能不仅仅是莫言一个人的现象，而是具有普遍性。这种"未完成性"并非仅指文本意义上的"未完成"现象，比如老舍没有写完的《正红旗下》或者莫言对草稿的重新创作，也不是经典作品在阅读意义上永远处于未完成的状态，可以被不同时代的读者不断重新打开和激活，而是从当代文学的本质特征来看，"当代"最基本的内涵就是正在发生，不断生成。但需要强调的是，这种文学的"未完成性"只有在有着连续、庞大作品谱系且作品内部确实构成前后关联的作家那里，才能形成互文和开放的意义升值系统。即使从这个角度检视和比较包括王蒙、贾平凹、余华、王安忆、苏童、铁凝等在内的众多中国当代作家，我们也会承认莫言做出的这种独特的贡献。事实上，包括莫言作品在内的当代文学作品，在经典化历程中始终是一个有待检验、未完成的开放阐释系统，意味着每一代批评家都有可能在理解文本的过程中，强行阐释或者重构经典文本[①]，意味着当代文学及其社会从来就不应该有什么绝对化的统一意见。如此看来，"未完成性"也可能是整个中国当代文学甚至当代社会的一个未被充分讨论的重要话题，是我们观察和思考当代文学无法绕过的本质命题之一。

二、现实与虚构之间的艺术不确定性

如果说"当代"正在发生、不断生成的特质一定程度上决定了当代文学的"未完成"表现，那么，它也必然会导致当代文学的另一个关键词："不确定性"。不确定性是现代科学和哲学的本质属性之一，现代科学比如 1905 年爱因斯坦的相对论，1927 年海森堡的不确定性原理，1948 年香农的信息论，以及 20 世纪 60 年代以后的混沌理论和复杂性理论，已经揭示了真实世界是一个复杂、混沌、动态、相互联系的巨大系统，不确定性是它的常态。真实世界的不确定性和人类社会对"确定

---

① 张江. 强制阐释论. 文学评论，2014 (6).

性"的本能追求，构成了充满张力和活力的丰富辩证关系，甚至成为推动社会发展变革的原动力。

这种不确定性的变革首先表现在"词"与"物"的对应方面。当代中国的发展速度，快到把很多词语的原义都变成了不确定的表达。比如"小姐""公主""同志"等，"大师"也差不多成为语言腐败①的又一个牺牲者。老子讲"信不足焉，有不信焉"②。对个人或者国家来说，当"词"与"物"无法形成稳定的意义关联时，就会造成表意的含混不清、沟通的多意不确定性、阴阳两面的表达系统，词语价值就会贬损，最终掉入"塔西佗陷阱"中，人们自然就不再完全相信那些字面的意思了。广泛意义的"词"与"物"不对应关系也是不确定性的表现。比如舆论宣传和真相、阳奉和阴违等，都是一种语言和文化的问题。相似的情境和模式让文字变成了一种自动化的表达，语言丧失了认知能力的直接性，语言抹去了有棱角的表达，熄灭了文字与新环境碰撞出的火花等。相对于人类经验的总和，语言永远显得有缺陷和破碎，"能指"不足。幸运的是，作为语言艺术的文学，却在相当程度上以不确定的想象方式弥合人们的认知裂缝甚至将碎片融为一体。③ 文学通过艺术手法的加工可以让语言的含糊和不确定性变成意犹未尽的诗意空间，在观察和表述不确定的世界时，反而拥有了一种确定的特殊权力。

莫言作为当代中国社会和文学发展的参与者，其作品谱系隐含了当代中国社会发展和个人命运变迁许多耐人寻味的细节。莫言这批新作也以生命直觉的方式集体展示了现实的、文学的甚至哲学的"不确定性"。莫言小说新作中的不确定性有着多样的形态。首先，通过叙事的不确定性来增加文学的审美空间，这也是莫言自觉的艺术追求。莫言在访谈中明确表示在《蛙》里让一部话剧变成小说的一部分，和前面的小说文本形成一种互文的关系，这样做可以"留给读者思考的空间，从而增加了这部小说的不确定性"。他还认为结构就是政治，因为叙事的不确定性，

---

① "语言腐败"按张维迎的说法，是英国作家乔治·奥威尔在1946年的一篇文章里提出来的，而其在《1984》里更是直接故意应用了这种方法。
② 老子. 北京：中华书局，2006：43.
③ 安德森. 想象的共同体：民族主义的起源与散布. 吴叡人，译. 上海：上海世纪出版集团，2008.

第三章 未完成的民族性与世界性：莫言的诺贝尔文学奖之路

故事显得扑朔迷离，真假难辨，梦与现实混到一起，既增加了读者阅读时的思维空间，也是对作家叙事功力的考验，同时还有别的方面的优点。"尝试多种文本的嫁接、融合，尝试在文本边缘的突破，是我几十年一贯追求的目标，这一次是先多方位地尝试，然后再回到小说创作中来。"①

其次，莫言小说新作通过呈现多种不可控的担忧和恐惧感来表达个人命运的不确定性。比如《等待摩西》里的柳摩西以及《地主的眼神》里的老地主孙敬贤等，体现了在历史的大江大河里，小人物蜉蝣般的命运。《斗士》里的方明德及《表弟宁赛叶》里的秋生等，则呈现了老百姓对当下生存和未来发展的各种担忧。莫言新作中令人印象深刻的还有对不确定的复杂人性的恐惧感，几乎每篇新作中都弥漫着一股看似轻淡实则充沛的恐惧感，甚至连戏曲剧作《锦衣》和诗歌里都有。这可能是作家以生命的直觉从朴素的生活中升华出来的一种艺术哲学。

《斗士》里堂兄武功是一个嘴不积德、心难存善、似乎一辈子流淌着仇恨汁液的人，总之一旦招惹他，他就会死缠烂打甚至能以命相搏。他能用自贱的方式把别人骂得远走他乡；用浸泡过农药的馒头毒死仇家三百多斤的大肥猪；能一夜砍断仇家一亩长势喜人的玉米；能草垛点火，车顶吐痰；他的仇家死的死，病的病，他却顺利获得了"五保"，似乎只有他成了一个笑到最后的胜利者。《表弟宁赛叶》里"我"用心帮高考落榜的表弟找各种工作机会，结果他在酒厂刷瓶子干了一两天就让账面亏了一百元；到锻压设备厂写材料，一年谈了两次恋爱；好不容易当了兵却去勾引地方女青年；复员后和金希普办报却用记者证在家乡坑蒙拐骗；借钱三万干实业却充大款请客吃饭捐电脑（这里确实有一处关于电脑时代的小笔误）；终于打工成家有了孩子，在金希普的忽悠之下又犯了老毛病，多年的帮助换回的只是不满足的亲情攻击。《诗人金希普》里金希普在姑父家过年，骗吃骗喝，以给表弟宁赛叶安排电视台副台长一职为名，骗了姑父两万元，姑父后来因心脏病发作死亡。莫言在小说新作中抓取了体现时代进程的黑暗人性，这些"身边的故事"时刻提醒着我们，在一个不断突破各种底线的社会，没有任何人能成为幸

---

① 莫言，张清华．在限制的刀锋上舞蹈：莫言访谈．小说评论，2018（2）．

存者。

再次，小说新作通过多种艺术手法，将现实的确定性拓展成更具有发散性的艺术不确定性。人类在现实的世界中本能地害怕"不确定性"，但在艺术的世界里，不确定性却意味着丰富的诗意可能。短篇小说对作家的结构、语言、叙事、人物、细节、意旨等方面的处理能力要求都非常高，迫使作家一定要聚精会神、精雕细刻才能努力避免瑕疵。莫言短篇小说新作中，这种艺术构思和批判包括知识分子的自我批判，并且密度更高，主要表现为反讽、含混、白描、对当代社会"心理"状态的典型化，以及一种类似于"点穴"的新写法。

反讽是很常见的一种手法，如《等待摩西》里终于通过当兵逃离了农村的"我"，很虚伪地劝慰柳卫东"农村是一个广阔的天地，在那里也可以大有作为"等。"含混"则是有意制造艺术不确定性的有效手法，如《斗士》里曾担任村党支部书记的方明德老人逼问"我"哪位伟人更伟大（老百姓的朴素问题观），"我"含含糊糊地说："这怎么说呢……应该……都伟大吧……"这种"含混"在《蛙》里表现得更加充分。①

莫言新作里对常见的白描和典型化也有一些新尝试。新作更多的却是鲁迅式的白描手法，并且是一种有意放大和集中的白描。如《诗人金希普》《表弟宁赛叶》，与其说刻画了两个具体的人物形象，不如说把我们这个时代万千人物的某种普遍心理状态抽离、集中，放大到了这两个人身上，语言风格变得更加洗练、准确，绝少从前作品那样的大肆铺陈、泥沙俱下。这既是莫言对自己作品主观方面更自觉的要求，也是短篇小说文体对作家普遍的要求，因为"高端的艺术创作，往往都是在限制的刀锋上的舞蹈"②。莫言作品中的农民和知识分子形象，都有对当代部分中国人的精神气质、心理特征、价值观念、道德水准的典型化表现，这种敏锐精准的"社会心理群像"的典型化刻画，既是这个时代特有的新内容，也缘于作家的文学良心和时代责任，不论是在其个人创作谱系里，还是在整个当代小说里，都是一种值得进一步观察和讨论的变化。

---

① 刘江凯.《蛙》："生育疑案"中的"含混"与清晰. 小说评论，2015（5）.
② 莫言，张清华. 在限制的刀锋上舞蹈：莫言访谈. 小说评论，2018（2）.

这里想重点解释一下笔者称之为"点穴"的写作手法。它也可理解成一种通过细节典型化打开更多不确定审美空间的方式。所谓"点穴"，就是看准某个问题，轻点一下，并不大肆铺陈，但会让读者全身为之一颤、浮想联翩，形成意在言外的艺术效应。"点穴"可明点，也可暗点，看似轻描淡写，实则稳准狠透，这既和短篇小说的文体有关，也和作家的艺术处理方式有关，应该是短篇小说写作走向宏大和深入很"经济"的一种方法，值得我们继续探讨。比如方明德说"钱是足够花的，就是心里不舒坦"，道出了一代人的普遍心理感受。再如《地主的眼神》里"我"问孙来雨"农场那八百亩地是怎么回事"，孙来雨答："听说是被市里一个领导的小舅子，十年前用每亩四百元的价格买走了。"虽然没讲背后的故事，但读者们可以根据常识去想象和补充。再如前文提到的个人命运的不确定性和对人性的恐惧感，莫言正是用"点穴"的方法准确地描绘了大时代里小人物的命运走向。不论是表弟、武功，还是摩西，都是那么熟悉和亲近的乡亲甚至亲人，却能各种挖坑与背叛，一个人的命运可以被别人毫无征兆地改变或者重塑。我们知道海明威有一个"冰山"理论，但生活里还有更多的"冰水"现象：那些真实发生、存在过但无从考证、无法证明或者不可言说的故事与经历，正如化成了水的冰山一样。莫言写出那些我们可以感受却无法表达的内容，点中了很多人的生命经历，点中了某种时代之痛，甚至点中了一种生命哲学的本质。

最后，新作通过人物形象更集中地体现了在现实与虚构之间艺术辩证法的不确定性。金希普和宁赛叶犹如一对文学的双胞胎，他们的"成长"和20世纪80年代以来中国人，特别是许多知识分子、文学爱好者的成长几乎是同步的。莫言通过对他们的刻画延续了其小说对当代中国文坛和知识分子的观察与反思，并把自己也加入小说中进行自嘲和批判。从某种意义上看，莫言新作里表弟宁赛叶是20世纪80年代文学黄金时代以来"淘金"失败者的代表；"三哥莫言"是成功者的代表；而金希普则是错过了黄金时代，但能通过各种手段获得某种成功的"伪君子"（诗人、学者、教授等各类有头衔者）的代表。这三个形象其实是互为表里的。

知识分子有一种神奇的自我心理催眠术，能够把自己的丑陋通过自嘲、自我否定或者有限度的承认进行心理的"合法化",让事实变成自己想要的"真的假事实"或者"假的真事实"。这种潜意识是如此顽固而深刻,以至于让我们忘却了自己客观存在或者流传在别人舌尖上的品质裂缝,发自内心地认为自己的道德水准总是高于别人。这也正是莫言敢于把自己写进作品甚至多次自我批判的可贵之处。

《诗人金希普》里可以看到当代文化界某些君子许多经典的变形表现。比如在北京的同乡会上,金希普一进门——

> 就直奔胡书记而去,与他握手,送他名片,然后又与几位将军和副部级老乡握手,送他们名片。与领导们握手时,他一遍遍地重复着:"对不起,我来晚了,刚从北大那边赶过来,北京堵车,实在令人头疼……"

而当县委胡书记问他最近在干什么时,莫言这样写道:

> 他站起来,弓着腰说:"今年一年,我在全国一百所大学做了巡回演讲,出版了五本诗集,并举办了三场诗歌朗诵会。我要掀起一个诗歌复兴高潮,让中国的诗歌走向世界。
>
> "截至目前,我已出版诗集五十八部,荣获国际国内重要文学奖项一百零八个,我现在是国内外三十八所著名学府的客座教授。去年我去美国访问时,曾与美国前总统克林顿在林肯中心同台演讲,受到了一万一千多名听众的热烈欢迎……"

除了听起来言之凿凿的鼓吹之外,金希普还在自己名片上厚颜无耻地自封为"普希金之后最伟大的诗人",同时添加了更多子虚乌有的头衔,并向别人宣称他的专职摄影师是硕士毕业,他的专职录像师曾在美国好莱坞工作过,由此来抬高自己的身价。

在真假混杂的信息里,只相信表面现象,即便心有存疑也不去确证是今天人们普遍的接受习惯。从金希普后来能在姑父家骗吃骗喝甚至骗钱的行为看,他至少唬住了许多不明真相的群众。这一形象对于当代某些知识分子或者文人来说并不陌生:奇才或蠢材,拉起小圈子,傍上大人物,自我吹嘘与互相捧场,一本正经地胡说八道,逢场作戏地认真配合,因为戏演得过于投入和认真,时间长了连骗子自己都相信一切都是事实了。在笔者看来,表弟宁赛叶、三哥莫言、诗人金希普是当代社会发展分化的表征，更是当代知识分子的"一体三面"，如果我们肯扪心自问，或许就会揪出知识分子内心更多的"小我"来。

三、文学的预见性及其本质

最好的现实主义作品都是指向未来的，具有某种超越写作对象和时代本身局限性的能力，从来不会只是回顾历史的所谓史诗性写作，更不是浮浅的反映论层面的当下现实描摹。① 深刻的文学具有某种预见性。但当历史或者文学情境发生不妙的相似时，人类究竟前进了多少？鲁迅曾多次讨论"黄金世界"，比如在小说《头发的故事》里，主人公 N 先生问："我要借了阿尔志跋绥夫的话问你们：你们将黄金世界的出现预约给这些人们的子孙了，但有什么给这些人们自己呢？"② 鲁迅奉劝人们万不可做将来的梦，并认为容易预约给人们的黄金世界难免有些不可靠。

每个人真实的世界在哲学本质上其实都是碎片化的，而"黄金世界"往往会在想象的层面呈现出共同体特征。印刷文字及其演化而来的现代媒体，正是弥合并控制人们碎片化认知最有力的溶胶。从社会到文学，谁掌控了媒介资源，谁就一定程度上掌握了精神塑形的权力。从 20 世纪 80 年代的"重写文学史"到 21 世纪以来当代文学的"历史化"，从过去的报刊到现在的新媒体平台，这种塑形的权力都在大大小小不同的圈子内存在。而当代文学的"未完成性"和"不确定性"，能从根本上打破各种文化霸权和精神塑形。这可能正是莫言新作中的"未完成"现象以及通过各种叙事手法塑造出来的艺术"不确定性"带给我们的最值得思考的启示。

在莫言的新作中，《一斗阁笔记》为我们大规模地展示了文学的"未完成性"和"不确定性"。笔者以为在中国当代作家中，莫言的"文学装备"是最丰富的，其装备长短不一，大小不等，文体丰富。仅以短

---

① 刘江凯. 现代性焦虑的转向与内化：对 20 世纪 90 年代以来现实主义创作现象的一种理解. 上海文学，2020（6）.

② 这是鲁迅对所译俄国作家阿尔志跋绥夫（1878—1927）小说《工人绥惠略夫》主人公对理想主义者责问的改写，将"黄金时代"换成了"黄金世界"。参见鲁迅《娜拉走后怎样》一文。

篇小说来看，从完整故事的讲述到场景段落的描述，再到瞬间意韵的抓取，莫言的写作形式是不拘一格的。窃以为《一斗阁笔记》可视为一种不完整叙事的"练习簿"文学，说白了就是一种小说练笔——捕捉瞬间，落笔成段，虽然无意为文，却可反复萃取。作家在下笔时甚至不会考虑发表，因而我们可以从中感受到一种强烈的"自由"精神——这是一种只在"练习簿"写作中才会存在的写作自由，无所畏惧、不受约束、任性随意、心手合一，是作家莫言在他的文学世界里为自己挖出来的一个小小的"树洞"。《一斗阁笔记》里有许多故事在莫言的其他创作中反复出现，比如《锦衣》《茂腔》等，不管哪个先发表，都验证了开篇所指出的莫言创作中存在的"未完成"现象。不论是扩写还是缩写，重复出现的故事核心、情节、人物甚至意蕴，都是作家最难以割舍的生命经验和写作情结，是罗兰·巴特所认为的那种开放的、"可写的"文本。追求高密度的短写艺术似乎是许多作家都有的写作癖好，比如卡尔维诺也认为文学必须追求诗歌和思想所达到的最大限度的浓缩。博尔赫斯和卡萨雷斯曾合编了一本叫作《短小而非凡的故事》（1955）的选集，卡尔维诺希望自己也能编一本类似的故事集，搜集只有一句话甚至只有一行的故事。①

  莫言的下一部长篇小说会是什么样的？这是大家都关心且最不确定的问题。但如果我们结合莫言的创作谱系来看，我猜想仍然可能是对"未完成"小说的创造性写作，就像《生死疲劳》的创作冲动来自邻村姓孟的单干户，做妇产医生的姑姑是《蛙》里姑姑的原型，把"孙文抗德"这个发生在高密的历史事件写成小说《檀香刑》等一样。莫言曾讲到村里不仅他们家大爷爷、三爷爷、二姑姑有传奇的家族故事，王家六个儿子、开酒作坊的单家、郭家的故事也都充满传奇色彩。"我甚至想过，我就这么信笔写，想起我们村哪个家庭就写哪个家庭，想写哪个人物就写哪个人物，可以写漫长的一个系列。"② 从莫言已有长篇小说和中短篇小说以及他自己讲出来的小说资源来看，他的下一部长篇小说继续采用这种思路也很正常，甚至都有可能是对之前未完成的长篇小说的

---

① 卡尔维诺. 新千年文学备忘录. 黄灿然，译. 南京：译林出版社，2015：52-53.
② 莫言. 碎语文学. 北京：作家出版社，2012：83.

第三章　未完成的民族性与世界性：莫言的诺贝尔文学奖之路

改写。当然，如果莫言能写出一部和我们猜想的很不同的长篇小说，那也将是莫言和中国当代文学共同的幸事。

就个人而言，更想建议莫言今后的创作慢慢开发一下"后诺奖时代的文学莫言形象"。因为获得诺贝尔文学奖是中国作家中他独有的人生经历和创作资源，还因为不论是现实的还是文学的，纪实的或者虚构的，他都有能力把这些转化成高超的艺术作品，使其作品谱系中的"未完成"现象变得更加丰厚繁华。一方面，莫言要从"诺奖"冲击形成的创作中断中重新返回文学现场。现在看来，包括戏曲文学剧本《高粱酒》、歌剧《檀香刑》这样的作品在内，从对"未完成性"的接续开始确实是一种非常自然、稳重、可靠的入场方式。这也可能是笔者在阅读莫言新作时有牛刀小试、老马过河之感的原因吧。另一方面，"诺奖"效应无疑也是莫言未来值得期待的一个独有创作资源。以莫言改造生活、虚构现实的能力，这种创作资源的文学转换绝不应该止步于组诗《七星曜我》或者《饺子歌》，希望能看到更多具有文学"莫言"形象的中短篇甚至长篇小说。

文学之所以能指向未来并具有某种预见性，是因为在优秀的文学世界里，过去、现在和未来在同时发生，文学通过对某种本质的深刻描写打通了艺术时空。可以说，这种小说发现了未完成的历史走向。莫言小说中此类典型情节很多，如《天堂蒜薹之歌》青年军官在法庭上的长篇辩护：

> 我认为，"天堂蒜薹案"为我们党敲响了警钟。
>
> 一个政党，一个政府，如果不为人民群众谋利益，人民就有权推翻它；一个党的负责干部，一个政府的官员，如果由人民的公仆变成了人民的主人，变成了骑在人民头上的官老爷，人民就有权力打倒他！事实上，中国共产党是伟大正确的，是全心全意为人民的。经过整党，党风正在好转。天堂县的大多数党员干部也是好的。我要说这样一句话：一粒耗子屎坏了一锅粥。一个党员、一个干部的坏行为，往往影响党的声誉和政府的威望，群众也不是完全公道的，他们往往把对某个官员的不满转嫁到更大的范围内。但这不也是提醒党和政府的干部与官员更加小心，以免危害党和政府的声誉吗？

小说里青年军官的慷慨陈词，和近年来国家的反腐败斗争形成了一种虚构的历史回声，体现了某种深刻的文学预见性。但和当年的艺术表现有所不同，莫言的新作对中国社会的现实关怀表现得更有艺术的迂回空间。

不论是 20 世纪 80 年代末偏向现实主义甚至直接介入生活的《天堂蒜薹之歌》，还是 90 年代初偏向先锋荒诞性并借助古老祭仪方式来展开批判的《酒国》[①]，都殊途同归地展现了某种直通当下、富有预见性的写作能力。类似的作品还有贾平凹的《废都》等对一代知识分子精神状态的捕捉。反复出现类似的文学预见性，或者作家以敏锐的艺术感知力捕捉到了社会发展的深刻本质，又或是某些社会发展很难产生深刻的变化，都是作家忠实于现实并且进行执着艺术追求的表现。

---

① 褚云侠．"酒"的诗学：从文化人类学视角谈《酒国》．小说评论，2016（1）．

第四章 经典化与国际化：余华的文学写作

第一节 "经典化"的喧哗与遮蔽：余华的小说创作及其批评

文学写作与批评的关系是一个很有意思的话题，抛开笑话式或者情绪化的表达，也是一个值得认真剖析的问题。比如中国当代文学批评与创作之间究竟构成了一种怎样的互动关系？中国长篇小说近些年正在经历一个收获高峰期，如莫言的《蛙》、王安忆的《天香》、贾平凹的《带灯》、苏童的《黄雀记》、韩少功的《日夜书》、阎连科的《炸裂志》以及余华的《第七天》等等。一时间可谓名家新作迭出，作品风格多样，莫言获得诺贝尔文学奖更是成为整个中国新文学以来最重要的收获标志，引发了学术界强烈的探究兴趣。中国当代文学在经历20世纪80年代末"先锋文学"的训练、90年代转型期的探索、21世纪古典文学传统的回归等一系列写作努力后，近年开始渐渐找到并确立自己有效的"当代"文学写作经验，我们有理由期待一个更加成熟的文学年代的到来。名家新作无疑为我们反观中国当代文学的发展提供了足够新鲜、充分有力的研究脚本，当然也少不了喧哗热闹的文学批评。"众声喧哗"大概已成为20世纪90年代以来中国当代文学创作与批评的基本样态——可喧哗同时也意味着遮蔽。在夺人耳目的喧哗声中，有些声音压根不会被注意到，有些声音响亮地碰撞耳膜后消失，有些声音则走入人们的内心，最后可能会沉淀为一种文学史的常识。

余华是当代最有影响力的作家之一，从1987年的成名作《十八岁出门远行》到2013年的《第七天》，构成了当代文学创作与批评关系一个独特的存在。在重新阅读余华作品及相应批评的过程中，人们越发强烈地认同"事实上人们谈论余华已不仅仅是在谈论他本身，而更是在思考他的启示和意义"[①] 这样的判断。余华的创作大体经历了三个阶段，其经典化的原因很复杂（如作品质量、电影改编、海外影响等），但根本上讲和批评界的三次推动密不可分，只是两者之间并不完全对位的表现非常值得我们思考。本章在余华整体的创作视野中，重点讨论90年代以来的长篇小说创作及其批评关系，由此反思文学批评与余华经典化的关系。

一、先锋、传统、当代：余华创作的三个阶段

作家拥有自觉的先锋艺术观念时，才能不断地突破写作的自我重复和限制，寻找、发现并创造出超越自我和时代的佳作。这个过程并非总是一帆风顺，因此先锋的艺术往往会伴随着不易被理解和接受的认同代价。传统既是阻滞也是推动先锋的势力，而先锋犹如一个叛逆的儿子，想要摆脱传统的父亲却始终无法真正切断"父亲的传统"。尽管有时先锋甚至是以"打倒""断裂"的决绝方式告别传统，但否认很多时候却正是影响存在的证明。先锋和传统一起构成了优秀作家走向成功不可或缺的艺术观念和创作资源。"当代"是一个作家无法脱离的客观现实，不论作家作品多么先锋或传统，描写的内容多么离奇曲折，当代都是我们理解作品艺术价值和历史意义的重要原点。克罗齐强调"当代性"的历史观念同样可以帮助我们去理解文学：不论什么时代的经典文学，都应该以艺术而富足的方式传达写作时代的当代性，而阅读经典也许就是唤醒和复活不同时代当代性审美体验、产生共鸣的过程。先锋、传统、当代和作家一起构成了复杂的艺术创作表现，彼此之间并不一定完全割裂或对立，而是存在着复杂的互动与关联，甚至在对冲中相互包含，呈现出一种有无相生、前后相随式的辩证丰富性。这也是我们今天回顾余华30年小说创作的基本出发点。

先锋、传统、当代也是笔者对余华小说创作三个阶段的基本特征的

---

① 张清华. 文学的减法：论余华. 南方文坛，2002（4）.

概括。我们认为余华的小说创作大体可分为"先锋文学""传统现实主义""当代性写作"三个阶段。先锋文学阶段为 90 年代之前的中短篇小说创作。在经历过 1991 年《在细雨中呼喊》这个短暂的过渡期之后①，90 年代创作的《活着》《许三观卖血记》可理解为传统现实主义。这两个阶段的划分应该说已经得到了批评界甚至文学史的公认。许多批评家特别突出了《活着》以后的"温情"写作特点，这主要是和余华前期冷酷的暴力书写有关，这种阅读反差也使人们强烈地感受到余华的写作"转型"。但这里有三点有必要特别说明一下：

其一，余华在先锋文学阶段的某些作品中已然包含了后期创作的"生活化"或者"温情"因素。虽然它只是微小的存在，但这星星之火的意义应该被充分尊重，因为这关乎余华的"创作基因"，具备强大的生发变异性，可以揭示和解释余华后期创作探索的基本来源。长期写作经验的积累、艺术观念的不断更新、现实生活的变化刺激都和余华的创作变化关系紧密，文艺的追新求异让我们总习惯评论"变化"的表现、结果和意义，而较少分析为何以及如何改变等其他因素。余华后期的"温情"转型显然不是没有来源的人性暴发，正如笔者也不认为余华后期写作中就真的没有了先锋的文学探索一样。作家在自觉的创作转型与艺术探索过程中，必然会不自觉地保留许多写作习惯与艺术观念，余华创作中的这种内在关联性在批评家的论述中很容易被简化、从略甚至忽视。批评家们惊喜地给出一个断语式的"转型"，然后急急忙忙地分析这种转型的文学表现、艺术成就，却很少仔细地考察这种转型是如何在作品之中潜伏、衍生、转化、生长与延伸开来的。

比如《死亡叙述》（1986 年 11 月②）情节清晰、叙述简洁，除了结尾血腥暴力、行文体现出一种强烈的宿命感外，真正维持和推动小说叙述的力量正是后期创作中突出的"生活"与"温情"。主人公"我"发生了两次车祸，结果却完全不同。第一次是十多年前，"我"开着解放汽车在一条狭窄的盘山公路上，把一个骑着自行车的孩子撞到了十多丈下的水库里，"我"看到了孩子临死前又黑又亮惊慌的眼睛，听到孩子

---

① 《在细雨中呼喊》最早名为《细雨与呼喊》，以下引文中出现的相关名称直接统一采用修改以后的名称。

② 本小节作品写作时间都依据作家出版社 2008 年版的余华作品集给出，不再另注。

又尖又细地呼喊了一声"爸爸"。然后"我"逃逸、忘却,心安理得地生活到自己儿子长到15岁开始学骑自行车,当他撞到一棵树并惊慌地喊了一声"爸爸"时,"我"心里哆嗦却十分清晰地想起当年撞飞孩子的情景。第二次"我"开着黄河汽车撞倒了一个女孩,许多人看到"我"撞人后的反应让"我"怀疑自己看花了眼,本来可以再次逃逸的"我"想起十多年前被撞飞的孩子的眼睛,于是下车拖出女孩抱着走入了乡村想找医院,最后被人拳打脚踢、割肠劈肩、破胸开肺而死去。余华在两次撞人之间充分地渲染了父子情深的生活景观,可以说正是自己儿子的"相似性"唤醒了第二次车祸后"我"的良心与温情,虽然整个故事的结局是暴力和残酷的,但这个故事真正的叙述动力却正来自生活中的温情,对儿子深沉的爱将前后两个孩子融为一体。反讽的是,冷酷给了"我"幸福安详的生活和温情,而从生活和温情中生长出来的"爱意"却给了"我"一个残酷的结局。再如《爱情故事》(1989年3月23日),以"回忆"的方式讲述了两小无猜的男女在偷尝禁果后的慌乱心情以及成为夫妻多年后的疲倦和厌烦。"回忆"的叙述方式、"对话"的写作训练以及对男女情感这种生活化内容的探究,在余华后来的文学创作中都是非常重要的形式和内容。

其二,人们追新求异、注重变化结果,也往往容易忽略从《在细雨中呼喊》(1991年9月17日)到《活着》(1992年9月3日)之间这个短暂却十分明显的过渡时期。这一年间余华先后完成了《夏季台风》(1992年1月)、《祖先》(4月)、《命中注定》(7月)、《一个地主的死》(7月20日)四个中短篇,这些作品和《在细雨中呼喊》一起构成了余华由先锋文学向传统现实主义的短暂过渡。在叙述内容的生活化、叙述方式的朴素化以及人物刻画等方面既有"先锋"的遗音,也有"传统"的召唤。作为余华第一部长篇小说,《在细雨中呼喊》让"我非常明显地感觉到,这个人物怎么老是有自己的声音","这个小说写完以后,我还没有很明确的意识,等到我写《活着》的时候,这种感受就非常深了"[①]。余华同时承认在写《活着》之前自己是一个"暴君"式的强硬叙述者,因此也压制了《夏季台风》《一个地主的死》中已经感觉到的

---

① 洪治纲. 余华研究资料. 天津:天津人民出版社,2007.

人物自己的声音。

为什么余华会在这个时期出现这种叙述上"人物自己发声"的现象？笔者认为，一方面，这和前期先锋文学叙述实验时积累下来的写作经验有关；另一方面和余华重新回归生活化的叙述内容、增加朴素的现实主义写作手法有关。先锋文学其实是和大众阅读保持相当距离的，注重形式的叙述排斥了生活经验和现实意义的直接传达，所谓"零度"叙述方式也很难引起读者的共鸣。余华在《虚伪的作品》一文中传达了许多重要的创作观念，尽管这篇文章更多的是对先锋文学阶段创作变化的总结和说明，但其中关于"真实"以及小说与现实关系等问题的思考，仍然可以看出与后期创作之间存在着复杂的关联。① 如果结合余华随笔中透露出来的写作观念，就不难发现作家写作经验的积累、文学观念的变化是如何悄然无声地相互渗透、互为依托的：先锋文学阶段盛开的残酷美学如风中被吹散的花瓣一样飘落，暴力的血河，渗透并滋润着后期文学创作，早期温情的火种蔓延开来，催生了地表蜿蜒生长的藤条与繁花。余华的厉害之处在于：他特别善于用自觉的艺术追求转化吸收掉前期的文学经验，并且总能敏锐地写出适应时代变化、"贴"近时代美学与现实需求的作品。

其三，90年代传统现实主义阶段，被长篇小说的光辉遮蔽的中短篇小说同样非常生活化，并与长篇小说一起形成一种关联性的文学表达，有些甚至就是后来长篇小说的雏形或者引子，并且和长篇小说一样闪烁着先锋文学的精神魅影。比如《一个地主的死》中，地主老爷蹲在粪缸上和小孙女对话的情景就直接重复出现在《活着》里。而《炎热的夏天》（1993年4月18日）、《我没有自己的名字》（1994年10月5日）里关于对话的叙述能力，也在《许三观卖血记》（1995年8月29日）里得到极大的强化。余华在整个90年代大约创作了近20个中短篇小说，《活着》以后更是很少看到先锋文学阶段那种直接的残酷美学，许多作品都是围绕着男人感情、家庭生活展开。比如《在桥上》对已婚夫妇关于怀孕与感情破裂的微妙描写，《炎热的夏天》刻画了两女一男之间奇妙的情感圈套，《我为什么要结婚》阴差阳错地预言了朋友失败的

---

① 余华：虚伪的作品．上海文论，1989（5）．

婚姻并使自己陷入其中,《阑尾》讲一对兄弟差点害死身为医生的父亲的小小生活闹剧,《他们的儿子》讲勤俭老夫妇和奢侈消费的儿子之间的家庭生活,《女人的胜利》仍然是妻子面对小三的纠结与胜利,《空中爆炸》描述了一群婚后男人对单身生活的渴望,《蹦蹦跳跳的游戏》描述了一对夫妻失去儿子的变化,《为什么没有音乐》讲夫妻与朋友之间冷静的奇异婚外情。

这一时期的《朋友》(1998年10月7日)虽然再次出现昆山与石刚之间的凶狠打斗场面,但最后却是以"不打不相识"结局。《我没有自己的名字》会让我们不由自主地想起辛格的著名短篇小说《傻瓜吉姆佩尔》:"我"是一个傻子,本名叫来发,父母双亡,挑煤为生,陈先生是全镇唯一知道"我"本名并对"我"有好意的人,其他人都是任意称呼并戏弄"我"。"我"只能与狗为伴,但最后许阿三为吃狗肉利用"我"的名字杀死了狗。这个小说的"对话"和"重复"应用得十分精彩,文字中充满了一种软弱善良的温情力量。《黄昏里的男孩》(1995年12月22日)也是一篇充满奇异力量的小说:一个饥饿的小男孩仅仅因为偷了孙福的一个苹果,被追上、打倒,并在被卡住脖子吐出咬了一口的苹果后被折断右手中指。在完成这肉体的折磨后,孙福还用绳子绑住男孩放在水果摊前,让他大声喊"我是小偷",进行精神和心理的摧残。余华在结尾简单地交代了孙福也曾有一个幸福的家庭,自从五岁的儿子溺水身亡后这个家庭彻底走向崩塌,于是我们对孙福变态的行为有了更深一层的理解。这部小说颇有《活着》的阅读感受,仿佛一部压缩的小长篇,叙述精练老到,能激发起一种意犹未尽之感,语言简洁,人物鲜明,情节清晰却藏而不露,情感弥漫而不显沉重,可以说用残酷打开了通向温情世界的大门。

值得一提的是,余华90年代的中短篇小说也没有完全放弃早期先锋文学的经验,在整体上和先锋文学阶段相比差别并不明显,其差别更多地体现在叙述的具体的手法方面,比如对结构、形式、语言等叙述因素的细腻拿捏。如果说先锋文学阶段余华是用残酷和暴力美学包裹了"温情"的火种,那么传统现实主义阶段则正好相反,是用"温情"的现实生活包裹了"先锋文学"阶段许多残酷的文学经验,而这种写作经验当然也延续到21世纪以后出现的当代性写作阶段。

余华创作的第三个阶段有 21 世纪出现的《兄弟》和《第七天》,笔者命名为当代性写作阶段。这也是余华个人写作目前最受争议的创作时期。和多数非议不同的是,笔者认为这一阶段的余华以一种非常"现实"的方式重新开启了"先锋"的文学写作之路,用"熟悉"的小说超越了"陌生化"的写作,用个人的争议引领了当代文学的写作。虽然自《兄弟》起,余华个人承受了许多写作争议,但就整个当代文学的写作发展观念来看,余华却贡献了当代文学非常欠缺的一种写作尝试——当代性写作。其具体内涵和特征概括如下:写作内容上由历史转向当下,叙述方式上极力缩短文学和现实生活的距离,读者接受上会有一种强烈的亲历性体验,整体上表现出一种全面迫近现实并介入生活的努力,因而会令人感到是极为"熟悉"的小说。这种作品比其他常见的反映现实生活的纯文学作品审美距离更近,却又比电视剧式的当代生活作品多了一些人文艺术内涵,是一种从文学内容到表现手段都充满当下精神,并且面向未来和对历史负责的写作。成熟理想的当代性写作很难看到,因为这种写作会带来一种悖论式的审美风险:小说的现实及物性和批判性得到增强的同时,也会因为其中的泛写实和亲历性体验产生一种诗意沉沦的美学后果,文学的神圣感会降低,艺术性也会受到质疑,除了对作家本人的艺术能力构成巨大的挑战外,对读者的阅读习惯和审美体验也会构成强烈的挑战。这些特点决定了当代性写作面临的最大挑战可能是如何处理好当代性和文学性之间的平衡问题。①

综上,笔者认为余华这三个阶段并非遵循截然分开、进化发展、后期综合前期这样一种简单的写作逻辑,而是存在更为复杂的前后交错、你中有我、侧重不同、稳中有变的阶段性特征。当我们今天重新回到余华的创作年表和艺术文本,在更为开阔的文学史视野下去观察和重估余华的小说创作及相应批评反应时,就会察觉到余华对于小说写作自觉的艺术探寻和努力的得失成败,也会反观到批评家的敏锐与迟钝。

二、"经典"的形成与质疑:长篇创作及其批评

1991 年《在细雨中呼喊》是余华第一部长篇小说,对于其中的变

---

① 更多具体论述请参阅下文:刘江凯. 余华的"当代性写作"意义:由《第七天》谈起. 文学评论,2013 (6).

化，批评家也很快做出了反应。潘凯雄认为余华的这部长篇处女作"一下子将自己以往在中短篇小说创作中曾经涉足过的死亡、暴力、性、友情、恐惧、心理冲突、人际交往等等人类生存所面临的种种命题统统囊括了进来，并以种种的形而下的方式完成了一系列形而上的思考"①。所谓"形而下的方式"其实就是指回归传统的现实主义叙事方法，而"形而上"则意味着保留了先锋文学的某些痕迹，是一部明显的过渡之作。虽然我们认为余华在此之前的中短篇小说里已经存在传统现实主义生活化、温情的因素，但毕竟并非作者自觉的写作导向。

我们知道余华"先锋文学"的特征主要表现为：多数作品内容充满血腥暴力，体现出某种莫名神秘的命运力量，叙述态度冷漠旁观，对"时间"有着极为特别的强调，戏拟了传统小说类型或名著，追求叙述的实验效果，注重形式的变化与翻新，整体上很少有生活经验的直接表达，阅读上会带来一种"复杂的困难"，因此被批评家敏锐地总结为"阅读的颠覆"。②有学者认为余华这种细节残酷、颠覆主题和文类的形式实验是一种"非语义化的凯旋"③；有人生动形象地用"他的血管里流动着的，一定是冰碴子"来形容余华冷漠旁观的叙述态度④。而余华这一时期的小说则是"人性恶"的证明，其意义在于"他在直面人生的当代文艺思潮中将冷漠之潮推到了冷酷的深处。他将人性中最黑暗、最丑恶、最残忍的一面暴露在文坛上：这样的探索不仅仅是对'纯正文学''温情文学'的挑战，也是对'玩文学'之风的一种反驳"⑤，为中国文学补上了"人性恶"思潮启蒙。这里所谓对"纯正文学""温情文学"的挑战应该是指传统现实主义写作，因为余华在1986年之前写过诸如《星星》《竹女》等温馨的传统现实主义作品。樊星认为《十八岁出门远行》仍然是传统的写实笔法，但格调和主题都变了，而《一九八六年》则主要运用了各种现代主义表现手法，如搅乱时空、制造神秘氛围、还原欲望骚动、心理变态、意识混乱等种种奇异感觉。指出这一

---

① 潘凯雄. 走出轮回了吗?：由几位青年作家的长篇新作所引发的思考. 当代作家评论，1992 (2).
② 李陀. 阅读的颠覆：论余华的小说创作. 文艺报，1988-09-24.
③ 赵毅衡. 非语义化的凯旋：细读余华. 当代作家评论，1991 (2).
④ 朱玮. 余华史铁生格非林斤澜几篇新作印象. 中外文学，1988 (3).
⑤ 樊星. 人性恶的证明. 当代作家评论，1989 (2).

点，是想说明余华残酷的先锋文学写作确实和传统的现实主义写作有着紧密的关联。有人认为"1986年之前他的观念是传统的，创作上也少有新鲜之处"，而《十八岁出门远行》的问世，"标志着一种新艺术观点的初步确立"，即便以前，余华对生活也有自己独特的理解，他不愿走别人走过的路，他要在生活中有独特的发现，因此"他才突破了现实主义的樊篱，在叙述态度与方法方面作出了一系列相应的变化"①。这种变化的结果就是"自觉地遵循了现代主义的创作原则，他力图摆脱客观意义上的生活原状，而追求那种作家主体内心的活动轨迹"②。不论是我们对小说本身的阅读，还是以上论述，都显示出余华早期的先锋文学与传统现实主义、残酷的暴力美学与温情的现实生活之间其实一直紧密关联，并非完全割裂或对立、突然中断或出现，只是不同阶段作家积累的经验与自觉使用的程度有所不同。

　　作家自觉的创作转变，或者对某种艺术观念手法的集中使用策略，确实也会形成整体风格的转变印象。陈晓明认为《在细雨中呼喊》是一部"绝望的心理自传"，"某种程度上是对近几年小说革命的一次全面总结，当然也就是一次历史献祭。这样的作品，标志着一个时期的结束，而不是一个新时代的开始"③。回顾余华全部的作品，我们不得不承认《在细雨中呼喊》确实是余华创作生涯中一部重要的转折性作品，说它是对前期先锋小说的一次"全面总结""标志着一个时期的结束"并不为过，至于是不是一个新时代的开始，这就得看我们如何理解了。《活着》被公认为余华成功的优秀转型之作，也是获得批评家和读者充分肯定的经典之作。人们惊叹于《活着》的成功转型时，潜意识里对照的仍然是余华最为先锋的那些作品，因而对《在细雨中呼喊》从先锋向传统的过渡意味感受相对不足。和公认批评观念不尽相同的是，笔者认为，《活着》固然是余华个人写作转型的巨大成功，但从整个中国当代文学的创作观念来讲，并不算是创新性的写作，只是回到并接续了传统现实主义。余华的成功或者说贡献在于：他持有一种开放的现实主义态度，在

---

① 张卫中. 余华小说读解. 当代作家评论，1990（6）.
② 洪治纲. 余华小说散论. 小说评论，1990（3）.
③ 陈晓明. 胜过父法：绝望的心理自传：评余华《呼喊与细雨》. 当代作家评论，1992（4）.

整体的现实主义创作格局中加入了非常个人化的先锋艺术探索。因此《活着》和《许三观卖血记》从主题内涵到艺术形式，既克服了传统现实主义过分凝重的启蒙训导，又避免了先锋艺术脱离现实、过于超前的自娱自乐，带给读者一种舒服和谐、平衡易懂但又保持适度审美距离的阅读感受，所以这两部作品引发的争议也最小。

《活着》和《许三观卖血记》是余华90年代代表性的小说。但批评界对二者的反应却明显不同：《活着》的创作和批评关系在90年代存在一种奇怪的"时间差"的现象，或者说批评反应迟钝；而对《许三观卖血记》的批评则可以说和《在细雨中呼喊》一样表现正常。《活着》作为余华最受欢迎的经典作品，至今每年仍保持着高位的发行量。然而在发表和出版之初，批评界的反应并不敏锐和强烈，这和余华的其他几部长篇小说的批评反应形成了鲜明的对比。从目前能够查阅到的资料来看，《在细雨中呼喊》《许三观卖血记》以及21世纪后的《兄弟》《第七天》在出版以后，都及时发表了有分量的针对性评论文章，比如1991年《在细雨中呼喊》出版后，很快就有陈晓明、韩毓海、潘凯雄三人以及之后吴义勤的文章。[①] 1995年《许三观卖血记》出版后，接下来也马上有余弦、张柠、张闳等人的专文讨论。[②] 至于后来《兄弟》和《第七天》的即时性评论就更无须引证。缘何这部被视为余华最有代表性的、反复讨论的《活着》在出版后偏偏少有评论文章？即便涉及也多是顺带论述，很少像其他四部长篇小说一样有专门的讨论文章。难道是当时的批评界在五年时间里无法面对三部长篇小说的连续冲击？刚刚从《在细雨中呼喊》的转型过渡中缓过神来，还没来得及消化《活着》的意义就得面对《许三观卖血记》的叙事冲击，于是出版于两部长篇之间的《活着》就匆忙地被"遮蔽"了？虽然这是一个有点玩笑式的反问，但从批评的反应规律讲，也许有其合理之处。如果出版间隔太短且没有明显风

---

① 《当代作家评论》1992年第4期同时推出三个人的评论文章。题目依次是《胜过父法：绝望的心理自传——评余华〈呼喊与细雨〉》《大地梦回：〈呼喊与细雨〉的超验救赎意义》《〈呼喊与细雨〉及其他》。另见：吴义勤. 切碎了的生命故事：余华长篇小说《呼喊与细雨》论评. 小说评论，1994（1）.

② 余弦. 重复的诗学：评《许三观卖血记》. 当代作家评论，1996（4）；张柠. 长篇小说叙事中的声音问题：兼谈《许三观卖血记》的叙事风格. 当代作家评论，1997（2）；张闳.《许三观卖血记》的叙事问题. 当代作家评论，1997（2）.

格变化的批评标志，那么中间的作品很容易被"遮蔽"。但更有可能的解释是：当时人们对《活着》除了有内容风格方面的模糊转型印象外，对其真正的意义还把握不准、没有看透。或者说《活着》没有《在细雨中呼喊》和《许三观卖血记》那么清晰易见的批评标志。《在细雨中呼喊》的批评标志是由"先锋"向"现实"的转型过渡，很容易识别和感受到，而《许三观卖血记》的"重复""对话"等叙事问题仍然是整个小说非常显著的批评标志，《活着》相对而言就没有明显的批评标志，整体上回归传统现实主义的方法让注重"创新"和"特别"的批评家们产生犹疑。苦难也罢，生存也好，现实也罢，历史也好，这些不都是文学里常见的话题吗？《活着》简洁之中蕴含的丰富性让它既可以慢慢发酵，也很难一下子从相似的文学表达中脱颖而出。这种批评意义的发现直到 1998 年南海出版公司再版《活着》以后才日益明显地展现出来。事实上《活着》刚发表时也有争议："我觉得《活着》在写法上很机械，又重复，这还是形式的问题。""《活着》仅仅是一个拖沓疲惫的故事。我真不明白为什么有那么多人为它叫好，《一个地主的死》正是《活着》的继续。"① 从陈思和等人当年这个对话中，不难看出他们对文学先锋性的叙述形式、文体创新与风格特别重视，因此反而认为张艺谋拍摄《活着》这一名利双收的事件是很糟糕的事。

余华在 1995 年《收获》上首次发表《许三观卖血记》之后，直到 2005 年、2006 年才先后出版《兄弟》（上下），余华应该庆幸这十年的空档期，因为这十年也正是余华长篇作品不断被经典化的十年。如果他迅速地推出新作，很可能会打乱至少是干扰这个"时间选择"的过程。如果没有明显的风格变化，那么保留合适的出版空档期，对于余华、莫言这样的经典化作家而言可能极有好处，这样可以保证每一部长篇小说经历比较充分的市场和批评界的消化。《兄弟》和 2013 年出版的《第七天》构成余华的第三个写作阶段，即"当代性写作"时期。不论是《兄弟》出版时"给余华拔牙"还是"上海的声音"，抑或是关于《第七天》的激烈争议，这一时期的批评争议其实都和前一时期的经典化过程密不

---

① 陈思和，等. 余华：中国小说的先锋性究竟能走多远?：关于世纪末小说的多种可能性对话之一. 作家，1994（4）.

可分,可以理解为一种"经典质疑"现象。① 当代文学也不乏一些成名作家渐渐淡出人们视野的例子,余华历经十年的间隔而没有被遗忘,反而让读者更加期待并引发争议的主要原因是:批评家和文学市场一起构建了余华的经典地位。余华在这十年间当然并非真正消失于文坛,一系列中短篇作品维持着其文学在场性,随笔创作也确实展现了他另外的一种文学才能。更为重要的是,电影改编和海外市场的拓展与获奖相当程度上加速了他的经典化进程。在此期间,原来被批评家视为"糟糕"的电影《活着》却给余华打开了通向市场的广阔世界。《活着》早在1992年就有了德语版,1993年出英语版,1994年出法语版。余华的海外传播首先从德语、法语、英语开始,由代表作《活着》牵头,然后渐渐地扩展到其他语种。我更愿意把1994年视为余华小说向海外传播的全面扩张元年,因为这一年《活着》被译成多种语言单独出版,其作品陆续被广泛译介到其他国家,如法国 Hachette 出版公司出版了《活着》,Philippe Picquier 公司出版了小说集《世事如烟》;荷兰 De Geus 公司和希腊 Livani 也出版了《活着》。《活着》从1994年起开始收获各类奖项,1994年电影《活着》赢得戛纳国际电影节评审团大奖,之后一个客观事实是余华的小说开始有了更多的外译。1998年《活着》获意大利文学最高奖——格林扎纳·卡佛文学奖,也是这一年南海出版公司再版了包括《活着》在内的三部长篇小说。从该年起,批评界兴起了经典化余华的第三波浪潮。我们不能否认文学市场、海外传播、获奖与批评几者之间存在的复杂的互动与纠缠,甚至有时候会有人为的策略因素,但当这些力量最终合力促使作家作品走向经典化时,也很难否认其本身具有的经典性。

从当代文学批评与余华经典地位的形成角度来看,批评界对于余华的经典化大概也有三个阶段:第一个阶段是20世纪80年代以李陀为代表的"发现"式评论。李陀对余华具有伯乐性质的意义,余华也紧紧地抓住了这次机会,并很快用更成熟的创作证明了自己。因此也赢来了批

---

① 关于这一时期的争论,可参考下列文章:刘江凯.压抑,或自由的:评余华的长篇小说《兄弟》.文艺评论,2006(6);压缩或扩张:《兄弟》的叙事美学.文艺争鸣,2010(23);余华的"当代性写作"意义:由《第七天》谈起.文学评论,2013(6);发现并重建"善良":余华《第七天》的"经典"与"当代"问题.南方文坛,2014(2).

评界在 90 年代前后的第二个阶段的"震惊"式评论：以樊星、张颐武、王彬彬、戴锦华、赵毅衡、陈晓明、陈思和等人对其先锋小说成就的肯定为主。余华从 1987 年成名到 1992 年转型只经历了短短五年时间，这一时期批评家面对当时复杂的创作与批评环境，对余华的判断应该说比较敏锐和准确。从《活着》《许三观卖血记》出版到 90 年代末，这一时期的批评家似乎还处于一种缓慢消化阶段，比如郜元宝对"苦难"的挖掘、丹麦的魏安娜对"现实"的发现等。① 这一时期对余华的批评可以说既有洞见也有不察，尤其是对《活着》的评论显然没有《许三观卖血记》那么醒目。余华作品的经典化应该是在 90 年代末以后第三个阶段的批评中真正形成的，所以《兄弟》出版以后才会有那么吃惊的"经典质疑"声。这自然也是合理的：一方面这些作品经历了必要的时间检验，另一方面也经历了包括文学市场（海内外）在内的读者检验，批评家也拉开了足够的时间距离可以看清楚作品的美学价值和文学意义。第三个阶段的批评并不具有前面两个阶段那么明显的集中效应，时间让批评家们产生了许多角度不同但有分量的批评文章，比如王德威、汪晖、张学昕、谢有顺等人的文章。时间也让批评家对余华的文学史地位有了更准确的把握，比如张清华《文学的减法——论余华》可视为其中的代表：

> 文学历史的存在是按照"加法"的规则来运行的，而文学史的构成——文学的选择则是按照"减法"的规则来实现的。从这个角度看，历史上的作家便分成了两类：一类只代表着他们自己，他们慢慢地被历史忽略和遗忘了；而另一类则"代表"了全部文学的成就，他们被文学史记忆下来，并解释着关于什么是文学的一般规律的问题。②

张清华开篇就高屋建瓴地对余华有透彻的文学史定位，对处于变动历史中的现象有着穿透性的把握，他指出余华不但代表他自己，还解释了"规则和标准"，这是他越来越多地被谈论的一个原因。因为单就作

---

① 郜元宝. 余华创作中的苦难意识. 文学评论，1994（3）；吕芳. 一种中国的现实：阅读余华. 文学评论，1996（6）.
② 张清华. 文学的减法. 南方文坛，2002（4）.

品的数量而言，1995年以后的余华和此前的余华几乎没有什么区别，但在被理解的程度和被评价的高度上却差异巨大。这体现了一种时间"选择"的结果，是一种历史的"水落石出"，表现了当代中国文学在文本、规则和标准上出现了某种意义上的成形和成熟。他对余华文学"减法"的艺术辩证关系进行了一系列精彩的论述，直到今天都可视为余华评论文章中的经典之作。

20世纪90年代以来，批评家们感叹中国文学的先锋性衰退久矣，可是余华的《兄弟》和《第七天》却让笔者强烈地感受到"先锋"精神的回归。他一反以往历史叙事的拉开安全审美距离的做法，直面中国当下的现实，由"他们"的故事写到"我们"的生活，用"熟悉"取代了以往文学习惯的"陌生化"表达，敢于面对当代文学中最为困难、最缺少也最应该具有的一种写作——当代性写作，同时又呈现出一种面向未来和对历史负责的态度。虽然这种写作转型让他很难处理好文学性与当代性的艺术平衡问题，他的作品在精神重建方面仍有欠缺，并且这种自觉的写作努力让他付出了承受争议的代价，但他走在了时代甚至多数批评家的前面。如果我们审视余华从《虚伪的作品》到90年代以后一系列随笔中显示的文学观念，用一种创作"编年史"的方法去梳理和观察余华的写作变化，就不难发现有许多要素其实是贯穿余华创作始终的，只是不同阶段的表现力度有所差异。正如开篇已经讨论过的，先锋、传统、当代之间构成了一种丰富的辩证关系，"先锋"并非一去不返的亡灵，"传统"也并非不可更改的神话，在作家的艺术世界里，一切过去的也都可以是现在的，历史与现实、先锋和传统等都在"时间"的意义里得到统一。"时间"和"回忆""残酷""温情""非成年人视角"等一起构成了余华小说世界的基本要素。

当笔者比较系统地阅读余华的创作及对其批评之后，作为年轻的批评者，笔者在犹豫再三后还是想说出真实的想法。尽管不乏真诚严肃的批评声音，但《兄弟》之后包括对《第七天》的批评，显示了当代批评界某些僵化的模式和沉重的积习：严肃的批评很容易成为某些人的各种话语"秀"，文学批评不是对创作艺术精神的交流，反而演化成一种职业话语的福利，专业批评泥沙俱下，技术主义的分析加上道德话语的评判，局限于细枝末节的议论，满足于单一视角的肯定或否定，看似专业其实没有什么"定根"的评论满天飞。在一片喧嚣声中每个人都得到了发声的机会,制造出一场虚假的批评盛宴,买单的作家却未必真能听到多少诤友有益的意见——也许有也不见得会说吧。

第二节 诧异"风景"的美学统一:
余华作品的海外接受

莫言获得诺贝尔文学奖极大地刺激了人们对当代文学海外接受状况的关注。学界也开始反思以莫言为代表的中国当代文学所取得的经验与启示。一个尴尬的事实是:我们不仅对莫言的海外接受状况知之不深,而且一直以来,整个中国当代文学的海外接受在学界更是属于一种附属性的边缘角色。当我们渴望中国文学"走出去",加强"文化软实力",组织各类文学翻译工程,集中报道热闹的"面子"工程时,其实需要静下心来做点更为扎实和具体的工作。只有对具体的作家作品研究充分了,作为整体性的研究才会更有基础。余华和莫言可以说是海外影响力最大的两位中国当代作家,和其他当代作家一样,相对于日渐深入系统的国内研究,他们的海外接受研究目前也并不充分。这里想以余华为例继续展开讨论,并结合莫言的海外接受状况,讨论海外接受之于中国当代文学独特的价值与意义。

一、"出门远行"作品的规律与差别

中国当代作家的翻译状况很复杂:语种丰富,数量庞大,除了成书成册的翻译外,更有许多作品散落于各种期刊和选集中,收集整理的工作庞大;翻译种类很齐全,从小说、诗歌到戏剧,不同种类的作家作品都有涉及。为了对中国当代作家的海外出版状况有一个更直观的印象,我们选择了王蒙、莫言、苏童、余华、阎连科、李锐、王安忆、贾平凹、韩少功、铁凝、毕飞宇、卫慧共12位作家,在联机计算机图书馆中心(OCLC)进行了一个抽样统计。这些作家在时间上主要是新时期以来作家;写作风格方面,在主流文学创作的基础上特别选择以另类写作出名的代表卫慧,以期获得对中国当代文学不同层次的对比感受;作

家代际方面，特意增加了毕飞宇这样的后起之秀，并考虑了不同文学风格、国内外影响等因素。

从整体来看，12位作家中，法语和越南语的翻译作品数量居然多于英语的翻译作品数量，尤其是越南对中国当代文学的翻译，有点出人意料。作家方面，卫慧和其他作家因为写作风格、套路的区别，仅从翻译语种数量来看，对卫慧的翻译要远远地多于其他当代主流作家。其作品却只有《我的禅》和《上海宝贝》两部，《上海宝贝》译数最多，差不多是海外"一本书"现象的新代表，应该当作特殊例子。但该书由于淫秽描写过多而受到批评被下架。其他中国作家也呈现出耐人寻味的区别来：苏童、莫言、余华以两位数的翻译数量位居前三，除了因为他们的创作实力外，还有一个共同点就是他们都有被著名导演张艺谋改编并获国际电影大奖的作品。如果说王蒙以其多年的创作和巨大影响处于靠前的位置并不让人感到意外的话，阎连科则有点异军突起的味道。他和余华是中文作品相对不多但翻译作品数量很多的作家，阎连科的异军突起很值得专门研究。李锐、王安忆、贾平凹、韩少功、毕飞宇、铁凝翻译语种数量大体相同，原因和表现却各有特点。全面细致地考察这些作家的海外接受，绝非一篇文章之力可以完成的任务，我们重点以余华为例展开相关讨论。

以先锋文学创作成名的余华，随着1991年《在细雨中呼喊》、1992年《活着》的发表，在90年代的写作转型中迅速走向经典化，并开始了作品的海外传播之旅。为了更加详细、全面、准确地了解余华作品的海外传播情况，我们综合利用各种手段最大限度地获得余华作品的外译信息（见表4-1）。

表4-1仅列举了通过权威图书检索方式获得的信息。事实上，余华的作品翻译远不止这些。根据余华的博客资料中他自己整理的作品翻译信息，表中出现但信息不完备的翻译有：韩语《夏季台风》、《一九八六年》、《战栗》、《灵魂饭》（2008）；越南语《活着》（越南文学出版社，2002）；德语《活着》（德国Klett-Cotta，1998）、《许三观卖血记》（Klett-Cotta，1999）；西班牙语《活着》（西班牙Seix Barral出版社）、《许三观卖血记》、《兄弟》、《在细雨中呼喊》。

第四章　经典化与国际化：余华的文学写作

表 4-1　余华作品翻译统计

语种	中文名/译名	外文名	译者	出版机构	年份
法语	第七天	Le septième jour	何碧玉；安必诺	Actes Sud	2014
	十八岁出门远行及其他	Sur la route à dix-huit ans: Et autres nouvelles	Jacqueline Guyvallet; Angel Pino; Isabelle Rabut	Actes Sud	2009
	古典爱情	Un amour classique: Petits romans	Jacqueline Guyvallet	Leméac, impr	2009 2000
	兄弟	Brothers	Angel Pino; Isabelle Rabut	Actes Sud	2008
	活着	Vivre!	Ping Yang	Actes Sud	2008 1994
	一九八六年	1986	Jacqueline Guyvallet	Actes Sud	2006
	在细雨中呼喊	Cris dans la bruine	同上	Actes Sud	2003
	世事如烟	Un Monde évanoui	Nadine Perront	P. Picquier	2003 1994
	许三观卖血记	Le vendeur de sang	待查	Actes Sud	2006 1997
韩语	余华散文集：我们生活在巨大的差距里	우리는 거대한 차이 속에 살고 있다	이旭渊	Munhakdongne	2016
	难逃劫数	제양은 피할 수 없다	赵成雄	Munhakdongne	2013
	第七天	제7일	文炫善	Prunsoop	2013
	人的声音比光传得更远：十个词汇里的中国	사람의 목소리는 빛보다 멀리 간다	金泰成	Munhakdongne	2012

续表

语种	中文名/译名	外文名	译者	出版机构	年份
韩语	四月三日事件	4월 3일 사건	赵成雄	Munhakdongne	2010
	火热的夏天	무더운 여름	赵成雄	Munhakdongne	2009
	灵魂饭	영혼의 식사	崔容晚	Humanistbooks	2008
	兄弟	형제 (1, 2, 3) (普及版) (再版)	崔容晚	Humanistbooks	2007 2008 2017
	在细雨中呼喊	가랑비 속의 외침 (更正版)	崔容晚	Prunsoop	2004 2007
	世事如烟	세상사 연기와 같다 (更正版)	朴姿映	Prunsoop	2000 2007
	我没有自己的名字	내게는 이름이 없다 (更正版)	李宝暻	Prunsoop	2000 2007 2013
	许三观卖血记	허삼관매혈기 (更正版)	崔容晚	Prunsoop	1999 2007
	活着	살아간다는 것 인생 (更正版)	白元淡	Prunsoop	1997 2007

续表

语种	中文名/译名	外文名	译者	出版机构	年份
越南语	在细雨中呼喊	Gào thét trong mưa bụi	武公欢（Vũ Công Hoan）	Công an Nhân dân	2008
	兄弟	Huynh đệ	武公欢	Nhà xuất bản Công an Nhân dân	2006
	许三观卖血记	Chuyện Hứa Tam Quan bán máu	武公欢	同上	2006
	活着	Sống	武公欢	Ha Noi Van Hoc	2002 / 2005
	古典爱情	Tình yêu cổ điển	武公欢	同上	2005
英语	兄弟	Brothers	Eileencheng-Yin Chow; Carlos Rojas	Pantheon Books	2009
	在细雨中呼喊	Cries in the Drizzle	Allan Hepburn Barr	Anchor Books	2007
	许三观卖血记	Chronicle of a Blood Merchant	Andrew F. Jones	Anchor Books	2004
	往事与刑罚	The Past and the Punishments	Andrew F. Jones	University of Hawai'i Press	2003
	活着	To Live	Michael Berry	Anchor Books	2003 / 1993
瑞典语	许三观卖血记	En handelsman i blod	Anna Gustafsson Chen	Ruin	2007
	活着	Att leva	同上	同上	2006
	许三观卖血记	Dva liangy rýžového vína: osudy muže, který prodával vlastní krev	Vasilij Ťut'unnik	Dokořán	2007

续表

语种	中文名/译名	外文名	译者	出版机构	年份
德语	活着	Leben!	Ulrich Kautz	Klett-Cotta	1992
德语	兄弟	Brüder	Ulrich Kautz	Fischer	2009
德语	许三观卖血记	Der Mann, der sein Blut verkaufte	待查	Klett-Cotta	2000
日语	兄弟	兄弟	泉京鹿	文藝春秋	2008
日语	活着	活きる	飯塚容	角川書店	2002
希伯来语	许三观卖血记	איש שמכר את דמו	Dan Daor	עם עובד	2007
西班牙语	兄弟	Brothers	Vicente Villacampa	Grupo Editorial Planeta	2009
塞尔维亚语	活着	Živeti	Zoran Skrobanović	Geopoetika	2009

注：主要依据 WorldCat 整理，同时参考了谷歌图书，亚马逊进行补充。表中"待查"部分表示来源信息中没有。

第四章 经典化与国际化：余华的文学写作

表4-1中没有出现的语种作品有：意大利语《折磨》（意大利Einaudi，1997）、《许三观卖血记》（1999）、《世事如烟》（2004）、《活着》（Donzelili，1997；Feltrinelli，2009）、《在细雨中呼喊》（Donzelli，1998）、《兄弟》（上部，Feltrinelli，2008；下部，2009）；荷兰语《活着》（De Geus，1994）、《许三观卖血记》（2004）；葡萄牙语《活着》（巴西Companhia das Letras，2008）、《许三观卖血记》、《兄弟》（长篇小说）；挪威语《往事与刑罚》（挪威Tiden Norsk Forlag，2003）；希腊语《活着》（希腊Livani，1994）；俄语《许三观卖血记》（俄罗斯《外国文学》月刊连载）；捷克语《许三观卖血记》（捷克Dokoran出版社）；斯洛伐克语《兄弟》（Marencin PT，2009）；泰语《活着》（泰国Nanmee出版社）、《许三观卖血记》、《兄弟》。

以上资料显示，从语种规模来讲，余华的外译作品语种数量不算少。从传播区域来看，主要集中在欧洲和亚洲，几乎没有非洲和南美洲的出版信息。这是一个很有意思的现象，说明余华的作品传播主要取决于以下两个因素：其一是经济文化的发展水平，如欧洲语言的传播国家，其经济和文化发展水平较高；其二是历史文化关联性，这一点以亚洲国家日本、韩国、越南、泰国、印度的传播较为突出，它们都和中国有着密切的文化渊源，形成某种共同的文化圈。

从传播特点上看，余华的海外传播首先从德语、法语、英语开始，由代表作《活着》牵头，然后渐渐地扩展到其他语种。这一点，余华、苏童、莫言三位作家具有相似的特点，即首先都有代表性的作品打开海外市场，而欧美市场尤其是英、德、法三大语种的译介往往会极大地带动其他语种的翻译传播。另一位海外传播也很广泛的作家卫慧在形式上具有相似的特点，她靠《上海宝贝》首先在英、德、法语种地区取得市场，然后一举拿下20余个语种的海外拓展。和余华他们不同的是，卫慧是爆发性的海外拓展，给人昙花一现的印象，和余华他们凭着多年的艺术积累不断开拓当代文学的海外市场有着显著的区别。

余华最早的英文版单行本应该是Anchor Books 1993年的《活着》，他到目前为止写出的所有长篇小说都被译成不同语种出版，其中《活着》《许三观卖血记》《兄弟》的翻译最多。与我们印象不同的是，余华的外译语种最多的不是英语,而是韩语和法语。中国当代作家在不同国家的接受程度是有区别的,就对苏童、莫言等当代作家的统计资料而言,在整体上法语和越南语的翻译数量确实比英语要多一些。具体又各有不同,比如莫言在日本的传播和接受就比苏童和余华要广泛许多。还有一个现象是三位作家每个语种都会拥有一个比较稳定的翻译者,由此看来,找到一个合适稳定的译者,对于作家的海外传播是非常重要的事情,如果这个译者本身又是声名显赫的大家则效果更好,比如葛浩文之于莫言、马悦然之于李锐。

随着中国和世界联系交流的日益紧密,中国当代作家也越来越国际化。比如莫言、余华基本有相对成熟的海外文化代理人,因此作家对自己作品的海外出版状况最为了解,他们有时候会提供不可多得的宝贵资料与信息。我们在研究当代文学海外接受的过程中,确实也获得了包括莫言、余华、苏童、毕飞宇、阎连科等作家在内的人的帮助。比如毕飞宇认为笔者能注意到越南对中国当代文学的巨大翻译力度这是值得重视的,并详细介绍了自己的外译与获奖情况,很好地检查和完善了检索整理出来的资料。和余华的交流帮助也很大,他表示自己作品的海外传播,不同的国家反应不一样。他指出小说里《活着》在美国、西班牙和意大利最受欢迎,《兄弟》在法国和德国最受欢迎,《许三观卖血记》在韩国最受欢迎,《兄弟》在日本的影响也是大于《活着》。

余华还为我们提供了一个重要且有趣的问题:在截至2013年翻译出版的四部长篇小说中,《在细雨中呼喊》出版的国家最少,其他三部长篇小说出版的国家都有15~20个,《在细雨中呼喊》似乎只有7个国家出版,没有什么影响(没有什么评论),读者也不关心,这个让他有些失望。我们知道《在细雨中呼喊》在中国得到了很好的评价,也是余华自己很喜欢的作品,可是走出国门后就远不如另外三部长篇小说了,余华本人似乎也非常好奇其中的原因。

海外不同国家对中国当代作家的接受程度有所不同的原因非常复杂:和作家风格、作品内容、翻译质量、宣传营销,以及所在国的历史文化传统、民族性格等都有关系,除了国家的整体原因外甚至还有非常偶然的个人因素。比如莫言、余华都在越南有着很好的翻译介绍,甚至能形成某种热潮,但余华在越南整体上存在着非常明显的"翻译先行、研究滞后"的现象。① 越南批评界这种"缺席"的状况有一部分原因来自历史社会经验的隔膜，还有一部分原因是越南文学批评实力有所不足，甚至和两位作家的译者也有关系。从译者的方面看，莫言的越南语译者是汉学家、文学批评家陈廷宪，他专门译介莫言作品，同时也是越南研究莫言的专家；而余华的译者是武公欢，武公欢虽然是余华作品在越南的翻译代理人，但他只是翻译，并不研究和评论余华。

同一作家的海外接受也会有差别。如莫言作品在法语、英语、日语国家的接受反应就并不相同。又如余华《在细雨中呼喊》和其他三部长篇小说为何甚至在同一个国家也能形成很大的接受反差？余华提到很多年前在巴黎，一位法国的著名评论家告诉他读完了刚刚出版的《在细雨中呼喊》，以为这是在《活着》和《许三观卖血记》之后完成的第三部长篇小说，直言让他失望。听余华解释这是第一部之后才客气地说可以理解。同样的评论也出现在美国，当年兰登书屋出版《活着》和《许三观卖血记》后，曾经拒绝出版《在细雨中呼喊》，他们开会讨论后认为《活着》和《许三观卖血记》在美国有了不错的反应，如果接下去出版《在细雨中呼喊》，可能会毁了余华在美国的前途。在余华的坚持下，兰登书屋还是出版了《在细雨中呼喊》，结果是确实没有什么评论，不过倒也没有毁了余华在美国的前途。后来出版的《兄弟》和《十个词汇里的中国》在美国可以说是好评如潮。

国内有评论家确实对余华的《在细雨中呼喊》有较高的评价，我们知道该作是余华由先锋小说向《活着》之后回归传统写作的一个过渡作品。就个人的阅读感受来说，《在细雨中呼喊》比较难"进入"，在叙述形式和故事内涵方面杂糅了"先锋"和"传统"两种风格，读起来有点分裂的感觉，读者很不容易把握其中的意蕴。国内批评家因为熟悉当代文学的发展及余华个人的写作变化，所以对该作品的"变革"力量和价值更容易看清楚。而一般海外学者则很难把握到该作的"脉搏"。如果仅从读者接受的效果来讲，笔者倒非常能理解为什么《在细雨中呼喊》的海外接受效果不如《活着》等作品好：《活着》等作品都比较好进入，

---

① 陶秋惠（Đào Thu Huệ），刘江凯. 翻译先行，研究滞后：余华作品在越南. 长城，2012（11）.

没有过多的形式纠缠和叙述实验，内容表达清晰，人物形象鲜明，表达主题也具有人类性或者中国特色，语言简练，情感真挚。最主要的是，它们都艺术真实地表现了历史或者当下的中国，小说潜在的指向性或批判性都很明确，都比《在细雨中呼喊》更容易识别。由此不由想到余华的新作《第七天》，根据余华前几部作品的海外评论可推断这部"当代性"突出的作品，也会以其勇敢的批判性继续得到较好的海外接受。余华以《兄弟》和《第七天》为代表的"当代性写作"，其意义已另文讨论。①

二、"精英"与"大众"的并行：余华的海外接受特点

作家的海外接受可以从海外获奖、影视改编、专业评论、大众阅读等入手。深入系统地展开这些角度的考察显然超出了本篇的承载能力，这里只能简要介绍，突出特点。首先必须申明一点：当代文学在海外整体的接受特点依然是十分边缘化。不论是莫言还是余华，都不要因为媒体或者部分评论的集中介绍，便产生宣传式的繁荣印象。莫言获得诺贝尔文学奖除了带动他本人的海外接受状况外，在短期内于大局不会有实质性影响。当代文学的海外接受除了依靠作家的创作实力外，和整个国家的综合国力也确有关系，还和接受国有关系。比如美国和德国对外国文学的接受差别就很大，不论是王德威的观察还是美国的图书调查报告都证明：外国文学在美国所占的份额不超过3％。其实就文学而言，一个更准确的统计数据是连1％都不到，只有0.7％。请注意，这一特点并不针对中国文学，而是包括日本、法国、德国等其他美国以外的文学。而外国文学在德国所占的份额却远远地超过了在美国所占的份额，按照顾彬的说法，德国每年出的书可能70％是译本。② 另外，和《上海宝贝》《狼图腾》这类海外"新一本书"现象不同，余华等实力作家的海外接受在"精英"和"大众"两个层面，整体上都呈现出缓慢稳定的开拓特点。

随着余华作品外译质量的提高和规模的扩大，他也渐渐地进入海外各种奖项的关注视野。如1998年《活着》获意大利文学最高奖——格

---

① 刘江凯. 余华的"当代性写作"意义：由《第七天》谈起. 文学评论, 2013 (6).
② 顾彬. 海外中国当代文学与文学史写作. 山西大学学报(哲学社会科学版), 2014 (1).

第四章 经典化与国际化：余华的文学写作

林扎纳·卡佛文学奖。《许三观卖血记》《往事与刑罚》《在细雨中呼喊》《兄弟》等也都获得各种海外重要奖项。我们知道，获奖有两个基本意义——众里挑一和价值肯定，在客观上是作品开始获得经典地位的标志之一。虽然不同的奖项关注的角度并不相同，获奖与否也并非评判作品的绝对标准，但考察获奖情况无疑是我们观察作品接受程度的一个较好的参照。就获奖来看，余华似乎有点"墙内开花墙外香"的意思，其海外奖项不论是从数量还是从分量上讲，似乎都超过了国内奖项。从时间上来看，《活着》是1992年发表，1994年开始收获各类奖项，随着翻译的推进，在近十年的时间里收获了包括意大利、法国等国家的图书大奖，其海外接受和经典化的速度相对还是较快的。海外获奖以及影视改编和作家国内经典地位的形成会有什么样的关系？让我们先看余华、苏童、莫言的一组对比数据。

余华的成名作是1987年发表的《十八岁出门远行》，而奠定其经典地位的作品应该是1992年发表的《活着》。《活着》也是余华最早的外文版单行本，分别有1992年德语版、1993年英语版和1994年法语版。《活着》被导演张艺谋改编成电影，赢得1994年戛纳国际电影节评审团大奖。1998年《活着》获意大利文学最高奖——格林扎纳·卡佛文学奖。可以看出，从成名到成为国内非常有影响力的小说家，余华用了五年时间，同样的时间里他也开始了其外文出版。不太确定1994年电影《活着》获奖对其小说的海外传播是否有直接影响，但一个客观事实是1994年起余华的小说开始有了更多的外译，但这个时候他无疑已基本确定在国内的地位。

苏童的成名作当推1985年发表的《1934年的逃亡》，1988年发表的《妻妾成群》可视为其最早的经典性作品。1991年张艺谋根据《妻妾成群》改编的电影《大红灯笼高高挂》获第48届威尼斯国际电影节银狮奖、国际影评人联盟奖等。《妻妾成群》也是苏童最早被翻译的作品，分别于1992年出法语版、1993年出英语版。尚未查到有这部小说获得国外文学奖的信息，而且相对于余华、莫言，苏童的获奖似乎也很少，比较著名的海外奖项是小说《河岸》获得了2009年度的曼氏亚洲文学奖。相对于余华，苏童从成名到写出他本人比较经典的作品速度似乎更快一些。因为电影改编出现在外文译本之前，因此我们可以把电影的宣传效果考虑在内。和余华、莫言不同的是，苏童的获奖情况明显不如其他两位，但就他的海外出版和接受情况来看，又不见得比莫言和余华逊色多少。苏童的例子也许正好说明：海外获奖和作家经典化之间并不存在必然的关系。一个作家的地位归根结底是由他手中的笔决定的。

莫言的成名作应该是1985年发表的《透明的红萝卜》，而1986年《红高粱》发表则立即引起轰动，可视为其经典性作品，1987年长篇小说《红高粱家族》由解放军文艺出版社出版。1988年由张艺谋改编的电影《红高粱》获第38届西柏林国际电影节金熊奖，引起世界对中国电影关注的同时，也极大地带动了小说翻译。1990年出法语版，1993年出英语、德语版。2000年《红高粱家族》入选《亚洲周刊》20世纪中文小说100强。莫言和余华、苏童比起来，最明显的特点就是经典化速度更快。用作家史铁生的话讲就是，莫言几乎是直接走向成熟的作家，从一开始他的作品就带有自己独特的语言风格。从目前公开的信息来看，莫言的海外传播可能是三位作家中受电影影响最明显的一位。

之所以把莫言、苏童、余华放在一起比较，除了因为他们三位非常有可比性外，还在于三人能从不同向度反映中国当代文学海外传播的现象。三人年龄虽然不同，但从成名来说基本处于同一时期，属于同一代作家。三人甚至在写作历史上也具有许多相似性，都有先锋写作的经历，又都在20世纪90年代中期实现了写作上的转变等。海内外影响也都非常广泛，并且作品都被张艺谋成功改编过电影。仔细比较他们三人的海外传播统计，就会发现每个人成功的路径和可能的原因并不一样。同时，三个人又拥有一些共通的特性，如都有较好的译者、成熟的海外经纪人等。分析和对比他们三人海内外的创作与传播情况，会给我们带来更多有益的启发。比如关于电影对作家海外传播的影响，在莫言身上发生得最早，其次是苏童，再次是余华。虽然我们相信电影会对小说的海外传播起到很强的影响作用，但就三人的情况来说影响并不是等同的。莫言是最早明显从电影改编中获益的当代作家，只是后期他用创作证明了自己的实力。苏童的创作也和影视改编的宣传效应有着密切的联系。相对而言，余华在这方面受益倒不是特别明显。那么海外获奖是否会加快作家在国内的经典化速度或加深其经典化程度？虽然并没有直接的证据显示海外获奖将会加快作家在本国的经典地位的形成,至少对苏童、莫言、余华等来说,他们基本上是在国内确立了经典地位,然后才引起国外的注意;但正如前文已经分析过的那样,获奖本身意味着一种价值肯定,而我们面对西方这种强势文化多少又有点"仰视焦虑",影响范围的扩大意味着知名度的提高,加之这些作家作品本身具备的艺术品质,这些因素的综合无疑最终会加快或加强作家作品的经典化。在莫言获得2012年诺贝尔文学奖以后,不论他的同行们如何看待,评论家们喜欢与否,他在中国文学史上的经典地位显然都已经确立了。

莫言、余华、苏童还有一个共同特点,就是都有不少海外学者的研究文章。代表性的研究成果主要发表或被收录在海外各类重要学术期刊和专著中,除了海外学者外,也有少量中国学者如汪晖、张颐武等的研究文章被翻译发表。有些海外学者发表了不止一篇关于余华的文章,如陈建国《暴力:政治与美学——余华的一种解读》(Violence: The Politics and the Aesthetic—Toward a Reading of Yu Hua)、《感官世界:余华对真实的执念》(The World of the Sensory: Yu Hua's Obsession with the "Real")、《幻象逻辑:中国当代文学想象中的鬼魅魂灵》(The Logic of the Phantasm: Haunting and Spectrality in Contemporary Chinese Literary Imagination,文章同时分析了莫言、陈村、余华的小说)。① 丹麦奥胡斯大学的魏安娜(Anne Wedell-Wedellsborg)发表的研究文章有《中文现实一种:阅读余华》(One Kind of Chinese Reality: Reading Yu Hua)、《鬼魅小说:中国现代文学与超自然现象》(Haunted Fiction: Modern Chinese Literature and the Supernatural,分析了余华的《世事如烟》)②。另一位华人学者杨小滨也撰写过不少关于余华的文章,如《余华:过去的记忆或现在的分裂》(Yu Hua: The Past Remembered or the Present Dismembered)、《余华:迷茫的叙事与主题》(Yu Hua: Perplexed Narration and the Subject)、《欲望"主体"

---

① 三篇文章分别见下列期刊或著作:American Journal of Chinese Studies,1998,5(1): 8-48; Chen J G. The Aesthetics of the "Beyond": Phantasm, Nostalgia, and the Literary Practice in Contemporary China. Newark: University of Delaware Press, 2009: 91-125; Modern Chinese Literature and Culture, 2002, 14 (1): 231-265.

② 文章分别见下列期刊:Chinese Literature: Essays, Articles, Reviews, 1996 (18): 129-145; The International Fiction Review, 2005, 32 (1).

与精神残渣：对〈兄弟〉的心理-政治解读》。① 以上是比较集中讨论余华的海外学者，其研究思路大体可分为作品研究、主题研究、比较研究等几个类型，涉及余华长、中、短篇新老作品。当然还有其他更多海外学者也对余华有研究的热情，如美国埃默里大学俄罗斯与东亚语言文化系蔡荣（音译，Rong Cai）的《余华小说中的孤独旅行者再认识》（The Lonely Traveler Revisited in Yu Hua's Fiction），美国加州大学伯克利分校的安德鲁·琼斯（Andrew Jones）教授的《文本暴力：阅读余华和施蛰存》（The Violence of the Text：Reading Yu Hua and Shi Zhecun），赵毅衡的《余华：颠覆小说》（Yu Hua：Fiction as Subversion），玛莎·瓦格纳（Marsha Wagner）的《余华小说的颠覆性》（The Subversive Fiction of Yu Hua）。② 此外还有发表在学术专著和论文集里的文章，如刘康的《短暂的先锋文学运动及其转型：以余华为例》（The Short-Lived Avant-Garde Literary Movement and Its Transformation：The Case of Yu Hua），沈丽妍（音译，Liyan Shen）的《先锋小说中的民间元素：余华的〈现实一种〉和〈世事如烟〉》（Folkloric Elements in Avant-garde Fiction：Yu Hua's "One Kind of Reality" and "World like Mist"）以及一些访谈等。③ 以上收集了截至2011年关于余华海外研究的主要学术论文信息，有些海外评论确实角度新颖，有些则以介绍为主，对作品的解读不见得真有多少洞见。相对来说，华人学者的研究往往更见功力。下文会以《兄弟》为例进行分析，这里不再展开详细讨论。

海外普通读者对余华作品的接受状况如何？余华的四部英译长篇小说分别是1993年《活着》、2003年《许三观卖血记》、2007年《在细雨

---

① 前两篇参见 Yang X B. The Chinese Postmodern：Trauma and Irony in Chinese Avant-garde Fiction. Ann Arbor：University of Michigan Press，2002：56 – 73，188 – 206；第三篇参见《清华学报》（台湾）2009年第6期。

② 四篇文章分别见下列期刊：Modern Chinese Literature，1998，10（1/2）：173 – 190；Positions Asia Critique，1994，2（3）：570 – 602；World Literature Today，1991，65（3）：415 – 420；Journal of Chinese Oral and Performing Literature，1997，20（1）.

③ 两篇文章分别见下列著作或论文集：Liu K. Globalization and Cultural Trends in China. Honolulu：University of Hawaii Press，2004：102 – 126；The Canadian Review of Comparative Literature，2008，35（1 – 2）：73 – 86.

中呼喊》、2009 年《兄弟》。以谷歌图书用户评论系统为例（截至 2010 年 10 月），初步的观察结论是：《活着》是争议最少的经典性作品；《许三观卖血记》有不同意见，总体来说，认为不错的还是占了多数；《在细雨中呼喊》相对而言也没有太多争议；人们对《兄弟》的评论最热闹，意见虽然极不统一，但恶评者还是属于极少数。一方面，余华的海外市场和反响确实显示了他强劲的海外拓展能力。另一方面，他对自己的海外影响有着清醒的认识："现在全世界开始更多地关注中国，我想这对中国文学是一件好事。"同时，他指出："像我这样的中国作家即使有一些作品在海外获奖和出书，影响力仍然有限得很。文学产生影响力是一个缓慢暗藏的过程。正因为如此，它的影响力才能穿越时空、穿越具体时代而直指人心。"[①] 按照在海外书店的亲身经验和其他海外学者也多次提到的感受，笔者更愿意把余华的这段说辞看成是他真实的感受而非谦虚。

三、"当代性"与"粗鄙化"：《兄弟》海内外评论的差异

海外对莫言、余华等中国当代作家的研究评论成果数量不少，我们虽然没有必要"唯洋是从"，却也不应该忽视这种研究"风景"。不论其研究水平如何，中外学术交流与对话确实可以很好地刺激、启发和推动相关的研究。如鲁迅与世界文学的关系研究，或者德国汉学家顾彬对中国当代文学的批评等。[②] 面对同一个研究对象，海外和国内的研究差异究竟是什么？也许应该通过一个非常具体的例子来感受。事实上，中国当代作家的海外接受除了共通特征外，个性差异更是我们研究过程中必须时刻注意的问题。

海外与国内对《兄弟》评论的最大差异在于"当代性"和"粗鄙化"。海外对《兄弟》的肯定往往集中于"当代性"，而国内对《兄弟》的批判则纠结于"粗鄙化"。除此之外，海外的评论喜欢套用某些批评理论——可是拿着国外理论套在中国当代作品上侃侃而谈的震惊年代应该差不多可以过去了吧？国内的批评意见则多数仍未脱离"道德指责加技术分析"的窠臼——让人不得不怀疑这些论调者近 20 年究竟有多少

[①] 余华：必须忘掉以前的小说才可能写出新的小说. (2003-01-02) [2023-06-07]. http://news.sohu.com/29/73/news 205417329.shtml.

[②] 戈宝权. 鲁迅与世界文学. 中国社会科学, 1981 (4).

进步。如果站在世界文学市场的角度来观察《兄弟》,我们有理由相信海外视角很有可能拆穿了国内批评界的局域性盲视,这是由我们的批评理论模式化、僵硬化,批评视野狭窄并缺乏从创作实践中提升理论的精神造成的。

《兄弟》在国内出版后经历了巨大的争议和毁誉。总体来讲,国内的评论应该是"恶评多于赞美"。如果说对《兄弟》(上),批评家们还在持观望态度的话,那么《兄弟》(下)的出版则把这种批判推向高潮,甚至出现了给余华"拔牙"专辑。直到以陈思和为代表的"上海的声音"出现后,主流批评界才有点逆转的意思。需要说明的是,《兄弟》在国内的网民评论中,反响似乎并没有在专业批评界那么惨,这一点市场反应也能说明问题。如果专业批评和大众评论出现分裂,那么究竟是大众的审美品位在下降,还是批评家的审美理论太死板?其中很可能隐藏着某种变革的成分。《兄弟》的确是一部很有意思的书,随着对它研究的深入,本书越来越倾向于认同它是一部"有小瑕疵的时代大书",标志着余华一次巨大的创作转变。

相对于国内,海外的评论正好相反,基本上是"赞美多于恶评"——在专业批评界和普通读者评论中都是如此。市场方面,《兄弟》的法文精装本 700 页左右,已经印刷了十多次;美国在经济十分不景气、大量书店倒闭的情况下,《兄弟》也加印了三次。评论方面,如法国最大的两家报纸《世界报》和《解放报》都以两个整版的版面来报道和评论,并引发五六十篇评论,其法文翻译称这一现象十多年未见;美国的《纽约时报》等重量级媒体不断参与报道;德国出版社也反馈余华此书被很多记者一致称好。而且,我们注意到,余华新作的翻译出版时间间隔大大缩短,这也是莫言、苏童等海外影响力很大的作家的共同特点。按照余华自己的说法,"以前我写完一本书,差不多两年以后可以写作了,现在两年以后刚好是其他国家的出版高峰来了,所以只能放下写作,出国去"①。2004 年《活着》和《许三观卖血记》都在《纽约时报书评》做过广告。余华说,感觉当时美国媒体相对还是比较冷漠的,《纽约时报》告诉出版社会有一篇书评,结果最后什么也没有。除了《华盛顿邮

---

① http://blog.sina.com.cn/yisuli.

报》出过一篇，其他媒体几乎没什么反响。而2009年英文版《兄弟》出版前后，美国主要媒体几乎无一例外地都大篇幅介绍余华和他的作品，"甚至包括NPR这样的很重要的广播"。

余华的小说语言以简洁著称，他的这种语言风格对于小说翻译中常见的语言"围墙"有着很好的"翻越"效果，而他作品中对人类共通经验的描写又容易帮助海外读者理解作品。《兄弟》在海外获得好评除了缘于以上两个因素外，还缘于一个重要因素：这是第一部正面强攻、详细刻画中国当代社会生活的时代巨著。尽管它有一些令国内批评界不满意的表现，但这些不足之处在海外可能正好被忽略掉，而其中有价值的部分却被突显出来。

余华博客里有15篇"《兄弟》在国外"的评论资料，都是欧洲报纸的评论（作家出版社2010年蓝皮版《兄弟》也附录了一些海外评论）。[①] 我们发现，几乎所有报纸评论都提到了这部小说全面描写了中国当代社会这个事实。如《今日法国》指出，余华在这部巨著中讲述了当代中国的故事，以及出生于20世纪60年代的一代人的内心感受。这就是这部名为《兄弟》的鸿篇巨制所关心的全部话题。余华在《兄弟》中由"历史叙事"向"现实生活叙事"转变，他是当代名家中以40年中国当代社会为写作对象的第一人，尽管存在小瑕疵，整体意义却非比寻常。[②] 可惜国内批评界对《兄弟》的当代性意义感受严重不足。国外评论往往在开始时就会明确指出这种意义，如法国《书店报》的标题就是"《兄弟》：当代中国的史诗"，开篇即讲，尽管有很多小说家已经涉及了"文革"时期，但在探索当代中国文学上，这本书迈上了一个新的台阶，因为它延伸至中国的最近几年，讨论了快速发展的非凡数十年，"在这本书中，读者还会发现昨天和今天中国民众的日常生活，这是特别令人兴奋的"。它还指出，《兄弟》"有时也会被最为粗野的行为所伤害和重创"。这些评论对小说中情节失实、语言粗糙等缺陷，并不像国内批评界那么在意和夸张，往往如同前文一样轻轻一提便略过。另外，这些评论或访谈多次提到的还有700页左右的长度、滑稽荒诞奇妙的情

---

① 下面几处报纸引文亦均出自余华博客，不再另注。
② 张学昕，刘江凯. 压抑的，或自由的：评余华的长篇小说《兄弟》. 文艺评论，2006(6).

节、拉伯雷式的语言、幽默讥诮的写法、翻译的成功与否等，许多人都觉得这部小说有明显的批判意义，是社会批判小说。

国内的学术批评对《兄弟》的争论主要围绕着它的"粗鄙化"展开。"拔牙派"的意见基本是"审美名义下的道德技术主义"批判，虽然语调夸张、言辞激烈，但这种从内容和写作技术出发的批评实在无多少新意。相反，"护牙派"也必须对《兄弟》的"粗鄙化"做出合理的解释。如陈思和利用巴赫金的理论确实能比较合理地解释《兄弟》中语言与情节的"粗鄙化"问题。①

海外当然也有不同的批评意见，比如美国很著名的《纽约时报书评》虽然给了《兄弟》一个整版评论，却是一个毁誉参半的评价。新泽西学院（College of New Jersey）的评论者杰斯·罗（Jess Row）称此书"实乃20世纪末的一部社会小说"，同时指出它超出了西方读者的阅读经验，乃社会喜剧、市井粗俗和尖锐讽刺的混合体，尤其"充满了狂风暴雨般的语言和肉体暴力——诅咒、贬斥、乌眼青、痛殴——而且余华描写此种暴力时是如此写实，不厌其烦，虽经翻译过滤，仍然令人感到无法消受"②。评论者最后甚至认为小说的结尾沉闷而乏味，几乎令人无法卒读。他认为英文版的《兄弟》也许正好证明"中国与西方之间在普遍的意义和理解之间，仍然存在着何等宽广的鸿沟"。余华通过别人的转述对这篇书评的反馈意见是：其一，书评仅是个人意见，并不代表《纽约时报书评》；其二，作者资历平平，未必完全能懂他的作品。

英国剑桥大学蓝诗玲在《卫报》上发表了一篇短评③，对《兄弟》中不加节制的污秽描写、夸张语言、闹剧戏谑的风格似乎颇有微词，认为余华太急于从一种怪异的滑稽跳跃到另一种，以至于都不能给我们喘息的机会去体会它们的荒谬。她对小说的女性形象刻画尤其不满，指出余华似乎"厌女症"般地刻画了一群妓女般的女人：刘镇的女人们似乎很享受她们并不吸引人的几种选择——被偷看屁股，自愿或者不自愿地被抚摸或侵入，被遗忘或死亡。如果她们想从镇上任何男商人身上获得

---

① 陈思和. 我对《兄弟》的解读. 文艺争鸣，2007（2）.
② 罗. 中国偶像. 上海文化，2009（6）. 原文发表于《纽约时报书评》2009年3月8日. 下一处引文出处相同.
③ Julia Lovell. Between Communism and Capitalism. The Guardian，2009-04-08.

第四章 经典化与国际化：余华的文学写作

利益，正如林红对李光头所为，就只能利用她们的身体。她认为余华告诉了我们一个从未听过却讲了几百遍的当代中国的老故事：中国发生了许多我们尚不了解的事情。

关于《兄弟》的"粗鄙化"，华人学者杨小滨是用拉康主义的"小他物"（objet petita）来理解的，认为只有从与表面现实相对的实在界遗漏出来的精神残余物中，我们才能把握内在的历史创伤。① 拉康在最初界定"小他物"时曾经列举了某些具有细小裂口的身体部位，如唇、牙齿的封口、肛门的边缘、阴茎的触端、阴道、眼睑形成的裂口等。另一位拉康主义思想家齐泽克（Slavoj Žižek）则将小他物阐释为一种"经历了符号化过程后的残余"，是一种代表着虚无的否定量。作者认为小他物并不是写作所追寻的目标，而是激发欲望的原因，《兄弟》中包含着深刻的"创伤"体验，"粗鄙化"不过是这种创伤体验外在符号的表现。虽然一直比较讨厌动辄搬出国外理论、令人半懂不懂的佶屈聱牙语句、方砖式的学术论述文章，但不得不承认其中确实也有闪烁着的思想光芒，合适的"阅读机遇"往往会促生一些意想不到的研究成果。

加拿大英属哥伦比亚大学雷勤风的《〈兄弟〉：作为一部小说》② 也值得一读。雷勤风认为《兄弟》是一本嬉闹之书，对社会令人震惊甚至令人作呕的假正经、假道德都有批判。小说中所表现的低俗（虽然也很重要）只是一个方面。通过《兄弟》，余华重温了弥漫于早期作品中的死亡、暴力以及亲情等主题。读者们也会发现许多余华式的黑色幽默，然而，不论是对象、时期还是他幽默的语调都明显地改变了。阅读该小说就是置身于一场闹剧，经历野心、残酷、曲折、混乱以及深思。作者认为《兄弟》引发的兴趣，并不止于余华第一次以小说形式做出的思考：中国自"文革"以来究竟发生了什么？为何作家们以荒谬方式表现社会已经成为一种普遍形式？在通过诸如亲情、忠诚与背叛这些主题探讨人性关系及动力来源的同时，小说也描绘了当代中国社会中的一些古怪行径。

---

① 杨小滨. 欲望主体与精神残渣. 上海文化，2009（6）. 下边两处引文均出于此处，不再另注。

② Rea C. Brothers：A Novel. MCLC Resource Center Publication，2011.

雷勤风主要讨论了《兄弟》的两个最突出特征：以李光头为化身的江湖骗子类像的喻义及闹剧名义下的情境多重构造。闹剧是一种很富有吸引力的创造形式，却经常容易被低估和误解。其最常见的表现形式是嘲弄的大量使用，被嘲弄者普遍因为各种无关联片段、无意义打闹或者纯粹为了搞笑而声名狼藉。正如学者们已经指出的，闹剧其实是可以追求和实现各种议题的，并非仅仅让受众与道德准则的侵犯或者架空沉瀣一气。闹剧的情境构造可能是高调的，或者是潜意识的甚至是无意识的。就像纳博科夫的《洛丽塔》和老舍的《骆驼祥子》完全不同一样，《兄弟》的阅读既可以是闹剧的，也可以是现实主义的。区别闹剧和喜剧形式的关键在于"现实性"（比如讽刺），前者创造了一个属于它的想象世界，而非仅仅去再现一个假定的"真实世界"。余华用现实主义元素、戏仿以及悲剧等各种各样的方式调节了他的闹剧。比如李光头这个中国当代江湖骗子形象之一，既是中国当代社会的苦难承受者，也是八面风光的胜利者。

该文最后也对《兄弟》的翻译有所分析，认为虽然英文版《兄弟》是由两个人翻译的，但整部小说的叙述语调却浑然一体。译者灵活地使用了斜体成语、谚语、俗语、典故及其他短语，这些共同有效地解决了小说语言的误用和滥用问题。包括大量的名称、标语口号也被用与汉语一样形象的英语译了出来，比如"余拔牙"译为"Yanker Yu"，以两个"Y"很好地替代了普通话中的两个"a"。当然有的翻译也值得继续推敲，比如李光头后来抱怨赵诗人进来太早，导致他在公共厕所里没有看到林红更多秘密这一句，原文、译文1和作者认为更好的译文2分别是：

"十分钟？"李光头低声叫道，"你这王八蛋晚进来十秒钟都成了。"

"Ten minutes?" Baldy Li grumbled. "If you had arrived ten seconds later, even that would have been enough, you bastard."

"Ten minutes?" Baldy Li grumbled. "Ten seconds later would have been enough, you son-of-a-bitch."

根据余华的原文的叙述特色，结合李光头在小说中的说话风格，译文 2 确实更好一些。因为后者译得更简短精要,形式上更集中而接近于原文,语气上更有李光头的无赖嚣张感。除了词语本身的因素外,也因为句子缩短显得更有抱怨的力量。译文 1 中"If you had arrived… even that…"如果和译文 2 相比较,就会显得有点"娘炮",虽然这种译法尊重了原文的词语或者英语语法,也表达清楚了意思,但损耗了李光头说话的精气神儿。

余华的海外接受显示了当代文学某种对象统一却内外有别的"风景"特征:一方面带给我们"诧异"的学术风景,另一方面又充分地统一于作品的审美欣赏。不论是在海外还是在国内,观察中国当代文学时,固有的视野在带来洞见的同时都会伴随着不察与盲视。局限于习惯的研究格局,已经很难适应中国当代文学不断国际化带来的挑战,培养跨语境的研究模式是未来学术研究的基本趋势。只有这样,我们才有可能看清楚中国当代文学之于世界文学、传统文学的位置。

不论被翻译成多少种语言、在多少国家传播,这些"海外版"的中国文学都应该仍属于原产国文学,对它的研究不应该被语言、文化、历史、国家等因素"切割"开来——这可称为"对象统一"原则。而我们往往因为语言、国别、文化、理论、方法等以及个人能力的局限,只能如"盲人摸象"一般"切割"研究对象。当我们在海内外不同语境中来重新观察《兄弟》时,也许就会弥补国内单一视角带来的种种缺陷,也会校正海外理论批判中各种误读,做出更接近于客观的艺术判断。从《十八岁出门远行》到《兄弟》,从偏僻的海盐小城到全世界的大都市,从无名小辈到享有世界声誉的当代名家,余华 20 多年的写作除了完成个人文学的经典化历程外,也给中国当代文学及其学术研究贡献了一些新的启示。余华和莫言及其他当代作家,以他们的努力接续了自鲁迅以来的中国新文学力量。

莫言"以个人的才华、地方的生活、民族的情怀,有效地进入了世界的视野"[1]。坚持对艺术的探索,本土性与民族性的彰显,对中国历史与现实的描写与想象、反省与批判,这些都是莫言在文学创作中取得成就的重要因素。余华也是一个独特的存在,他对于中国当代文坛的意

---

[1] 张清华. 文学的减法:论余华. 南方文坛,2002 (4).

义正如张清华所言:"事实上人们谈论余华已不仅仅是在谈论他本身,而更是在思考他的启示和意义。"① 如果说莫言是以其繁纷复杂的本土民族特色征服了读者,那么余华则因为其简洁幽默又不失深刻的批判,揭示了普遍的人类生存经验而得到世界的认可。

第三节 余华作品在越南的传播与接受

余华是中国当代在海外获得很大成功的作家。他的作品1992年开始在德国被译介,至今已被翻译成多种语言,在世界很多国家出版发行,很受国外读者的欢迎,同时也引起不少外国批评家的关注。不同于在国内很少获得重量级的文学奖项的状况,余华的作品在国外倒获得了多项文学奖,如《活着》获意大利的格林扎纳·卡佛文学奖(1998年),《许三观卖血记》被韩国《中央日报》评为"百部必读书"之一(2000年)、获美国巴恩斯-诺贝尔新发现图书奖(2004年),小说集《往事与刑罚》获澳大利亚悬念句子文学奖(2002年),《在细雨中呼喊》获法兰西共和国文学与艺术骑士勋章(2004年),《兄弟》荣获法国国际信使外国小说奖(2008年)等。

中国作家一般更为重视中国作品在发达资本主义国家的海外传播,一个可能会令许多中国作家、学者吃惊的事实是:越南——这个和中国在政治、经济、文化方面有着复杂传统与现实纠缠的国家,对于中国当代文学的译介力度其实很大,某种角度讲甚至超过了英语国家和其他发达国家。尤其是在21世纪以后,越南对中国当代文学的翻译形成了一个小高潮。中国当代著名作家的作品几乎都有越南语译本,比如从2002年陈廷宪翻译《丰乳肥臀》开始(2007年再版),到2010年,莫言作品能够查阅到的越南语译本竟然多达14部!莫言的最新作品比如《蛙》也于2010年翻译。其他作家如贾平凹、李锐、铁凝等人的越南语译作也相对较多。这里将围绕着余华作品在越南的译介状况展开,为大家提供观察中国当代文学海外传播的另一种路径或风景。

---

① 张清华. 文学的减法: 论余华. 南方文坛, 2002 (4).

一、"快"与"热"：作品翻译与读者反应

在海外译介余华作品的国家当中，越南虽然不是最早的国家，但可能是译介速度最快且作品较多的国家。余华的几部经典作品都已有越南语译本，如《活着》(2002、2005)、《古典爱情》(2005)、《兄弟（上、下）》(2006)、《许三观卖血记》(2006)、《在细雨中呼喊》(2008) 等。包括他的近作《十个词汇里的中国》也正在翻译并有一部分已发表在越南的杂志上。总体来说，余华的作品在越南很受读者的喜爱。《兄弟（上）》2005 年 8 月在中国亮相，同年 11 月就由武公欢译成越南语，在越南人民公安出版社出版。《兄弟（下）》也是在中国出版三个月后于 2006 年 6 月在越南译成出版，是《兄弟》在海外的最早外译版本。① 至 2012 年 9 月，余华的新作《十个词汇里的中国》也正陆续在越南刊登，仅晚于在美国的英译版。② 《兄弟》和《十个词汇里的中国》之所以能如此迅速地被翻译成越南语版，是因为余华在越南有一个专门译介其作品的代理人：武公欢。

武公欢是越南著名的文学翻译家，1964—1967 年期间曾在中国辽宁省鞍山钢铁公司当翻译，1968—1991 年加入越南人民军队，最高军衔为中校。1970 年还在服役期间武公欢就开始文学创作，写作诗歌和嘲剧小品③，1973 年曾获得越北自治区文学协会戏剧小品比赛三等奖，1991 年退休以后开始文学译介工作。2012 年，武公欢已成功地译介中国 10 多位作家近 30 部作品，其中重要作品有贾平凹的《浮躁》(1998)、《废都》(1999、2003)、《怀念狼》(2003)，柯云路的《蒙昧》(2004)，余华的《活着》(2002)、《古典爱情》(2005)、《兄弟》(2006)、《许三观卖血记》(2006)、《在细雨中呼喊》(2008)、《十个词汇里的中国》(2012)，张抗抗的《情爱画廊》、《作女》(2010)，阎连科的《风雅颂》(2010)、《为人民服务》(2012) 等。从翻译的作家和书目

---

① Vũ Công Hoan. Lời người dịch, "Huynh đệ" tập 2. nhà xuất bản Công an Nhân dân, 2006.［武公欢. 兄弟(下) 越译版前言. 越南人民公安出版社，2006.］

② 《十个词汇里的中国》由阿兰·巴尔（Allan H. Barr）翻译成英语，题名为 *China in Ten Words*，于 2011 年 11 月在美国出版。

③ 嘲剧为越南传统戏曲。

来看，武公欢是有相当文学品位的译者。他注重译介中国当代文学20世纪80年代后的著名作家以及在中国海内外均有影响力的作品。除此之外，有些作品的翻译也可能和他的个人经历有关系。武公欢60年代在中国辽宁工作期间，目睹了"文化大革命"——中国当代史上这场惊天动地的"革命"的爆发，因此2002年武公欢决定把余华的《活着》这部优秀小说翻译介绍给越南读者。之后余华授权武公欢作为其在越南的合法代理人，负责余华作品在越南的出版权。通过武公欢辛勤的翻译工作，余华的几部"重量级"作品也都陆续得以与越南读者见面，为中国文学的海外传播做出了贡献，更有利于中越两国之间的文学与文化交流。

余华的作品在越南很受读者的欢迎，这从作品翻译的速度与再版次数及盗版中都可以得到印证。从2002年小说《活着》越南语译本开始，余华已有多部小说在越南翻译出版，其中《活着》2002年的版本是武公欢根据杂志《爱》上连续发表的小说译成的，由越南文学出版社出版。《活着》的2004年版本是由阮元平（Nguyên Bình Nguyên）从中文版《活着》单行本翻译而成的，由通信文化出版社出版，内容比2002年的版本更全。而小说《兄弟》在越南也已有两次印刷。从出版和发行的角度来看，这些都体现了余华小说在越南是有市场的。正因为有利可图，越南竟然也出现了《兄弟》越译版的盗版书！关于"盗版与文学"其实也是蛮有意思的一个话题，也许我们以后可以从这个角度展开一些相关的研究。

《兄弟》越译版出版后在越南引起了不小的热潮，几乎成为文学爱好者的必读之书，因此2009年此书很快就再版了一次。每次余华的新作在越南译介出版时，都会有几篇介绍文章，其中大部分是由译者武公欢写的，内容其实是由小说的前言或后记翻译过来的。如《活着》的介绍文章发表于武公欢个人博客上，标题为《〈活着〉——余华的杰作》。《活着》在越南发表后，一些报刊和网络上零星出现了关于《活着》的评论文章，但大部分是从读者的角度去评价的，被刊载在《读者的反馈》栏目上。如2003年3月23日《西贡解放报》刊载的Ngô Ngọc Ngũ Long的文章，题名为《〈活着〉——为活着本身而活着》。这篇一千多字的文章简要地概括了小说的内容，介绍余华《活着》的前言，同时还与张艺谋导演的电影《活着》做比较，说明改写的电影剧本拥有更轻松的结局。另一篇是 Phan Thanh Lệ Hằng 评论《活着》的越译版的文章，于 2003 年 3 月 30 日刊载在《年青周末》上，题名为《为〈活着〉流泪》。

《活着》和《兄弟》也是越南很多文学论坛上读者讨论的热门话题。越南读者对余华小说的评价几乎都是肯定的。在一些文学论坛上，读者还互相交流关于《活着》《兄弟》和余华的其他小说的读后感，大部分意见都认为余华的小说伤感、黑暗但是值得一读。许多读者还与他人一起分享余华小说的价值。

和越南本土形成呼应的是，海外的越南人也对余华的作品很有兴趣。比如《兄弟》，一些美国越南人文学研究者如 Đào Trung Đạo 等曾有文章介绍《兄弟》，发表在海外越南人文学网上。这位美籍越南裔海外文学批评家也于 2011 年 11 月在海外文学网 Gió ô（黑风）上向海外越南读者介绍余华的英译版新作《十个词汇里的中国》。

余华的小说倾向于反映社会现实和历史真实的大叙事，《活着》和《兄弟》就是典型的例子。余华曾说自己是"为内心写作"，因为内心让他"真实地了解自己，一旦了解了自己也就了解了世界"[①]。余华小说里的现实就是"内在现实"，他所表现的社会真实也带有浓厚的"个人精神上的真实"。正因如此，余华"在很长一段时间是一个愤怒和冷漠的作家"[②]。50 年来的中国社会，不论我们持什么样的态度和眼光去看，有一点大家都得公认的就是：这半个世纪的中国是不断变化的。每个人都会对这段时间的历史社会有不同的感受和评价，而余华则带着刻骨铭心的疼痛去感受别人的疼痛，以此"真正领悟到什么是人生"[③]。余华是站在普通老百姓的立场上看待中国的问题，因为"中国的疼痛也是我个人的疼痛"[④]，这就是余华最好地继承和发扬了鲁迅精神的表现。正是这种"替老百姓说话"的精神使得余华的小说在中国和在海外都受到读者的广泛欢迎。因各种历史原因，百年以来越南的社会历史与中国有许多相同之处，两个民族由不同原因导致不同的苦难，在文学的领域里

---

① 参见余华《活着》前言。
② 同①.
③ 参见余华《十个词汇里的中国》后记。
④ 同③.

得到一种理解或和解。民族和百姓所承受的苦难与疼痛，既是国家的疼痛，也是任何有良知的人的疼痛。因此在中国以外的读者群当中，可以说越南读者群是最容易与余华小说产生共鸣的。这就是越南读者热衷于互相传递《兄弟》和《活着》的原因之一吧。

二、"慢"与"冷"：批评的"缺席"与反思

与越南读者对余华作品的普遍喜爱形成鲜明对比，同时也令人有点不解的是：越南文学批评家对余华小说的研究却几乎处于集体"缺席"的状态，而且这种现象也不仅仅出现于余华一个作家身上。截至2012年，笔者只看到几篇介绍余华小说的文章发表在网络上，而这些文章几乎简略到只能概括作品内容和作者简介的程度，并且这些内容也都是从原文的序和后记中抄出来的。在越南的文学评论专刊和报纸上尚未找到关于余华的专业研究文章。越南几所大学的中文系也还没有把余华当作研究对象，所以还没出现关于余华的学术论文。笔者所接触的几位大学文学系的老师和著名的文学批评家，都说已经读过余华的小说，尤其是《兄弟》，大部分都认为余华的小说写得好，写得很大胆，但就是没有进一步研究余华的文章，这个现象的原因何在？

在中国，读者与批评界对余华小说的评价似乎有点不一致，尤其是对《兄弟》的评价，读者喜欢余华但批评界对它的评价则褒贬不一。然而外国批评界对余华却整体上持较高的肯定态度，从余华在中国和海外获文学奖项的数量我们也可以看出中外评论界对余华小说的不同观点。导致这种差异的根本原因究竟是什么，也许是我们从事跨国文学研究时要重点考察的内容。与中国的情况相似，当余华小说在越南"热起来"的时候，越南文学批评界却对余华的作品持"慎重"的态度，或者说干脆没有任何评论。当中国批评界要给余华"拔牙"时，在越南却几乎没有人批评《兄弟》，因为首先余华在越南连批评意义上的"牙"都没有长出来过！中国当然有一些更为复杂的原因，比如批评界和作家以及出版传媒之间存在更多"合谋"的利益关系，或者碍于情面的泛人情化批评等。越南批评界这种"缺席"的状况除了有一部分来自历史社会经验的隔膜外，还与两个国家的国际关系和地位变化有着密切关联，更有一部分原因是越南文学批评力量本身的欠缺。

越南文学批评家范秀珠（Tú Châu Phạm）指出，余华在越南出版的作品有两部引起了广泛的注意，分别是《活着》和《兄弟》。而这两部小说都涉及"文革"这段特殊的历史时期——"文革"是在越南还鲜有人了解的一场中国政治运动。缺少文学作品的社会背景知识的人是很难对文本进行深入研究的，这大概是到目前为止余华在越南只走到了读者这一层面的原因之一。还有一个原因我们大家都知道，在过去一段时间里，即1979年到1990年中越两国之间的关系对立，越南的中国文学研究也因此而中断了。虽然两国关系正常化之后文学交流也开始逐渐恢复，但至今整体的研究队伍仍明显不足。因此，不仅余华没有被研究，其他在越南有译介作品的中国当代重要作家也很少被列入越南文学批评界的研究范围。这就是目前越南的中国当代文学尤其是新时期文学明显呈现"译介多研究少"现象的一个重要原因。

越南另一位著名的文学批评家范春元（Xuân Nguyên Phạm）则认为越南文学批评界缺少对余华的研究也反映了文学批评队伍自身的弱点。越南曾经有很长时间与外部世界交流较少，越南的外国文学研究因此也受到限制。虽然自1986年以来进行革新开放，但文化管理机制和政策仍比较僵硬，不利于自由地发展文学批评队伍。培养新一代文学研究接班人的工作做得比较晚，导致这方面的人才严重缺乏。目前越南的英语文学研究、法语文学研究和俄罗斯文学研究也同样存在着人才缺乏、研究不足的现象，所以对中国当代文学研究的大量"缺席"也是可以理解的。另外，范春元认为虽然越南市场上出现了很多中国当代文学译本，但有价值的作品不多，所以没有引起研究界的兴趣。而像莫言、余华、刘震云、贾平凹、阎连科等一些重要作家的作品译介，应该会引起研究界的关注，但从关注到真正的研究还需要有一定的条件、走一段路才能完成。从某种程度上讲，越南文学批评界可能正在经历一个中国当代文学（也包括其他外国文学）研究的"准备期"，毕竟得首先有作品的翻译出版，形成较好的接受影响，批评研究才有得以开展的基础。相比于中国庞大的研究群体与良好的科研条件，越南能在21世纪后如此短的时间内这么迅速地形成"翻译"高潮已属不易。虽然现在的批评界缺少严肃的研究文章，但随着两国关系与文化交流的稳定发展，这样的局面应该会慢慢改善。余华的《活着》和《兄弟》虽然目前还少有来自越南批评界的评论,但受到越南读者的喜爱却是肯定的,这应该是一个良好的开始。

在越南,包括中国当代文学的外国文学译介经常是由一个翻译家专门译介外国某个作家的作品。如汉学家、文学批评家陈廷宪就专门译介莫言的作品,同时也是越南研究莫言的专家。而余华在越南的代表就是武公欢先生,可以说正是他成功地把余华译介给了越南。武公欢虽然是余华作品在越南的代理人,但他和余华却没有直接见过面,也没有采访过余华,平时联系只通过电子邮件。越南每次发行余华新书,都有武公欢的介绍文章,大部分是原版书的前言和后记的内容。与陈廷宪翻译并研究莫言不同,武公欢并没有进一步"研究"余华。关于这一点,他解释说,因为他只是文学翻译家,不是文学批评家。虽然已有多年从事文学翻译的经验,但文学批评毕竟是另一个不同的领域,有不同的要求。他认为自己对余华的了解还不够,余华是中国当代文学的大作家,因此研究余华也需要有认真而且专业的态度。他认为越南文坛也存在很多问题,文学研究批评界对新出现的作家作品的关注和评价有时很随意和感性,批评家对作家的个人感情决定其是否研究某一作品。而研究资源和话语权某种程度的垄断,也让一些没有功利心的正直学者缺少发言的机会。这种不健康的研究环境使很多批评家减少了研究的热情,甚至顺从大趋势,安于现状。因此,在越南,不仅余华,贾平凹、张贤亮也同样没有被注意。武公欢先生对这种现象感到很惋惜,他期待近年从外国留学回来的新一代学者能改变越南对外国文学研究的这种贫乏状况。他认为严谨的学术精神、认真的研究态度是促进越南与外国文化交流的必要条件。

以上三位专家的看法,也从另外一个侧面解释了余华在越南没被充分研究的原因。两个国家相似却又不同的社会发展特点,既吸引越南读者了解中国,也造成了一定的接受障碍。比如余华作品中有很多表现"文革"的内容以及"文革"带给人们的苦难和颠覆,而中国的"文革"刚好是越南尚未提及的领域。然而,不论是越南国内还是海外越南学者都将会把余华列入研究视野,因为他的作品体现了我们人类共有的价值和反思。越南和中国有着悠久的历史文化关系,都深受儒家文化的影响,形成了相近的文化情趣。在现实社会层面又都于20世纪80年代后进入了转型时期,在政治、经济、文化、思想等社会多方面也有许多相似之处。随着越南和中国文化交流的继续深化,以及越南新一代学者的成长,我们有理由相信未来的中国与越南,将会通过文学更好地架构两国人民互相理解和沟通的桥梁。"文学无国界",我们会在阅读同样优秀的文学作品时感受善良、正义、公理与希望,当那些文字化成眼泪和欢笑时,我们感受到的不再是巨大的差异,而是整个世界开始走向理解、宽容、友善的力量。

第五章 承认的差异性：其他当代作家

第一节 "重构"中走向世界：格非作品的海外传播与接受

作家格非从20世纪80年代以"先锋小说家"的姿态登上中国文坛以来，其创作活力一直延续到现在。经历了1994年写完《欲望的旗帜》之后接近十年的思考沉潜期，2004年以《人面桃花》强势回归文坛之后，似乎比当年同时代的先锋作家走得更远。尤其是近年作品以丰富的细节和场景、最真切的中国当代生活经验、文体上的充分自觉，有效切中了一个时代的精神症候。格非的小说已经越来越不是一种西化的小说，当他使文学真正回归到自身之后，便开始不断地徘徊于西方的"智性"与中国古典的"诗性"之间，试图在当代的汉语写作中接续和复活中国古老的士人传统，无论从小说结构与人物塑造上，还是从内在的风致与气韵上，都开始向中国古典的美学与文化致敬。从这个角度来讲，格非重构了西方的资源与中国古典的叙事传统。

与此同时，格非的写作又是一种创设，这种创设体现在其小说的"当代性"上。在对当下中国经验复杂性的表达中，格非创设了"混合"的美学。他以精致的修辞、极为丰富的信息完成了对一段拥有完整长度的历史的叙事，既富有当代批判意识，又带着传统颓伤的诗情，通过深刻的内容和充满形式警觉的表达方式对中国历史与现实发言。但是这样一个为中国当代文学乃至世界文学贡献了独特叙事的作家，曾由于其作品的"晦涩""难懂"而致使对其小说作品的研究相对于同时代的其他作家作品略显单薄。

近年来，当代文学的海外传播研究正在快速发展，也产生了一些探索性的成果。① 随着国内格非研究的日渐深入与体系化，格非小说作品在海外的传播与接受也呈现出不同于以往的态势，得到了更多的认识与评价。格非的小说作品不仅重构了中西方资源，而且带来了独特的美学体验。考察其在异质文化语境中如何被评价与接受以及哪些因素影响了其作品在海外的传播，有助于我们从更为多样的维度借助世界性视野探索其小说作品的独特价值和启示。

一、越出国界的"褐色鸟群"：格非作品在海外的译介

以先锋小说家身份引人瞩目的格非，其小说作品《迷舟》与《褐色鸟群》被认为是先锋文学的经典性作品。这一中国当代文坛的扛鼎之作，也较早地进入了海外学者与读者的视野。格非最早的外译作品出现在英语世界，华人汉学家赵毅衡在1993年将小说《迷舟》收入其编纂的《迷舟：中国先锋小说》，率先将格非的小说作品推介到西方，从此开启了其小说作品的外译与传播历程。随后在法国、日本、意大利、韩国等国家或以合集形式，或以单行本形式都出现了格非小说的外译本。它们就像越出国界的"褐色鸟群"，寻找并落脚在新的栖息地。在此，笔者将格非小说在海外的翻译与出版情况做一简要梳理，以期相对清晰、准确地呈现其海外传播的状貌与态势。

表5-1中所呈现的内容为目前能够检索到的格非小说在海外的译介情况，不能囊括其海外传播的所有信息。另悉，格非作品《隐身衣》的英文版与法文版均已翻译，但都暂未出版。依据表5-1数据不难得知：格非小说翻译较多的语种是法语和英语。地域上以西方发达资本主义国家（美国、英国、法国）和受中国文化影响较大的亚洲国家（如日本、韩国）为主。

---

① 刘江凯. 本土性、民族性的世界写作：莫言的海外传播与接受. 当代作家评论，2011 (4)；当代文学诧异"风景"的美学统一：余华的海外接受. 当代作家评论，2014 (6). 其他如《长城》从2012年起就开始这方面的专栏讨论，另外包括《南方文坛》《小说评论》等刊物都有相关讨论。

表 5-1　格非作品翻译统计

语种	中文名/译名	外文名	译者	出版机构	年份
英语	迷舟	The Lost Boat（选自：The Lost Boat: Avant-garde Fiction from China）	Caroline Mason	Wellsweep	1993
	追忆乌攸先生	Remembering Mr. Wu You	Howard Goldblatt	Grove Press	1995
	相遇	Meetings	Deborah Mills	Wellsweep	1996
	追忆乌攸先生	Remembering Mr. Wu You（选自：China's Avant-garde Fiction）	Howard Goldblatt	Duke UP	1998
	青黄	Green Yellow（选自：同上）	Eva Shan Chou	Duke UP	1998
	唿哨	Whistling（选自：同上）	Victor Mair	Duke UP	1998
	相遇	Encounter	Herbert J. Batt	Rowman and Littlefield	2001
	紫竹院的约会	A Date in Purple Bamboo Park（选自：The Mystified Boat and Other New Stories from China）	Lucas Klein	University of Hawaii Press	2003

续表

语种	中文名/译名	外文名	译者	出版机构	年份
英语	迷舟	The Mystified Boat（选自：同上）	Herbert J. Batt	University of Hawaii Press	2003
英语	戒指花	Ring Flower［选自：Chinese Literature Today, 4 (1)］	Eleanor Goodman		2014
英语	凉州词	Song of Liangzhou（选自：同上）	Charles A. Laughlin		2014
法语	追忆乌攸先生	A la mémoire du docteur Wu You（选自：Anthologie de nouvelles chinoises contemporaines）	待查	Gallimard	1994
法语	褐色鸟群	Nuée d'oiseaux bruns	Chantal Chen-Andro	Philippe Picquier	1996
法语	雨季的感觉	Impressions à la saison des pluies	Xiaomin Giafferri-Huang; Marie-Claude Cantournet-Jacquet	Editions de l'Aube	2003
法语	傻瓜的诗篇	Poèmes à l'idiot	Xiaomin Giafferri-Huang	Editions de l'Aube	2007
法语	蚌壳	Coquillages	Xiaomin Giafferri-Huang	Editions de l'Aube	2008
法语	人面桃花	Une jeune fille au teint de pêche	Li Bourrit; Bernard Bourrit	Gallimard	2012

续表

语种	中文名/译名	外文名	译者	出版机构	年份
日语	迷舟	迷い舟（选自：現代中国短編集）	桑島道夫	平凡社	1997
日语	时间之鸟	時間を渡る鳥たち	関根謙	新潮社	1997
日语	相遇	ある出会い（选自：中国現代小説）	関根謙	蒼蒼社	1997
日语	失踪	失踪（选自：文學界）	桑島道夫	文藝春秋	1998
日语	迷舟	迷走艇	青野繁治；和田知久	東方書店	1999
日语	打秋千	ブランコ（选自：中国現代小説）	関根謙	蒼蒼社	2000
韩语	人面桃花	복사꽃 피는 날들	金順慎	创作与批评杂志社	2009
韩语	迷舟	选自：잉더스 산맥의 유혹	金永哲	Nanam	2011
意大利语	锦瑟	La cetra intarsiata	待查	Fahrenheit	2000
意大利语	敌人	Il nemico	待查	Neri Pozza	2001

注：该表数据依据 WorldCat、中国作家网关于中国国家图书馆馆藏中国当代文学外文译本情况的说明、各国国家图书馆、亚马逊网站整理。表中空格部分为无法查找到的信息。待查部分为无法确定的信息。

格非小说的海外传播确实最早发生在英语世界,这与赵毅衡和王晶的努力关系密切。其特点是,以中短篇小说形式出现在几个作家的合集之中或发表在期刊上,目前还没有出现格非小说的单行本及长篇小说的翻译。赵毅衡在《迷舟:中国先锋小说》的前言中指出:很遗憾的是,大多数批评家与学者依然认为中国当代作家的作品是在阐释社会与政治意义,而以新潮小说为代表的一系列作品已经超越于此而彰显了文学本身的价值。他选这本小说集就是要让西方的读者和批评家看到中国当代文学的变化和它带给 20 世纪世界文学的独特贡献。[①] 王晶编选的《中国先锋小说选》翻译并推介了格非的三篇小说,分别是《追忆乌攸先生》《青黄》《嗯哨》。其中《追忆乌攸先生》一篇采用的是汉学家葛浩文在 1995 年翻译的译本。关于遴选文本的原则,王晶在其为该书撰写的前言中指出,在此"对中国先锋文学出现的背景、代表性的作家作品、先锋作家的文学观、先锋小说的特点做了详细的介绍,强调收入该选集的都是'迷恋形式和寻求讲故事的乐趣'的作品,让国外的读者认识到中国的文学作品不仅关注主题表达,同样也在注重形式探索,有意味的形式是中国新时期文学探索的重要收获之一"[②]。由此可见,海外汉学家敏锐地发现了中国当代文学产生的巨大变化,他们希望通过对以格非为代表的先锋作家作品的译介,让世界看到中国当代文学的这种重要探索和贡献。

21 世纪之后,赫伯特·巴特(Herbert J. Batt)也是对格非小说在英语世界的传播起到重要作用的学者之一。2001 年,他翻译了格非的小说《相遇》。巴特认为有关西藏的作品虽然一直没有进入中国文学的主流,但是从古至今,有关西藏的叙事一直存在于中国文学之中,而且是大量地存在着。他想通过《相遇》等小说呈现当下西藏叙事与过去的西藏叙事之区别。早期的西藏叙事处理政治、信仰、外交和历史,而当下的西藏叙事是依据不同的前提做出想象,英国入侵西藏这个主题进入到中国文学之中。巴特之所以选择格非的小说《相遇》,是由于它以一个区别于传统西藏叙事以及藏人的西藏叙事的特殊角度,成功处理了英国

[①] Zhao H. The Lost Boat: Avant-garde Fiction from China. London: Wellsweep, 1993.
[②] 姜智芹. 中国新时期文学在国外的传播与研究. 济南:齐鲁书社,2011:14.

对西藏的入侵这个主题。这样一个文本，可为研究当下的西藏叙事提供有效的切入点。之后弗兰克·斯图尔特（Frank Stewart）和赫伯特·巴特之所以编选《迷舟及其他中国新小说》，收入《紫竹院的约会》和《迷舟》，是因为他们看到了中国当代文学在接受外国资源之后在小说风格与主题两方面的创新，而且认为中国当代文学在利用后现代理论与资源的基础上重塑了国际的文学。① 截至21世纪的最初几年，内容与形式上的先锋性是格非小说走向世界的主要原因。

2014年，由俄克拉何马大学和北京师范大学共同主办的《今日中国文学》以作家专栏的形式向西方推介了格非及其文学创作。不仅翻译了各国汉学家从未涉及的小说作品《戒指花》和《凉州词》，还收录了格非的短论《物象中的时间》、格非与张柠的对话以及敬文东对格非创作的评论文章。《今日中国文学》的这次推介与以往的海外传播不同，它更像是一次意味深长的重提。在格非小说作品的价值与意义日益彰显之后，"我们"与"他们"该怎样去理解一个作家三十几年来的坚守与选择？

从2014年能够检索到的翻译与出版信息来看，法国是翻译格非小说力度最大的西方国家。法国出版的格非中短篇小说多以单行本形式出现，并且率先翻译了英语世界没有涉及的文本，如《褐色鸟群》（包括《迷舟》和《褐色鸟群》）、《雨季的感觉》（包括《青黄》和《雨季的感觉》），而《蚌壳》和《傻瓜的诗篇》均单独成册，另外在《傻瓜的诗篇》中附有译者黄晓敏与格非的对话录，是围绕精神分析而展开的讨论。格非中短篇小说在法国成规模化、体系化出版与法国著名汉学家（如尚德兰、黄晓敏）和出版社的翻译与推介息息相关。长篇小说《人面桃花》也在2012年出版了法文版。格非小说的意大利语版包括一个短篇小说《锦瑟》的单行本和长篇小说《敌人》，《敌人》也只有意大利译本。

日本对格非小说的翻译在亚洲甚至在世界范围内都是较早的，20世纪90年代一直延续到21世纪，日本集中于格非早期短篇小说的翻

---

① Stewart F, Batt H J. The Mystified Boat and Other New Stories from China. Honolulu: University of Hawaii Press, 2003.

译,日本中国当代文学研究会对格非小说的讨论也会适时进行。1996年桑岛道夫翻译的《迷舟》首次将格非的小说带给了日本读者,之后关根谦翻译的格非小说集《时间之鸟》中包括四部格非的中篇小说,它们分别是《傻瓜的诗篇》《风琴》《夜郎之行》《褐色鸟群》。这本书的序言介绍了格非的生平经历与创作特点,译者后记题为"中国现代小说中的迷宫",从迷宫叙事的角度剖析了所选的四篇小说。日本除了以小说集的方式推介格非小说之外,文学期刊也是刊发和讨论格非小说的重要阵地。《失踪》《打秋千》这些未被西方国家关注的短篇小说都率先以日文形式发表。韩国对格非小说的翻译与接受比较晚近,但在仅有的两部翻译作品中,出现了对长篇小说《人面桃花》的翻译。

二、"他们"如何读格非:格非的海外评价与研究

一直以来,对文学作品的翻译与评价一直是互为前提且相互制约的。译本为学者研究一个作家的创作和读者对作品的接受打下了基础,同时学者批评的导向与读者的反馈也影响了某个作家的作品在海外流通的深度和广度。一些海外汉学家也同时是翻译家,他们的审美取向往往决定了哪一个作家或哪一部作品能够进入其翻译计划或编纂的选集之中。格非小说在海外的传播也不例外,因此,对其小说作品在海外所得到的评价与研究加以分析,有助于从另一个侧面考察格非的小说是以怎样的姿态进入海外批评家与普通读者的视野的,他们对格非小说作品的理解与国内的研究有何区别与联系以及造成这种差异的原因。

通过对 WorldCat、SSCI、JSTOR 以及各主要传播国国家图书馆的检索发现,海外对格非小说的研究主要集中在美国、日本和韩国。囿于语言的限制,在此只能对以英语成文的文献进行系统分析,对其他语种的文献仅以索引形式呈现。

在美国,王晶率先于 1993 年在《东亚文化评论》上发表《中国后现代主义幻象:格非、自我定位与先锋表现》(The Mirage of "Chinese Postmodernism": Ge Fei, Self-Positioning, and the Avant-garde Showcase),这是目前能够检索到的海外研究格非创作最早的一篇文献;随后孔书玉于 1996 年在《亚洲评论》上发表《格非在边缘处》(Ge Fei on the Margins);1997 年张旭东在其《改革时代的中国现代主义》一书中

收入其长文《自我意识的寓言：格非和一些元小说中的母题》(Fable of Self-Consciousness：Ge Fei and Some Motifs in Meta-Fiction)；2002 年杨小滨出版《中国后现代：先锋小说中的精神创伤与反讽》一书，其中谈论格非创作的部分为《不确定的历史与记忆：论格非早期的中短篇小说》；2007 年《现代中国文学与文化》上刊载保拉·艾维尼（Paola Iovene）的文章《为什么小说中有诗？李商隐的诗歌，当代中国文学与过去的未来》(Why Is There a Poem in this Story？Li Shangyin's Poetry, Contemporary Chinese Literature，and the Futures of the Past) 中有对格非小说《锦瑟》的介绍与探讨；2008 年周（Choy）的《重绘过去：邓小平时代的中国小说（1979—1997）》(*Remapping the Past：Fictions of History in Deng's China*，*1979-1997*) 一书中收入《西藏高原：扎西达娃、阿来和格非的历史选择》(Tibetan Plateau：Historical Alternatives by Tashi Dawa，Alai，and Ge Fei) 和《印刷术与地形学：苏童与格非作品中的身体文本》(Typography and Topography：The Textual Body in the Works of Su Tong and Ge Fei) 两篇文章；2014 年保拉·艾维尼的新书《过去未来的故事：中国当代文学的期待与目标》(*Tales of Futures Past：Anticipation and the Ends of Literature in Contemporary China*) 中第四、五两章涉及对格非小说的研究。2014年《今日中国文学》的格非专栏中推出两篇文章，分别是格非和张柠的对话录《中国当代文学的精神裂变：张柠与格非的对话》(The Psychic Split in Chinese Contemporary Literature：Ge Fei and Zhang Ning in Dialogue) 和敬文东的《无数事物为我保留着它们的神秘》(The Myriad Things Retain Their Mystery for Me)。

日本研究者对格非小说的探索显得更为丰富和细致，其中文本细读远远多于美国。日本的文学期刊也在持续推动对格非作品的研读与讨论。下出宣子于 1995 年在《日本中国当代文学研究会会报》上率先发表《"记忆"的故事——关于格非的小说》(「記憶」の物語——格非の小説について) 一文，这是目前能够检索到的日本有关格非作品研究的最早的文献。关根谦是格非小说的重要译者和研究者，在日本不仅很多作品的翻译皆出自关根谦之手，而且他对格非小说的研究也进行得较早。1996 年他就在《艺文研究》上发表《格非和实验小说的展开》(格非と実験小説の展開),1997年他翻译出版的《时间之鸟》(時間を渡る鳥たち)一书的附录部分收录了其撰写的研究性文章《中国现代小说中的迷宫》。长堀祐造于1997年在《东方》上发表《去往迷宫的邀请：〈褐色鸟群〉》。和田知久对格非小说的研究从20世纪90年代一直延续到21世纪：1997年他就在《野草》上发表《格非作品中〈傻瓜的诗篇〉的意义》(格非の作品群における『〔サ〕瓜的詩篇』の意義)；1999年在《季刊中国》上发表《中国文学面面观(48)之读格非〈欲望的旗帜〉》[中国文学あれこれ(48)格非「欲望的旗幟」を読む]；2007年在《野草》上回应了德间佳信《"空蝉"的指向——读格非〈人面桃花〉》(「空蝉」の行方——格非「人面桃花」を読む)一文。德间佳信和远藤佳代子是近些年活跃于格非小说研究领域的日本学者。德间佳信于2006年分别在《野草》上发表《"空蝉"的指向——读格非〈人面桃花〉》、在《日本中国当代文学研究会会报》上发表《被封存的悲伤——关于格非〈戒指花〉》(封印された悲しみ——格非「戒指花」について)。同时他还在2007年负责撰写了日本中国当代文学研究会7月例会中关于格非《不过是垃圾》的讨论概要。远藤佳代子于2012年在《中央大学大学院研究年报》上发表《格非实验作品中的叙事手法》(格非の実験的作品における語りの技法)，于2014年在《人文研纪要》上发表《"先锋文学"作家转型后主要作品技法的展开》(「先鋒文学」作家のその後——その主要作品における技法的展開)，涉及对格非《欲望的旗帜》和《人面桃花》的分析，是较新的研究成果之一。另外"东京大学文学部中国语中国文学研究室"还撰写了《格非〈迷舟〉》[格非「迷い舟」(駒場で読む現代中国文学)]研究报告，且《迷舟》在日本已进入中学教材。

在韩国，张允瑄于2000年和2003年发表于《中国语文学志》的《试论八十年代先锋作家文学思想的革命》和《中国当代小说中的博尔赫斯影响——以马原、格非、孙甘露的作品为中心》两篇文章虽不是关于格非作品的专论，但其中涉及对格非创作的研究。2009年，金顺慎在《外国文学研究》上发表《格非〈人面桃花〉中的乌托邦梦想》。2012年，金永哲在《中国语文学》上发表《格非小说研究——以〈迷舟〉和〈雨季的感觉〉为中心》；同年Yangdon Dhondup在《亚洲内部》(Inner Asia)上发表《历史书写：格非作品中年轻丈夫弗朗西斯上校的远征》(Writing History: The Expedition of Colonel Francis Young Husband in Ge Fei's Work)。佩恩（Payne）在 2013 年发表于《东亚研究杂志》(Sungkyun Journal of East Asian Studies)上的《过去的影子：格非与历史的"相遇"》(The Shadow of the Past: Ge Fei's "Encounter" with History)以英语成文，且为 SSCI 期刊论文。

  基于对以上文献材料的分析，不难看出，虽然在美国涌现出不少以英文成文的研究格非作品的论文，但它们大多数出自华人汉学家之手，西方学者对格非作品的研究并没有充分展开。而在与中国有着某种文化共同性的东亚地区，尤其是在日本，格非的作品较早且持续性地被广大翻译家与研究者关注。他们的研究不仅关涉到格非小说作为先锋文学的形式创新，还从文本中的意象和悲伤情绪出发，力求挖掘格非小说创作中的诗意。而从英语世界的研究成果来看，研究者的视角与国内学者有着趋同的倾向，但也存在着一定的差异性。通过对这些研究成果的分析，大致可将其分成四类。

  第一类，从叙事学角度对格非小说形式先锋性的研究。这个角度的研究无论在国内还是在海外都是最为丰富和体系化的。博尔赫斯对格非的影响、格非作品中的叙事迷宫这些问题也几乎存在于各国学者的研究范畴中。的确，这些也是格非早期小说最为显著的特点。格非作为先锋作家的代表之一，其创作的先锋性是使其作品迅速进入海外汉学家视野的最初原因。这一视角的研究与国内存在较多的共性，且对格非作为一个先锋作家的特点挖掘较深入，而对其作为一个个体的独异性或者说排他性的关注则不足。在 2014 年《今日中国文学》对格非作品的推介中，敬文东教授的《无数事物为我保留着它们的神秘》一文，可以说抓住了问题的实质，它成功地将格非小说创作中独一无二的一种特质展现给海外学者和读者，相信可以更好地帮助海外人士有效地理解格非的小说作品。格非小说叙事的神秘性已被海内外批评家广泛提及，但是这篇文章的关注点在于格非小说中的这种"神秘性"是如何通过他独一无二的叙事方式得以完成的，揭示出格非小说不同于其他创作者的作品的最基本特征。作者谈道："格非的小说每每乐于处理的，恰好是日常生活中非隆起的部分，都是以平淡稀松的尘埃为方式、以历史的边角废料为面

第五章　承认的差异性：其他当代作家

目，进入到格非的叙事结构之中。是叙事结构为历史、现实（或事情）赋予了神秘性；而在'无数事物为我保留着它们的神秘'那句话中作为'动作'的'保留'，只能出自小说的现代性。"①

　　第二类，从历史与哲学角度对格非小说主题的研究。虽然这在国内也是研究格非小说的重要视角，但它在海外学者那里更受青睐并呈现出了与国内研究不同的特点。张旭东的《自我意识的寓言：格非和一些元小说中的母题》是对格非早期小说创作有着非常详尽而精准论述的研究成果，他通过对格非早期小说进行文本细读，发现20世纪80年代晚期中国实验小说中的主题——记忆、时间、自我、主观性等，都在格非的小说中被给予了充分阐释。然后他分别从记忆的起源、元小说经验、时间配置、作为起源的解构等角度分析了《追忆乌攸先生》《褐色鸟群》《迷舟》和《青黄》。②杨小滨等在《不确定的历史与记忆：论格非早期的中短篇小说》一文中谈道："格非通过揭示集体与个人记忆在不可调和的叙事碎片中的缺陷，来挑战主流话语赖以构成的宏大历史总体性。在格非的叙事中，主体的声音颇为清晰；但是，它并不是用另外一种绝对的声音取代宏大历史话语，而是展示了其自身游离分散的表述。格非小说中'无法表达的'经验与内存表现为不可知的、无法消解和遗忘的叙事碎片。"③周的《重绘过去：邓小平时代的中国小说（1979—1997）》这本书本身就是以邓小平时代的历史小说为研究对象的，其中涉及格非小说的两个篇章也是从历史角度对其作品的阐释。他一直将格非的小说称为"反历史的超小说/元小说"（anti-historical meta-fiction）。如在《西藏高原：扎西达娃、阿来和格非的历史选择》中，他主要围绕着有关西藏的小说进行论述。谈到格非的小说《相遇》时，他认为在小说中，作者持一种虚无主义的观点，认为最终一切都是无意义的。这种虚无存在于现代发展与古代文明之中，这种反历史小说消弭了过去的一

---

　　① 敬文东的《无数事物为我保留着它们的神秘》中文版尚未发表。英文版见：Jing W D. The Myriad Things Retain Their Mystery for Me. Tr. Denis Mair. Chinese Literature Today, 2014, 4 (1): 29 – 31.
　　② Zhang X D. Fable of Self-Consciousness: Ge Fei and Some Motifs in Meta-Fiction//Chinese Modernism in the Era of Reforms. Durham: Duke University Press, 1997: 163 – 200.
　　③ 杨小滨，愚人. 不确定的历史与记忆：论格非早期的中短篇小说. 当代作家评论，2012（2）.

切成功和失败。① 在另一篇文章《印刷术与地形学：苏童与格非作品中的身体文本》中，作者指出格非的小说在强调历史的文本性，历史是由语言构建出来的。在他的作品中，阅读历史就像阅读一个空白的符号。他的迷宫叙事正是一切的起源，它为情节和阅读提供更多的可能性。它制造了很多有关过去的谜团，最终变成一种语言的游戏。这篇文章以《青黄》为例，在考察"青黄"这个词的起源时发现，每个人在重述过去的时候都会隐藏一些东西。他用超现实主义的手法使小说最终变成一个七巧板，而如果读者希望得到一个确定的答案，他一定会失望，因为他最终什么也得不到。在《大年》中，格非表达了革命并非由理念和理想驱动，而是由食物与性这些最基本的本能驱动的理念。历史的暴力源于语言的权力。在分析《迷舟》时，作者从张旭东对小说《迷舟》中那幅地图的隐秘含义的解释说起，最终得出的结论是跨过河流意味着梦一般的追溯或者某种危险情势，它是欲望与死亡的交叉象征。小舟上展开的空间情节最终迷失在历史的迷宫之中，也使我们迷失在历史的迷宫之中。格非的地形学（地志）解构了历史的逻辑性而将其在荒谬的迷宫之中予以重构，这个迷宫使读者也参与到探索的过程之中。格非的反历史小说在占主导地位的国家历史叙事之外开拓了自己的写作空间。② 这种通过挖掘格非小说中的地形与地志来剖析其叙事奥秘的思路是颇富启示性的。

　　SSCI 期刊文章《过去的影子：格非与历史的"相遇"》一文可谓是一篇"异见"文章。作者通过对《迷舟》、《大年》、《相遇》、《武则天》（推背图）的文本细读，分析了历史在《迷舟》与《大年》中是怎样遮蔽叙事，最终在《相遇》和《武则天》（推背图）中跳出阴影而完全进入叙事的。他认为在文学中不断重新想象和批判地处理个人历史和国家历史的需求最终很大程度上影响了格非早期的创作行为，先前富于挑战性的叙事被以更为贴近官方记录的故事取代。他的创作实际上与新

---

① Choy H. Tibetan Plateau: Historical Alternatives by Tashi Dawa, Alai, and Ge Fei // Remapping the Past: Fictions of History in Deng's China, 1979-1997. Leiden: Brill, 2008: 103-132.

② Choy H. Typography and Topography: The Textual Body in the Works of Su Tong and Ge Fei // Remapping the Past: Fictions of History in Deng's China, 1979-1997. Leiden: Brill, 2008: 214-227.

历史小说背道而驰，中华人民共和国的历史跳出阴影主导了他的小说叙事。① 此文的观点难以令人认同。新历史主义是一种叙事方式，所谓"新"是指其区别于50—70年代的国家历史叙事。在《迷舟》中，作者借用了北伐战争的历史背景，写到旅长萧与其兄长在榆关战场上巧合地成为敌人，然而由于父亲突然去世，萧回到家乡，避免了和兄长的针锋相对。萧在家乡与早年爱上的姑娘杏幽会后事发，杏的丈夫扬言要杀死他。杏由于不贞，遭受惩罚后被送回家乡榆关。萧在返回部队之前想再去榆关看望杏，但是遗忘了手枪。随身的警卫员由于醉酒未能同行，萧陷入危险之中，然而杏的丈夫在途中放弃了杀死萧的念头。当萧回到家时，母亲在关门捉鸡，警卫员用萧遗留的手枪对准了萧。警卫员认为萧去榆关是为了向他的哥哥传递情报所以必须要杀死他，萧终因母亲关门后无处可逃而被枪杀。在小说中，萧曾去找道人占卜生死，父亲也曾预言由于萧的军队即将覆灭，所以可能会听到他的死讯，但是历史并没有按照本来的逻辑发展，而是由一系列的偶然性因素不断地改变着事件发展的走向。每一个个体就像一只迷舟，置身于浩瀚而诡谲的大海中，无法看到方向。如果没有父亲的离世、对杏的欲望、杏的丈夫的放弃、警卫员的醉酒、将手枪遗忘、母亲关门捉鸡这些合乎情理又极具偶然性的事件，历史或许会向另一个向度发展。正是一个个个体的经验写就了历史，历史发展到今天，也是由很多偶然性的因素充当着关节点，决定着事情的走向。由个体偶然性组成的历史和被我们描述出来的历史相去甚远，但是它们的结局有可能是一致的。

第三类，挖掘格非小说创作中的古典元素。对古典元素的挖掘主要集中在对小说《锦瑟》的研究中。如保拉·艾维尼在《为什么小说中有诗？李商隐的诗歌、当代中国文学与过去的未来》中讨论了当代文学中的李商隐诗歌，其中谈到了格非的小说《锦瑟》，目的是探索李商隐以及古典文学对当代文学的塑造作用，但也可以反证格非小说对古典元素的运用。小说《锦瑟》在多层面上为李商隐的同名诗歌所塑造。它呈现了处于线性发展与选择性循环理念论争中的古典文学，古典文学作为当

---

① Payne C, Christopher N P. The Shadow of the Past: Ge Fei's "Encounter" with History. Sungkyun Journal of East Asian Studies, 2013, 13 (1): 53-75.

下的一维而出现，也保持着部分的神秘性。① 在《未来的套层：诗歌的奇妙循环》（Futures en Abyme：Poetry in Strange Loops）中，他继续分析了王蒙和格非小说中的李商隐诗歌。在格非的小说《锦瑟》中，李商隐的诗歌《锦瑟》从多个层面上塑造了小说的叙事。在小说文本中，这首诗歌被重读与重写，但它依旧召唤和躲避阐释。格非的小说再现了李商隐诗歌的多重结构并为"此情可待成追忆，只是当时已惘然"这个困扰了读者几个世纪的诗句提供了一种解读，同时指出这种困惑是由预期造成的。②

第四类，近年来对格非转型后作品的解读。在艾维尼新近出版的著作中有这样一章《找个干净的死地：江南晚春的毒性与羞耻》（A Clean Place to Die：Fog，Toxicity，and Shame in End of Spring in Jiangnan）。这一部分主要围绕格非的小说《春尽江南》展开论述。它选取了一个特殊的角度：由"雾"这个特殊的意象出发，分析其在小说中的媒介作用和比喻意义。首先作者为分析这部小说切入了一个人类学视角，即环境元素是人类挣扎与情绪的借喻式表达。"雾"在格非的小说《春尽江南》中作为一个媒介，连接起毒素的四种表现形式：羞耻、牺牲、剩余、犯罪。法律与药已经不能遏制这种毒素的蔓延，而它成为掌控社会经济生活的主导机制。作者从卡尔维诺那里借用了一个意大利语的概念"pulviscolare"，并称格非《春尽江南》的写作是"pulviscular prose"，大致可译为"尘埃散文"，从薄雾诗学的角度探讨了小说中这个肮脏的污染物以及它是怎样影响小说的写作的。③

三、空间炼金术：格非作品海外传播的特点与原因

格非小说在海外翻译、出版、研究的状况能够反映这类精英文学在

---

① Iovene P. Why Is There a Poem in this Story? Li Shangyin's Poetry, Contemporary Chinese Literature, and the Futures of the Past. Modern Chinese Literature and Culture, 2007, 19 (2): 71 - 116.

② Iovene P. Futures en Abyme: Poetry in Strange Loops //Tales of Future Past: Anticipation and the Ends of Literature in Contemporary China. Stanford: Stanford University Press, 2014: 107 - 134.

③ Iovene P. A Clean Place to Die: Fog, Toxicity, and Shame in End of Spring in Jiangnan//Tales of Future Past: Anticipation and the Ends of Literature in Contemporary China. Stanford: Stanford University Press, 2014: 135 - 162.

海外传播与接受的状况。其小说越出国界在国外被阅读与阐释,其间经历的不是一个空间平移的物理过程,而是一个炼金术式的神秘而复杂的化学变化过程。造成这种化学变化的内在原因与格非小说的"重构"和"创设"是紧密相连的,或者可以说,格非的小说正是在"重构"和"创设"的过程中走向世界的。

第一,综合格非小说在海外的翻译、出版与评价、研究方面的情况来看,格非小说创作强烈的先锋性是其在 20 世纪 90 年代初走出国门的最根本原因。显而易见的是,格非从先锋文学的出场就打破了传统小说叙事完整的情节与结构,而以一个又一个的"不在场"拆解了叙事的连续性,从而制造出一种近乎神秘的谜团,充满着晦涩与扑朔迷离的隐喻。在结构上,故事与故事之间不断嵌套、勾连,通过叙事上的"重复"对"空缺"予以补充。这在格非早期的小说中随处可见,例如在《追忆乌攸先生》《迷舟》《褐色鸟群》《青黄》《敌人》中都表现得很明显。格非在后期虽然放弃了形式上较为极端的实验,但是这种空缺与重复依然保留在他晚近的小说中。它不仅是小说的叙事方法,也是作者表现现实生存经验的方式。格非这种先锋性的叙事方式,是在整合与重构西方资源的基础上形成的。因此,海外学者也能很快解析出格非小说叙事的奥秘并梳理出其与西方资源的谱系性联系。同时,格非小说在 90 年代初是作为先锋文学思潮的一个组成部分被海内外加以认识和感知的,它代表了中国当代文学的一种最新动向,将"怎样写"的问题拉回到了与"写什么"同等重要的地位。

第二,格非对历史主题的书写是其小说受到海外关注的原因之一。格非的小说创作一直保有历史意识,这不但让他在处理自身与历史的关系时有一种自觉,也让他的文字与纵横交错的东西方文学传统构成一个并行共生的秩序。格非在以文学的方式思考和介入历史时,首先采取的是新历史主义式的书写。"新历史主义"认为"'历史'从根本上是由一种独特的书写话语与过去相协调的一种关系"[1]。也就是说,历史经验是被话语叙述出来的,"历史书写本身有多少种不同的话语,就有多少

---

[1] 怀特. 后现代历史叙事学. 陈永国,张万娟,译. 北京:中国社会科学出版社,2003:292.

种历史经验"①。这使他的小说明显区别于我们在50—70年代建构起来的历史叙事。格非并不呈现一个完整的历史场景，而是通过一些经历了历史的人的经验、他们对历史的感受相互拼凑而复原历史，如早期的《迷舟》《相遇》《褐色鸟群》等。不难发现，这些小说也正是在海外得到广泛译介和传播的作品，同时历史视角的研究在英语世界也是最为丰富的。这大概与西方对中国历史、政治的兴趣有关。

另外一个有趣的现象是格非的小说《相遇》在西方世界引起了广泛的注意，而这部作品也多是被放在西藏叙事的框架中加以理解的。格非创作小说《相遇》的初衷在于表达其在西藏游历时的感受。在西藏的两个月中，他走在英军入侵西藏的道路上，听到了很多当年流传的有些是以讹传讹的逸事。在西藏，封建朝廷对它的管辖并不严密；天主教会自行解散；藏传佛教中最大的秘闻是耶稣不过是修成正果的佛陀。荣赫鹏上校率领的军队从一开始就有一种"永远无法占领拉萨"的焦虑。尽管最后他的部队偶然地攻占了拉萨，但是他觉得自己根深蒂固的观念甚至时间都发生了变化。历史并不是一个线性向前发展的状态，即使用最为先进的武器侵略了最为原始而简朴、自信而虔诚的生活方式，也未必能将它征服。一种文化的存在有其自足性和稳定性，它蕴含着一种巨大的能量，与外来的入侵保持着一种微妙的张力关系。在笔者看来，格非实际上是用一个虚构的故事讲出了他对这段历史的思考。他所表达的观念抽象于西藏这块确定的土地和发生在西藏的这段具体的历史中，而显然无法作为一种民族风俗小说或地方志加以理解。但是正是这些历史文本为海外了解中国打开了一个窗口，通过研究它们在叙事模式、叙事话语上的转变，可以清晰地看到中国当代以来的历史叙事发生了怎样的变化，而背后隐藏的一个深层动机便是以此了解中国发生了怎样的变化。程光炜教授在谈到中国当代文学海外传播中的几个问题时曾提到"异识文学作品在'海外传播'中的增量问题"②。他是指汉学家在遴选中国当代文学作品进行翻译与推介时，倾向于寻找那些异识作品，也即与主流观念存在差异的作品。因为他们想从中窥视中国形象。"这些作品一

---

① 怀特. 后现代历史叙事学. 陈永国，张万娟，译. 北京：中国社会科学出版社，2003：292.

② 程光炜. 当代文学海外传播的几个问题. 文艺争鸣，2012（8）.

旦被纳入这种意识形态系统，其文学价值便会大大增量。……这种文学筛选程序所存在的问题，是随着文学评价标准的意识形态化，作品的艺术价值逊位于其社会价值，被它选择的作品可能往往都不是作家本人最优秀的作品。"① 并不是说被海外汉学家青睐的这类格非的小说不够优秀，而是说海外汉学家的这种倾向性一方面促进了格非某一类主题的小说的海外传播，另一方面也遮蔽掉了另外一些同样优秀的作品，而他们的根本动机是从中国文学走向中国学。

第三，格非小说中的古典因素既推动又阻碍了其作品的海外传播。格非从"江南三部曲"开始，向中国古典美学传统致敬。虽然在此之前的小说中也弥漫着传统因素，但是从《人面桃花》开始，其内在情调与气韵走向了全面向传统复归的道路。格非不仅重构了西方资源，也重构了中国古典资源。东方古典情调与气韵不仅仅在小说外在形式上得以彰显，更重要的是它也成为小说的内在基本调性和观念，对长篇小说整体性的建构也围绕其展开。但是海外学者对格非小说中古典元素的挖掘还没有涉及《人面桃花》以后的小说，这也许与较为新近的"江南三部曲"还没有在西方世界完整翻译和广泛传播有关。同时，西方学者对其小说古典性的阐释仅限于从文本中的古典诗歌出发，而对于那种情调与气韵上的古典性接受起来是存在一定的困难的。在笔者看来，格非小说中的东方古典情调与气韵来自中国人对时间的一种特殊感受和美学观念，用格非小说文本中经常出现的一个词语"麦秀黍离"来表达似乎更为恰当。另外，从小说的整体结构来看，"江南三部曲"复活了中国传统"循环论"的时间美学模式，无论是从历史命题还是从整体结构修辞上都散发出一种传统美学意义上的悲剧意蕴，它的整体逻辑是如《红楼梦》一样的从盛到衰、从生到死的经验轨迹。而这种"麦秀黍离"之感与"循环论"的时间美学模式不仅给其小说的翻译造成了很大的困难，也给缺少东方文化背景的西方读者和研究者接受这些作品设立了难以逾越的障碍。就像张爱玲、沈从文这样的作家在海外的影响并不大一样，"因为这些东西是中国特有的，比如对时间的感悟，伤感与悲悯，人与人之间特别细微的情感，张爱玲特别喜欢描写这种东西，但是在西方充

---

① 程光炜. 当代文学海外传播的几个问题. 文艺争鸣，2012（8）.

满戏剧性的文学传统里边，她找不到她的地位了"①。而格非小说的语言或采取一种陌生化、抒情化的语言结构，或使用一些意象找到词语之间新的组合关系，或借助一些巧妙的设计创造一种诗化氛围，这种倾向在其晚近的小说中表现得更为明显。例如，他会将类似"杏子单衫，丽人脱袄；梨院多风，梧桐成荫"②这样排列典雅而简洁的四字句，镶嵌在几个抒情化的长句中，直指人心又不失诗歌的韵味。在笔法上，也可看到格非向中国古典文学取法的痕迹：《人面桃花》中张季元在日记中描写秀米"目如秋水，手如柔荑，楚楚可怜之态，雪净聪明之致，令人心醉神迷"③。这里作者模拟了《诗经》的笔法，将陆秀米的形貌刻画得极具古典之美。格非小说对中国传统美学与神韵的续接可以说是在一个极富"现代性"的文本中建立了一种与古典的呼应关系，使"现代性"与古典美学结合在一起，于传统中有创造，在现代性中借助古典的启示性力量，完成了既有现代感又有古典韵味的小说作品。而这样的作品该如何翻译到西方世界，以及缺乏中国古典文化背景的西方读者能多大程度上领会其语言与意蕴之美，都是在海外传播过程中遭遇的重要问题。这使笔者想起陈晓明教授在《"渐行渐远"的汉语文学》一文中提到的"其本土的、母语的文学性水准愈高（或愈成熟），它走向世界的难度就愈大"④的论述。的确，这种本土的、母语的文学性在中国当代文学向外走的道路上形成了反向的摩擦力，以一种隔阂的方式牵制着中国化与世界性之间的距离，但这也是中国文学保有其独特经验的重要前提。

第四，格非转型之后的新作品再一次带动了其小说的海外传播。2011年，随着格非"江南三部曲"收山之作《春尽江南》出版，国内文学界又掀起了一场格非研究的热潮。通过对此时海外格非小说作品接受状况的观察，不难发现在同一时期，海内外的接受与研究形成了一种共振关系，并且海内外开始将"江南三部曲"作为一个整体予以考察和

---

① 邓如冰，格非. 对话格非：走向世界的当代汉语写作：关于"爱荷华国际写作计划"和当代汉语写作"国际化". 江汉大学学报（人文科学版），2012（6）.
② 格非. 春尽江南. 上海：上海文艺出版社，2011：370.
③ 格非. 人面桃花. 上海：上海文艺出版社，2012：89.
④ 陈晓明. "渐行渐远的"汉语文学. 文艺争鸣，2012（8）.

研究。可以说从《欲望的旗帜》之后，格非的创作逐渐过渡转型，在先锋文学"胜利大逃亡"之后，格非在其晚近的几部创作中已经放弃了之前近于极端的形式实验和抽象化的寓言模式，呈现出了很多不同于先锋时期的新特点。而这些新特点尚未被当下学术著作以及学术论文充分阐述。在其新作品完成之际，格非及其创作再一次在海内外的视野中得到重新观照，研究热潮的推动，有力地促进了格非小说的海外传播。目前，《人面桃花》已经被译成多国文字出版，海外对它的解读与研究也逐渐涌现。不仅在东亚文化圈中的日本和韩国研究较多，在西方世界研究也很热闹，2014年艾维尼出版的新书用了整整一章去讨论《春尽江南》并把它放在三部曲之中进行分析。这是西方世界对格非新作的重要研究成果，也为我们理解格非小说提供了更为新颖的视角。在笔者看来，艾维尼对《春尽江南》的解读是非常独到而精准的。他从人类学的视角入手，探索天气、环境与人类境遇之间的关系。生态因素一直贯穿于《春尽江南》的写作之中，但艾维尼没有止于对这个文本做一种简单的生态批评，而是由此向人类世界的纵深处挖掘。这是颇富启示性但又为国内的批评界所忽视的观点，可见海内外格非研究的互动与共振对揭示格非小说的独特价值起到了促进作用。

四、不会迷失的舟：格非作品海外传播的前景

格非转型之后的小说创作为当下的文学展示了一种吸收与传承了东西方传统的叙事方式，用徘徊于"智性"与"诗性"之间的美学风格指涉精神与文化意义上的当代，在全球性与民族性、世界性与本土性之间找到了一个恰当的平衡点，以一种最传统的方式完成了最现代的叙事。这既是一种重构，也是一种创设。虽然它会遭遇某种程度上的难以为继和重复，但格非这种富有创设性的写作无疑是一种有益的探索。

格非整合了东西方的文化谱系，创作了一个个中国故事，却最终使文本指向人类精神的更深层次。例如，他不断地在发问：人类的精神究竟在什么地方出现了问题？在《敌人》中，悲剧性的事件所带给人们的精神创伤作为"历史无意识"长久并深刻地影响着人们；在《傻瓜的诗篇》中，杜预在童年时一个不经意的举动使他无意间充当了"间接弑父"的凶手，这一精神刺激连同精神病母亲的自杀在他的童年时期留下

了关键性的纽结;《春尽江南》更是在预示着一个"个人精神病"时代的到来,人人都灵魂出窍的时代里,那些自以为"正常"的人,不过是另一种形式的疯癫而已。这些不只是中国独有的现象,而是属于全人类的精神现象学。他的历史叙事不设定真实的历史场景,而以寓言化的形式对历史构成一种隐喻。如果说海登·怀特以其《后现代历史叙事学》颠覆了我们长久以来的历史观念,格非则以一个先锋小说家的姿态在文学中展示了对历史的新理解。在《迷舟》中,历史并没有按照本来的逻辑发展,而是由一系列的偶然性因素不断改变着事件发展的走向。每一个个体就像一只迷舟,在浩瀚而诡谲的大海中,无法看到方向。在《边缘》中,杜鹃、花儿、小扣、蝴蝶、徐复观、仲月楼这些人物同"我"一样,无一例外地都踩在命运的鼓点上,无处可逃。历史正是作为一种文学虚构而存在的,而这种虚构性恰恰指向另外一种真实。在这些文本中,历史只是某种"借用",其所要表达的东西远远超乎具体的历史情境。再如,乌托邦的想象与建构一直贯穿于"江南三部曲"中。乌托邦想象源于对当下生存状态的不满,无论是中国式的乌托邦——桃花源梦想,还是西方意义上的政治化的乌托邦,都是知识分子面对眼前的种种不堪而产生的心理反应和自然选择。这些命题无疑都具有世界性,并不局限于东方或西方,而是关乎整个人类文化与精神深处的纽结。

这种特质使格非的小说成为一种面向未来的小说,具有一定的超前性。"要对现实的未来给以预测和影响,而这个现实的未来是作者和读者的未来。……小说的特点,是永无止境地重新理解、重新评价,那种理解过去和维护过去的积极性,到这里便把重心转向了未来。"[1] 面向未来的文学在当下的接受中或许会受到某种阻碍,但它所经历的一定是一个价值逐渐彰显的过程。格非在一次谈话中曾经说道:"中国作家有两种选择:一种选择是忙着和西方接轨,忙着让他们承认;还有一种选择是自己先做一些更重要的准备,这种准备可能是你在世的时候,一两百年内得不到认可。在现在,你可能觉得心存不满,但是你选择做更愿意、更值得做的事情。在你充分了解西方的情况下,你可以不一定按照它的逻辑来创作,你可以有更好的野心、更大的意图、更强的独立性,

---

[1] 巴赫金. 小说理论. 白春仁,晓河,译. 石家庄:河北教育出版社,1998:535.

你越独立，他们越想主动了解你。我觉得中国文化正处在这样的交接点上，我非常希望中国出现这样一些作家。如果这样的话，中国文学就真的能成熟了，就和世界的关系理顺了。"[①] 显然，格非的选择是属于第二种的，他不愿一味地与西方接轨，不愿在创作之时就为自己的作品预设好潜在的海外读者群，也不会去迎合海外翻译家与批评家的品位。他的重构与创设是在深入了解东西方文化的基础上打通东西方文化的一种独异性写作，有着更大的独立性。但是这种独立性或许在当下还没有为海外的读者所充分认知，且由于作品风格的原因，翻译并不能很顺利地进行，以至于相比其他作家，格非小说的海外传播状况略显逊色。但是不可否认的是，海外对格非创作的重视程度是显现上升态势的，翻译与研究工作也在不断拓展。

除了作品本身的因由外，很多外因也在影响着中国当代文学走出去的步伐。在《人民日报（海外版）》中格非本人曾谈道："国外也有好的出版社和好的翻译，但是自己的作品在版权输出过程中的谈判与合作，多数是不平等、不愉快的。"[②] 他认为文学版权输出应该走专业的路子，"希望有专门从事版权服务的公司，聘请一些真正懂行的版权经纪代理人进行中国作品版权代理"[③]。可见，代理机制与版权管理等方面的问题依然困扰着中国当代作家作品的输出，对这方面条件的改善能促进更多中国当代的优秀作品进入世界视野。

胡河清认为，在中国传统文化中，神秘主义与理性主义这两种对世界图景的感知方式是以全息主义的形态呈现的。以此作为文化传统的后援，在此基础之上注入西方文化，21世纪的中国文学将开启一种崭新的美学建构。从某种意义上来看，格非的重构与创设，似乎将这种期待中的美学建构真正拉向了现实的创作中。同时，这种美学建构是以"中国故事"予以承载的，它构成了中国对世界独一无二的叙述。因此，格非的作品会越来越被世界接受和认可，它们就像一只只不会迷失的舟，在世界文化的洪流中划出一道道清晰的航线。

---

① 邓如冰，格非. 对话格非：走向世界的当代汉语写作：关于"爱荷华国际写作计划"和当代汉语写作"国际化". 江汉大学学报（人文科学版），2012（6）.

② 舒晋瑜. 中国文学走出去，贡献什么样的作品. 人民日报（海外版），2013-02-26.

③ 同②.

第二节 "神秘"的极地:迟子建小说的海外传播与接受

迟子建是具有"大气魄"的中国当代女性作家之一。如果说早期的迟子建还需要用频频回望童年与故乡的方式,去发现那一片黑土地所留给她的悲喜欢忧,随着1994年、1995年《向着白夜旅行》《逝川》等作品的发表,情况显然有了很大不同。虽然故乡仍然是她写作与生活的"地之灵",但其对生命与世事的洞悉、对至情与至善的感悟,显然已经让她自北极村出发,开始具备走向世界的宽广胸襟和深远目光。

即便是走向了大洋彼岸,迟子建也永远是额尔古纳河的女儿,正是额尔古纳河畔的神秘舞步让她的作品拥有了最中国也最世界的品格。不仅那些神秘的中国边地经验作为世界文化多样性的一部分为她开启了通往异域的大门,由神秘经验所引发的对人性、生死、现代性的思考更为她找到了与世界对话的可能性。

一、"热译"与"冷评":迟子建小说的海外译介与研究

神秘的事物通常是引人入胜的,或许正是由于迟子建小说中这种神秘性因素,其小说在海外的传播与译介显得格外引人注目。相比于其他60代作家的作品而言,迟子建小说无论在翻译语种还是在作品译介数量上都不算少。但和其在国内研究的丰富性形成对照的是,海外对其作品的研究并没有充分展开,尤其在西方世界几乎可用寥若晨星来形容。在此,笔者对截至2016年能够检索到的迟子建小说作品在海外的译介、传播情况以及研究现状进行了归纳整理(见表5-2),以求从对资料的爬梳中发现一些值得思考的现象与问题。

通过对资料的分析,不难发现,翻译和研究迟子建小说最早且力度最大的国家是西方的法国和东方的日本。这与很多作家作品海外传播的状况呈现出类似的态势。法国于1997年就翻译出版了迟子建的小说作品《秧歌》和《向着白夜旅行》,甚至领先深受中国文化影响的邻国日本一步。这是由于法国的两家出版社在迟子建小说的译介与传播过程中

表 5-2　迟子建作品外译情况

语种	中文名	外文名	译者	出版社/期刊	年份
英语	逝川	The River Rolls By	待查	Chinese Literature, 1995	1995
	亲亲土豆	Beloved Potatoes	待查	Chinese Literature, 1996 (2)	1996
	雾月牛栏	Lost in the Ox Pen	待查	Chinese Literature, 1997 (4)	1997
	银盘	Silver Plates	待查	Chinese Literature, 1998 (4)	1998
	待查	SPECIAL—The Primary Sentiment	待查	Chinese Literature, 1999 (4)	1999
	超自然的虚构故事（笔者译）①	Figments of the Supernatural①	Simon Patton	James Joyce	2004
	原野上的羊群②	A Flock in the Wilderness	Zhenru Xiong	Foreign Languages Press	2005

① Figments of the Supernatural 收录作品：Fine Rain at Dusk on Grieg's Sea（《格里格海的细雨黄昏》），The Potato Lovers（《亲亲土豆》），Cowrail in Fog Month（《雾月牛栏》），Washing in Clean Water（《清水洗尘》），Willow Patterns（《河柳图》），Cemetery under Snow（《白雪的墓园》）。
② 《原野上的羊群》（小说集）收录作品：The River Rolls By（《逝川》），A Flock in the Wilderness（《原野上的羊群》），Beloved Potatoes（《亲亲土豆》），Lost in the Ox Pen（《雾月牛栏》），Silver Plates（《银盘》），Bathing in Clean Water（《清水洗尘》）。

续表

语种	中文名	外文名	译者	出版社/期刊	年份
英语	好时光悄悄溜走①	The Good Times Are Slowly Slipping Away	Ren Zhong; Yuzhi Yang	Long River Press	2006
	与周瑜相遇②	An Encounter with General Zhou	Aili Mu; Julie Chiu; Howard Goldblatt	Columbia University Press	2006
	一坛猪油③	A Jar of Lard	Chenxin Jiang	外文出版社	2012
	雾月牛栏④	Foggy Moon Corral	待查	Long River Press	2012
	额尔古纳河右岸	The Last Quarter of the Moon	Bruce Humes	Harvill Secker	2013
	我对黑暗的柔情	An Ode to Darkness	Wai Har Lau; Can Zhou	National Library Board	2013
	一匹马两个人	A Horse and Two People	Karmia Olutade	New Chinese Writing	2015
	福翩翩	A Flurry of Blessings	Eleanor Goodman	Chinese Literature Today, 2016, 5 (2)	2016

① 选自 Hometowns and Childhood (《家乡和童年》)。
② 选自 Loud Sparrows: Contemporary Chinese Short-Shorts (《喧闹的麻雀：当代中国短篇小说》)。
③ 收入 Pathlight: New Chinese Writing (《路灯》)。
④ 选自 The Women from Horse Resting Villa and Other Stories (《歇马山庄的两个女人》和其他小说)。

第五章 承认的差异性：其他当代作家

续表

语种	中文名	外文名	译者	出版社/期刊	年份
法语	秧歌；向着白夜旅行	La danseuse de Yangge. Voyage au pays des nuits blanches	Chun Dong; Desperrois	Bleu de Chine	1997
	旧时代的磨坊①	Le bracelet de jade	Chun Dong	Bleu de Chine	2002
	香坊；九尖蝴蝶花	La fabrique d'encens: Suivie de Neuf pensées	Chun Dong	Bleu de Chine	2004
	世界上所有的夜晚②	Toutes les nuits du monde	Stéphane Lévêque	Philippe Picquier	2013
	晚安玫瑰	Bonsoir, la rose	Yvonne André	Philippe Picquier	2015
	额尔古纳河右岸	Le dernier quartier de lune	Yvonne André; Stéphane Lévêque	Philippe Picquier	2016

① 其中收录《旧时代的磨坊》《白银那》。
② 其中收录《世界上所有的夜晚》《北极村童话》。

续表

语种	中文名	外文名	译者	出版社/期刊	年份
意大利语	向着白夜旅行	Viaggio nel paese delle notti bianche	Flavio Aulino	Pisani	2002
	银盘	Sei piatti d'argento			
	秧歌	La ballerina di yangge	Flavio Aulino	Pisani	2004
	旧时代的磨坊	Il braccialetto di giada: due racconti cinesi	Flavio Aulino	Pisani	2003
	踏着月光的行板	Andante al chiaro di luna	Flavio Aulino; Annaj Di Toro	Pisani	2007
	额尔古纳河右岸	Ultimo quarto di luna	Valentina Poti	Corbaccio	2011
西班牙语		¡A la ciudad! y otros cuentos rurales chinos	Enrique Rodríguez	Madrid Cooperación Editorial	2013
	额尔古纳河右岸	A la orilla derecha del Río Argún	Yingfeng Xu; Fernando Esteban Serna	China Intercontinental Press	2014
	亲亲土豆（选自《月光斩和其他故事》）	Papas de mi corazón	Lingxia Guo; Isidro Estrada	Madrid Editorial Popular	2015
荷兰语	额尔古纳河右岸	Het laatste kwartier van de maan	Mariëlla Snel	The House of Books	2013

第五章 承认的差异性：其他当代作家

续表

语种	中文名	外文名	译者	出版社/期刊	年份
日语	朋友们来看雪吧	ねえ、雪見に来ない	竹内良雄	季刊中国現代小説	1999
	逝川	ナミダ	杉本達夫	季刊中国現代小説	2001
	原始风景	原始風景	土屋肇枝	季刊中国現代小説	2001
	清水洗尘	年越し風呂	栗山千香子	季刊中国現代小説	2002
	芳草在沼泽中	芳しい草は沼沢にあり	金子 おこ		2002
	花瓣饭	花びらの晩ごはん	金子 おこ	季刊中国現代小説	2003
	伪满洲国	"満洲国"物語	孫秀萍	河出書房新社	2003
	雾月牛栏	霧月の月（同時代の中国文学短編集 イン・チャイナ）	下出宣子	東方書店	2006
	菜菜土豆	じゃがいも	金子 おこ	鼎書房	2012
	第三地晚餐①	今夜の食事をお作りします	竹内良雄；土屋肇枝	勉誠出版	2012
	额尔古纳河右岸	アルグン川の右岸	竹内良雄；土屋肇枝	白水社	2014
	一匹马两个人	老夫婦と愛馬	竹内良雄	季刊中国現代小説	
韩语	雾月牛栏	안개달이랑, 외양간 을타기	배제임 도임	Minumsa	2008
	额尔古纳河右岸	여을구나강의 오름쪽	金润珍	Dulnyouk	2011

① 《第三地晚餐》《小说集》收录作品：「今夜の食事をお作りします」《第三地晚餐》，「原始風景」《原始風景》，「ねえ、雪見に来ない」《朋友们来看雪吧》，「ラードの壷」《一坛猪油》，「ドアの向こうの清掃員」《门镜外的楼道》，「ブーチラン停車場の十二月八日」《布基兰小站的腊八夜》，「七十年代の春夏秋冬」《七十年代的四季歌》。

做出了巨大贡献。Bleu de Chine 出版社在选择待译文本时始终关注其对中国社会和芸芸众生的变化与状貌表现的力度，而 Philippe Picquier 出版社则出于对中国悠久历史和神秘文化的好奇而决定致力于介绍中国文化。因此法国选取作品时的视角与早期中国向英语世界的推介有所不同，它率先选择了《秧歌》《向着白夜旅行》《旧时代的磨坊》《香坊》《九朵蝴蝶花》这样从未被翻译成英语，甚至未曾进入日本视野的作品，但它们大多表现了一个时代中国社会的转型并带有地方文化的色彩。法国的选择直接影响了一些西方国家的译介，之后意大利语的翻译在选择文本方面与法国相似，那些被法国译介的小说很快也出现了意大利语版。日本对迟子建小说的翻译虽略晚于法国，却是关注迟子建小说最多的国家。日本的《季刊中国现代小说》从 1999 年至 2003 年曾连续译介迟子建小说作品，有关其作品的研究和文本分析也在同时进行着。甚至长篇小说《伪满洲国》的唯一海外译本也出现在日本。

虽然迟子建小说在英语世界的译介也并不算少，遍布于美国、澳大利亚、新加坡等，但似乎并没有哪一个英语国家真正致力于集中译介和研究她的作品。除却前面所提及的法国和日本关注较早外，大多数国家对迟子建小说的译介集中于 2000 年以后。若以 2000 年为时间节点，不难发现，2000 年以前是中国不断向外"推介"的阶段，外文出版社的期刊《中国文学》（*Chinese Literature*），从 1995 年到 1999 年，每年翻译推介一篇迟子建的小说。直到 2004 年，迟子建的小说集第一次在英语世界由澳大利亚的乔伊斯基金会结集出版，而这次大规模翻译与出版缘于迟子建于 2003 年获得了由该基金会设立的"悬念句子文学奖"。作家的获奖与作品的翻译总是相互成就的，或许中国外文出版社致力于向外推介迟子建的短篇小说，增加了其获得国际奖项的机会，也正是因为作家在评奖中夺魁，其作品才在海外吸引了更多翻译家和出版社的目光。21 世纪之后，迟子建小说海外传播的格局已不是单向性的了，最显而易见的变化是海外主动选择与国内推介双线并举。一方面，中国还在借助外文出版社的"熊猫丛书"和施战军主编的《路灯》（*Pathlight*: *New Chinese Writing*）以及中美合办的《今日中国文学》等期刊向英语世界译介和推荐迟子建未被西方世界予以充分关注的短篇小说；另一方面，西方世界开始更为广泛地接受迟子建的文学创作，其作品译介的语种也扩大到意大利语、西班牙语、荷兰语等。

迟子建小说在海外的翻译可谓相对丰富，但从文学研究的角度来看，除却日本曾经用大约十年的时间持续性地关注了迟子建的小说作品外，截至2016年，英语世界尚没有出现针对迟子建作品的研究性文章。对迟子建小说作品较早且持续性的研究集中在东亚的日本，这与其作品在日本的广泛传播息息相关。竹内良雄和土屋肇枝不仅是其小说作品的翻译家，也是研究者。早在1999年，土屋肇枝就发表了文章《迟子建小说中的鱼》[1]，并整理了迟子建小说创作年谱；后又在2000年发表《再生的旅程——迟子建的〈白夜行〉》[2]。川俣优在2000年发表《迟子建小说〈白夜〉的意义》[3]和《关于迟子建的小说〈北极村童话〉》[4]，在2003年发表《迟子建的生与死》[5]。2007年布施直子发表《迟子建的〈西街魂儿〉》[6]。2008年竹内良雄发表《迟子建的备忘录——从北极村到北极村》[7]一文，通过追述迟子建从北极村不安地出发，最后又回到北极村的人生历程，勾勒出了其文学创作的轨迹以及逐渐获得的作家存在的确信，"北极村"实际上就是她自己的世界，而迟子建要于文学中表现的也正是自己的世界。可见，日本对迟子建小说的接受肇始于21世纪前后，并由此展开了对她的跟踪式研究，但这种持续性的关注截止于2010年。截至2016年，韩国只出现过一篇涉及迟子建小说创作的文章[8]，并不是针对迟子建作品的专门研究，而是将两位中国作家和两位韩国作家放在一起进行了简要比较。

而英语世界对迟子建小说的研究几乎处于空白的状态，直到2013年《额尔古纳河右岸》英文版出版后，英国《金融时报》《泰晤士报》《独立报》等各大报刊才纷纷发表书评，对这部小说给予高度评价。但即便是这

---

[1] 遅子建の中の魚. 日本中国当代文学研究会会報，1999 (8).
[2] 再生への旅路：遅子建「白夜行」. 野草，2000 (8).
[3] 遅子建における〈白夜〉の意味. 明治学院論叢，2000 (1).
[4] 遅子建の「北極村の童話」をめぐって. 明治学院大学一般教育部付属研究所紀要，2000 (3).
[5] 遅子建における生と死. 明治学院論叢，2003 (3).
[6] 遅子建「西街魂児」. 日本中国当代文学研究会例会報告概要，2007 (11).
[7] 遅子建覚え書き：北極村から北極村へ. 中国研究，2008 (3).
[8] 截至2016年，韩国唯一一篇涉及迟子建小说研究的文章为朴钟淑2002年发表于《中国现代文学》上的네 잎, 두 가지, 그리고 한 줄기: 池子建·신경숙·徐坤·은희경 소설에관하여一文。

部迟子建小说中海外传播最广泛的作品，获得的关注也只是以书评的形式出现的。这些书评大多只是对作品内容的介绍再外加几句作者的点评，谈不上对作品的深入分析。在迟子建小说的海外读者反应中，大多数读者评论也止于对小说内容的概述，而形成独立批评意见的极为罕见。

由以上分析不难看出，迟子建小说的海外传播存在着"热译"与"冷评"的现象，迟子建小说的海外译本数量一直居于国内著名作家前列，但对其作品的研究却远远落后于其他作家作品。这也就意味着，对迟子建小说的翻译推介和海外的实际接受效果之间其实存在着较大的差距，而这种"热译"与"冷评"之间的差距所昭示的是东西方认知视角的差异和迟子建创作的本土性与世界性问题。

二、"神秘"：理解迟子建小说及其海外传播的一个关键词

迟子建于1964年出生于黑龙江省漠河县（今漠河市）北极村，对她来说，故乡给了她创作的一切。而那片她曾经生活过的黑土地，"当年人迹罕至，满眼是大自然的风景，人在我眼里是如此渺小。我自幼听了很多神话故事，这些故事跟《聊斋志异》有很大关联，跟居住在我们那里的鄂伦春族也有很大关联，他们信奉'万物有灵'。齐鲁文化[①]（来自民间的那部分）与少数民族的宗教信仰微妙融合，至今影响着我的世界观"[②]。或许是大自然神秘力量的召唤，或许是神话故事的滋养，或许是少数民族萨满信仰的熏习，在迟子建看来，世界上到处都充满着神灵。因此，在她的文本世界中，无论是山川河流还是日常生活，大都沾染了神秘的色彩。而"神秘"以及自其衍生出的一系列特质，如对超自然现象、无处不在的死亡以及"万物有灵"的边地风俗的反复书写，也成为理解迟子建小说及其海外传播状况的一个关键词。

正像迟子建自己所说的，这些来自"原始风景"的神秘文化，影响了她的世界观，其实也影响了她的文学观。对那些我们所不知的超自然现象，她始终怀有最原初的敬畏。同时，科学所无法解释的东西，恰恰是艺术所需要处理的。正如她曾经用"嫦娥奔月"的例子来阐释自己的

---

① 迟子建祖籍为山东海阳，祖父母和外祖父母皆为山东人，后闯关东定居黑龙江。因此在迟子建身上有着齐鲁文化的传承。

② 迟子建，刘传霞. 我眼里就是这样的炉火：迟子建访谈. 名作欣赏，2015（28）.

文学观念时所说的那样，她从小对月亮的想象就是基于"嫦娥奔月"的神话故事，这和现实中宇航员登上月球是界限分明的，而对于一个作家来说，要处理的经验就是这样带有幻想色彩的内容。① 因此这些神秘的"原始风景"，不仅仅构成了迟子建丰富的创作资源，也带给了她非凡卓绝的、超乎惯常思维的想象力。

其实迟子建的小说真正意义上走进西方视野也是以"神秘"为契机的，无疑，其小说中的超自然现象和边地原始经验深深地吸引了西方读者和翻译者。迟子建小说中故事发生的地理空间以黑龙江少数民族聚居区域为主，边境少数民族与汉民族"子不语怪力乱神"的文化结构大相径庭，在白山黑水之间存在着的是一个"万物有灵"的世界。这显然为世界了解一个神秘的中国打开了窗口，其早期充满东北乡土气息的《香坊》《向着白夜旅行》等，也正是因为鲜明的地域特色和神秘经验而受到法国出版社的青睐。前文已提到过，2003年乔伊斯基金会将"悬念句子奖"颁发给迟子建，从而开启了其小说在英语世界由中国推动走出去到西方国家主动引进来的转折之路。之后由该基金会负责出版的迟子建小说集名为《超自然的虚构故事》（Figments of the Supernatural），共收录了她的六部短篇小说。单从这本书的标题来看，对其所选取小说的共同特征就可见一斑了。其译者西蒙·帕顿（Simon Patton）在此书的序言中更是直言不讳地阐明了他选取这些小说的理由：这六篇小说中都存在着超自然现象，它或许不是小说中最重要的部分，但一定是很微妙的元素，他翻译这些小说正是要探索迟子建作品中来自自然的原初经验。② 如在《格里格海的细雨黄昏》中，小镇木屋里深夜炊具的跳动，似乎是超自然的"鬼魅"发出的声音，这种神秘将音乐家格里格与往生老人的灵魂联系在了一起；《白雪的墓园》中，父亲从咽气起就不肯去山上的墓园，所以他的灵魂就以一颗红豆藏在了母亲的眼睛里。帕顿所说的这种"自然的原初经验"其实还包括植物、动物所本具的灵性，它们不仅可以和人类建构某种平等的关系，甚至还可以成为抵抗实用主义的力量。如《亲亲土豆》中土豆及其花朵的香气似乎都带有某种灵性，

---

① 参见2005年10月10日专题研讨会（IWP Panel：Imagination/Fantasy/Reality）。
② 笔者根据帕顿的序言转译，原文见：Patton S. Figments of the Supernatural. Sydney：James Joyce，2004.

在《雾月牛栏》中，少年宝坠和几头牛所建立的跨越了一切障碍，平等而亲密无间的关系等，都是西方读者和翻译者所希望探索的。如此看来，帕顿的序言不仅一语道破了他遴选迟子建小说的核心标准，也为读者理解这些作品带入了"先入之见"。

自此，"神秘"似乎成为打开迟子建小说海外译介和传播的一把钥匙，也成为海外读者阅读与理解其小说作品的一个重要切口。在对迟子建小说海外译本的简介中，几乎都会强调迟子建的"中国东北"女作家身份和她对中国东北少数民族生活地区人们生活的呈现。如作为"熊猫丛书"之一的《原野上的羊群》一书，收录了迟子建的六篇小说，而这六篇小说共同的特点是故事都发生在黑龙江，它们描述了东北少数民族生活地区人们的生活、习俗和地理环境，可以说它们几乎覆盖了迟子建在中国东北的独特生活经验。① 2005年，迟子建受邀参加美国艾奥瓦大学"国际写作计划"的"作家驻校"项目，其间参与了有关"想象/幻想/现实"②的作家研讨会，迟子建将自己故乡的萨满文化和其所目睹的萨满在"跳神"救人过程中的一系列因缘果报的神秘经验分享给听众，并提及这个已故的萨满形象被写进了她即将问世的小说中。这部即将问世的小说大概正是指她在2005年出版的长篇小说《额尔古纳河右岸》。她认为，一部伟大的作品应该是一种能够在经历现实地狱般的折磨之后而抵达想象天堂的史诗，一个作家需要用宽广的心胸和开阔的眼界来处理那些非同寻常的想象和观念。③《额尔古纳河右岸》是对神秘边地经验书写的集大成者，可以说在一定程度上具有了"史诗"的特征。它是迟子建最成功的长篇小说之一，日后也成为其在世界范围内影响最为广泛的作品。虽然迟子建小说海外译本的推荐语及海外演讲对读者的影响都很难具体估量，但在海外作为一个完全陌生的作者，其在公开演讲中对文学写作观念的表达以及风格的展现，或多或少会为潜在的读者建构起一个阅读的"期待视野"。

---

① 参见 A Flock in the Wilderness 一书简介。
② 会议名称为 IWP Panel：Imagination/Fantasy/Reality，2005年10月10日于美国艾奥瓦公共图书馆（Iowa City Public Library）举行。
③ 参见迟子建艾奥瓦大学演讲英文稿：My Heart Away in Thousands of Mountains（2005年10月10日）（美国大学图书馆馆藏）。

而这种对神秘的期待的确影响了多年以后《额尔古纳河右岸》在海外的传播与接受。《额尔古纳河右岸》在国内出版于2005年，但在六年之后的2011年才第一次走向世界，一部长篇小说的阅读与翻译的确需要时间，而这一次历经漫长等待的跨界也很快引发了海外译介的共振效果。2011年首先出现的是意大利语版和韩语版的《额尔古纳河右岸》，其中意大利语版率先采用《一弦残月》这样的挽歌式的译法，从而影响了之后英语、西班牙语和法语版本对书名的选择。《额尔古纳河右岸》在海外出版后，对此书的每一个报刊评论几乎都提及了它是一部生动的民族史诗或描写了民俗传说，用绘声绘色的语言讲述了额尔古纳河畔"过去的生活"，它不仅仅是一个部落的历史，也让我们看到了中国的转轨。《亚洲书评》在介绍迟子建的《额尔古纳河右岸》时说："我们有很多种理由去阅读一本书，最重要的理由应该是一本书能把我们带到一个不曾去过而且也不能抵达的地方，而《额尔古纳河右岸》所展现的传统生活，其节奏是由驯鹿的来去和四季的更迭来设定的，这个地方是一个由萨满和灵魂之鼓构成的神灵世界。"① 英国《金融时报》于2013年1月18日刊发了《亚洲文学评论》的编辑凯丽·福尔克纳的书评，称《额尔古纳河右岸》是"一位具有罕见才华的作家对鄂温克人恰如其分的致敬"②；英国《独立报》上发表的评论文章称它"是对我们今天无法想象的生活方式的精细画像"③ 等。无论是"部落的历史"还是"我们今天无法想象的生活"，其实都是一种不同于汉民族的遥远而神秘的边地生活经验，这一部绘声绘色的民族史诗是扎根于东北少数民族生活地区"万物有灵"的神秘世界之中的。从来自亚马逊网站和《额尔古纳河右岸》英文译者徐穆实在个人网站上收集的读者反应来看，大多数西方读者是喜爱这部作品的，他们几乎都从这部小说中读出了挽歌式的情怀，为一种消逝了的生活感到悲哀。其中不少读者指出了对"萨满"和其神奇魔力的兴趣，对其中类似魔幻现实主义内容的着迷，对形态各异

---

① 此处为笔者转译。参见 http://asianreviewofbooks.com/content/archived-article/?articleID=1418.
② 转引自：康慨. 从额尔古纳河右岸到大洋彼岸. 中华读书报，2013-01-23.
③ 笔者译，详见《独立报》2013年2月1日发表的有关迟子建《额尔古纳河右岸》（英文版）的书评，作者为露西·波佩斯库（Lucy Popescu）。

的死亡方式和神奇的大自然景象的惊叹。甚至有读者专门留言讨论有关"萨满"的问题并产生了对"萨满每救助一个不该得救的人，她的一个孩子就会因此而死去"这种神秘现象的好奇；也有读者将《额尔古纳河右岸》和《狼图腾》相提并论，认为两部作品最重要的价值在于对神奇的自然的书写。不难看出，"神秘"是贯穿迟子建小说海外推介和接受的一个关键线索，虽然它的充分"热译"自然和这部作品的艺术感染力关系密不可分，也与作家的女性身份、少数民族、中俄边界、日本入侵等这些海外读者感兴趣的文化标签有关，但不能忽视的是，"神秘"是引导着海外读者持续阅读、欣赏这部作品并对相应问题索解的重要因素。

而为什么西方翻译家尤其注重这种对超自然现象、由人与自然（包括植物和动物）和谐相处构成的神秘世界的呈现和表达呢？一方面，西方文化中始终存在着对神秘的尊崇，而带有异国情调的事物往往被认为是神秘的。早在20世纪初期，西方学者就开始反思西方文明的历程。阿尔伯特·史怀哲在《文明的哲学》中认为，西方文明衰落的原因是，功利主义以及对生命敬意的丧失使其失去了基础。理性只是文明的一个方面，它同时还需要"灵性"，也就是带有神秘色彩的东西，而这些恰恰可以在东方文明中找到。另一方面，在此时的西方学者看来，"迟子建的小说与西方文化中所经历的现代性动态旅程形成了某种联系，与动物世界的再次和谐相处构成了对亚里士多德理性优越理论的另一种回应"[①]。澳大利亚哲学家彼得·辛格[②]于1975年在他的《动物解放》一书中就从动物观出发来考察西方现代化的进程。无论是在古希伯来文化还是在古希腊文化中，人与动物的关系都是不平等的，甚至是统治与被统治的关系。希伯来文化认为人是有神性的，而动物没有，因此动物可以为人类牺牲，自然也可以成为人类的食物。亚里士多德虽然承认人类也是一种动物，但是他用理性和非理性对二者加以区分，植物为动物而存在，动物为人类而存在，是一种单向度的成就关系。而彼得·辛格试图提出一种和动物世界重新融为一体的理论，从感知痛苦的能力出发，

[①] 笔者根据帕顿的序言转译，原文见 Patton S. Figments of the Supernatural. Sydney: James Joyce, 2004。

[②] 帕顿在小说集英译本 Figments of the Supernatural 的序言中谈到遴选迟子建小说的标准时，也提到了彼得·辛格的著作，但未对其中的观点做出详细阐释。

以一种平等的道德理念来反思长久以来主导了西方人思维方式的人类（智慧/理性）优越论。而迟子建的这一类小说，如《雾月牛栏》等，正在有意或无意间，让人类重新反思了自身与世界之间的关系，理解了并非一切事物都是处于人类智慧与理性的掌控之下的。因此西方翻译家认为，迟子建作品中所呈现出来的价值观念恰恰为这一理论提供了生动而有力的注脚。

三、"观看"的浅表化或"玄而未解"：迟子建小说在海外的困境

"神秘"的确是迟子建小说创作的很重要的特质，这在很大程度上是由她的创作资源与生活经验决定的。对于走向海外的迟子建小说来说，"神秘"的边地书写使其相对易于进入海外翻译家和读者的视野，但其接受往往止于对神秘事物的好奇与追索，这不仅有意强化了海外对中国的"观看"心态，也限制了对迟子建小说的深入解读。

无论是中国出版社的推荐，还是西方翻译家的译介，都会强调迟子建的"中国东北"女作家身份和她对中国东北少数民族生活地区人们生活的呈现，这似乎是在有意迎合海外研究者和阅读者对中国故事的好奇与期待。《额尔古纳河右岸》的英译者徐穆实在访谈中提及，他本来想按照直译的方式翻译作品的标题，因为"这书名不仅忠实于原作，也方便引起西方读者的好奇心。因为用'右岸'表达河流的方位有点莫名其妙，西方读者习惯用东南西北来表达。就算西方读者不知道这条河是几百年以来中俄边境的界线，单凭这种奇特的表达方式，也会引起他们的好奇心"[①]。而他在谈到翻译这部作品的缘起时也坦言："迟子建做到了一件很惊人的事情：她让我觉得，鄂温克族在 20 世纪的命运，通过活生生的人物，发生在我面前。"[②] 徐穆实本人致力于翻译少数民族题材小说并推出他的个人网站"中国的民族文学"[③]，其中一个直接目的就是针对一直流行的"中国神秘论"和"黑盒子"说法，切实地"提高中国现象的透明度"[④]。《周日独立报》在力荐这本书时更是直言不讳地

---

① 康慨. 从额尔古纳河右岸到大洋彼岸. 中华读书报, 2013 - 01 - 23.
② 同①.
③ http://bruce-humes.com.
④ 同①.

说："那种直接的、确凿无疑的口吻让人觉得它不是一部翻译作品,甚至根本不是一部虚构的小说。"① 中国相对于西方来说是一个"他者",而少数民族的边地形象作为与汉文化截然不同的形态则被视为是"他者"中的"他者",而"他者"的他异性和不可知性是带来神秘感的重要原因,自我对神秘事物是容易产生好奇心的。这部作品生动逼真的描写、直接而确凿无疑的口吻甚至使它呈现出了某些"非虚构"的性质,这显然为海外"观看"中国提供了一个生动的文本。而翻译家、评论者的这种"观看"心态也在很大程度上影响了读者对迟子建小说的理解。从目前所收集到的对迟子建小说的书评来看,翻译家、编者、社论作者的推介几乎成为读者理解作品的入口,在非专业读者的评论中,则使用推介语者多,形成新见者少,甚至有些读者阅读后产生了误见。如在评价《额尔古纳河右岸》时,不止一位读者在这本书中看到了"男女平权"的思想。其实迟子建小说中的男女两性关系基于"和谐"观念,和西方所谈论的"男女平权"有较大的差异,但西方读者在面对一个无法理解的"他者"文化时,往往会很自然地将其纳入自我意识之中来收编或阐释这种他异的不可知性。只有一位读者提到,在读完这本书后,更加理解了"我自己一个微小的行为会对其他人造成多么巨大的影响"②,这其实是意识到了一种基于东方古老循环论的"因果关系"。这与西方人所普遍认知的"自我决定论"截然不同。根植于"自我""个人""私人"等概念的"自我决定论",在美国语境中"自我"占据着特权地位。而东方文化的"缘起论"则站在了"自我决定论"的反面,它认为世界是因"条件"而产生的,所有的存在都是相互缠绕和依赖的,因此并没有独立而不受任何其他因素影响的事物与个人。③ 这在很大程度上挑战了西方文化中的"个体本位"原则,也为西方读者接受这样一种生命伦理观念制造了障碍,当他们无法理解几乎颠覆了他们认知的文学叙事时,也就只能把其当作一种"神奇的现实"来加以对待。

---

① 笔者译,参见《周日独立报》2013年2月3日发布的有关迟子建《额尔古纳河右岸》的书评,作者为丹尼尔·哈恩(Daniel Hahn)。
② 参见美国图书分享型社交网站 Goodreads:https://www.goodreads.com。
③ Storhoff G, Whalen-Bridge J. American Buddhism as a Way of Life. New York: State University of New York, 2010.

第五章 承认的差异性：其他当代作家

不仅是这种因果关系，迟子建在小说中对很多问题的处理方式都根植于东方/中国或少数民族边地经验，她从黑土地的自然生灵中看到的是轮回的生命与人世间质朴的良善与温情。就像迟子建曾说过的："我对人生最初的认识，完全是从自然界一些变化感悟来的，从早衰的植物身上，我看到了生命的脆弱，也从另一个侧面，看到了生命的淡定和从容，许多衰亡的植物，翌年春风吹又生，又恢复了勃勃生机。"[①] 因此对她来说，首先生命是轮回的，死亡也是可以从容面对的。正如在小说《逝川》中，吉喜的一生随着逝川奔流不止的冰水一起慢慢流走了，但是一代又一代就像每年如约而至的"泪鱼"一样生生不息。其次，死亡之后是有灵魂存在的。正像迟子建自己所说的："也许是由于我生长在偏僻的漠北小镇的缘故，我对灵魂的有无一直怀有浓厚的兴趣。在那里，生命总是以两种形式存在，一种是活着，一种是死去后在活人的梦境和简朴生活中频频出现。"[②] 例如在《向着白夜旅行》中，"我"和死去丈夫的幽灵结伴出行，由于"我"无法接受丈夫马孔多的死亡，于是丈夫的灵魂在"我"的想象和思念中复活了，无人能看见的马孔多与"我"共同完成了生前未尽的北极之旅。这种处理死亡的方式是与东方古老的圆形世界观及时间观密切相关的。虽然她碰触了一个西方格外关注的议题，但迟子建所形成的死亡意识几乎是完全建立在东方古老的"循环论"哲学基础之上的，这与主导西方的线性逻辑存在着显著差异。对生死以及一些形而上问题的思考使迟子建的很多小说具备了世界性因素，但形成基础与救赎方式上的差异性无疑也增加了西方读者接受的难度。

而以迟子建海外传播最为广泛的《额尔古纳河右岸》为例，她对文化富有精神深度的揭示远未停留在西方读者所试图"观看"的神秘民俗上，这部小说不仅用优美流转的语言勾勒了鄂温克族生活的"原始风景"，更重要的是体现了作家思考的深度与参悟生命的气魄。在神秘而苍凉的额尔古纳河右岸，一个古老的民族安闲地生活在那片神奇的黑土地上。百年来的沧海桑田，死亡与诞生，完成了一个又一个鄂温克人生

---

① 迟子建. 生活并不会对你格外宠爱//谭波. 精品励志文摘：心灵的感悟. 长沙：湖南人民出版社，2010：158.

② 秧歌. 南京：江苏文艺出版社，1997：自序.

命的轮回，也完成了一个民族命运的轮回。而一个世纪以来，正是外来的侵扰、城市的诱惑不断破坏着一个民族的宁静，撞击着鄂温克人民的心灵。虽然时光退去了鄂温克族代代相传的生活方式与古老习俗，但生活在希楞柱里的人们永远懂得："让人不厌倦的只有驯鹿、树木、河流、月亮和清风。"① 20世纪以来，我们不断思考着"现代性"的问题。随着科学技术的引入、"现代性"的不断扩张，人类似乎找到了更为先进的生存方式，无止境追求的文明以一种怀有敌意的形式对抗着本土的、传统的、古老的也是最为贴合人类自性的生活。小说中的瓦罗加说："他们不光是把树伐了往外运，他们天天还烧活着的树，这林子早晚有一天要被他们砍光、烧光，到时，我们和驯鹿怎么活呢？"② 在这样一片遥远而神秘的土地上，这种"额尔古纳河右岸式"的生活恰恰最具有稳定性和秩序性。现代性对纯净心灵与幽静自然的戕害让人悲痛欲绝，这也不禁让人们思考：传统是不是真的一定不如现代？原始的文化是否也具有维系人类生存的巨大能量？外来的所谓"先进"与本土的所谓"落后"之间到底形成了一种怎样的张力关系？《额尔古纳河右岸》抛出了这样的问题。面对着历史的巨大空场与人类文明进程中的一系列问题，迟子建试图以一种悲伤的方式为额尔古纳河右岸的鄂温克人守灵，用灵魂的复活对抗总是激进的乌托邦。这是迟子建小说在呈现民风民俗的过程中，对文明、传统与现代性深刻的思考。

  虽然这种由作家身份与经验、小说叙事的地理空间带来的"神秘"使迟子建作品获得了成功走向世界的潜质，但对其创作中神秘根源认知的匮乏、对穿透神秘而达到的思考深度的忽视，很大程度上制约了海外对迟子建小说的评价。理解的难度或许正是西方"热译"却鲜见评论和研究的重要原因，"观看"的心态让他们对迟子建小说的理解停留在了浅表的层次，而没有致力于对其作品进行深入剖析和探索。因此到目前为止，只有日本深入迟子建小说的内部对其"生死观"进行研究，而它们在西方的接受效果仍然是一个令人存疑的问题。

  由以上分析来看，其小说中的"神秘性"因素，包括对超自然现象

---

① 迟子建. 额尔古纳河右岸. 收获，2005（6）.
② 同①.

的呈现、对地域特色的彰显以及死亡意识,都对迟子建小说在海外的传播与接受起到了重要的推动作用。但是,这种"神秘性"及其衍生出来的一系列特质在海外得到了多大程度上的理解是值得反思的问题,事实上迟子建小说与海外尤其是与西方对话的可能性应该是更大的。

  根植于特定地域的神秘性书写无疑让迟子建小说得到了海外的青睐。不难看出法国 Bleu de Chine 出版社在选取迟子建小说时格外重视那些呈现神秘民风民俗的作品,如《秧歌》《香坊》《旧时代的磨坊》《北极村童话》《额尔古纳河右岸》等,它们或多或少都沾染了一个旧时代的传统气息,这种气息是一个前现代的中国所特有的,也是特定时期的特定地域所独有的。正如迟子建小说集的西班牙译本中所论述的那样,这个译本为西班牙语系的读者提供了一种除报纸、电视、互联网之外的了解中国的方式,作者沉浸在一个古老的却又快速发展的世界,从中读者可以发现中国人民的动态和复杂经验。这种类型的书写之所以得到翻译家和读者的欢迎,在某种程度上是因为它们为海外了解中国打开了一个窗口,但在笔者看来,迟子建的小说创作远非一种"地方志"式的写作,也不仅仅是充满超自然现象的志怪小说,如果仅仅把它们作为去了解中国神秘经验和风俗的写作就未免失于粗浅了。诚如前文对《额尔古纳河右岸》等作品的分析,她不断在描述风俗史的过程中展开思辨的维度,在古老与现代、地方与世界文化的碰撞中反思着一个国家或族群在进入现代性社会过程中所面临的问题。这种介入现实的立场、视角与叙述方式是迟子建小说最为难能可贵的品质之一。同时,迟子建小说中的神秘现象和死亡意识也并非一种制造悬念的故弄玄虚和令人恐惧的东西,而是在一种参透世事的从容之下,对世俗生活中不尽如人意之处的谅解与释然。因此正像其作品的英文翻译者帕顿所说的,是一种"优雅的错乱"[①],那些超自然的现象并不仅仅是功能性地存在于文本中,而是被赋予了意义的指涉。

  但显而易见的是,海外尤其是西方的读者还没有意识到迟子建作品的意义与价值,由此而造成了一种译介与接受之间的"逆差"。也即迟子建作品在海外的翻译和推介十分广泛,但似乎接受情况并不太理想。

---

① 笔者译,参见 Patton S. Figments of the Supernatural. Sydney: James Joyce, 2004.

或许大多数读者对其作品的理解与期待还只是停留在从一个侧面"观看"中国的现状与独特经验，将"神秘性"只当作中国地域文化的一部分，而没有去反思其作品中更具有世界性价值的议题与元素。

这种现象造成了迟子建小说海外研究的"缺席"，而这种相对的空缺也在一定程度上阻碍了其作品更为广泛地传播与接受。但随着"额尔古纳河"流向远方，这种既具有现代性反思又深谙中国婉约传统的写作已经具有了与世界文学对话的可能性，而我们之后要思考的是如何使这一对话更为深入地进行下去。

结　语　从鲁迅到"莫言"们
——"海外传播"视野下的作家与文学史研究

如果说自鸦片战争以来，中华文明开始陷入一种与世界文明碰撞之后的"现代性焦虑"之中，那么今天的中国可能正处于缓和这种焦虑的最后一个阶段：文化焦虑。当代中国文化在世界的影响力处于严重滞后的局面，和经济影响力形成一种"不对称性"现象。

近代以来，中国经历了两次大的西学东渐之后，似乎没有输出什么被世界普遍认可的价值观、社会思想或人文精神。因此流传着英国政治家撒切尔夫人的一种说法：中国不可能成为世界强国，因为中国没有足以影响世界的思想体系。[1] 我们需要在这样的格局中去理解包括当代文学在内的中国文化"走出去"。当代中国文化影响力的生成，首先绝不同于经济增长，其次也不同于国内文化发展。文化影响力的生成要有起码的耐心和时间，坚持以质取胜，避免低标准的数量扩张和虚假繁荣，杜绝无实效的文化"面子"工程，否则极有可能出现花钱不讨好、自欺欺人的尴尬传播局面。文化创造从来就是一种心灵艺术，容不得半点虚假；而交流本质上也是一个自由流通和自愿选择的过程，这种内心的认同与接受来不得半点勉强。如何让当代中国文化从海外的客观"传播"走向真正的内心"接受"，我们需要从国家行为到民间交流各个层面的探索与研究。通过对当代文学尤其是新时期以来部分典型作

---

[1] 此语未查到明确的中、英文权威出处，可能是多种转述中形成的表达。比较可信的出处是撒切尔夫人的英文著作《治国方略》中的一段话。原文是：It is also because China has no internationally contagious doctrine which it can use in order to advance its power and undermine ours…China today exports televisions not ideas. (Thatcher M. Statecraft: Strategies for a Changing World. New York: Harper Perennial, 2003: 178 - 179.)

家作品海外传播的考察，笔者希望能为中国文化"走出去"提供一种参照。

就20世纪中国文学与世界文学的关系而言，许多作家或文学史论著，以"西方"对我们的"输入"为主，很少涉及我们对西方的"输出"。前期研究显示：20世纪中国文学海外接受存在着和国内相似的体系，有大量小说、诗歌、戏剧、散文翻译作品，存在专门的研究期刊、机构、人员、著作，和国内形成丰富的交流互动，并且这种交流互动呈现出越来越深入和频繁的态势。① 与这种已经形成的庞大海外传播规模相比，我们的研究显然滞后。"涉外"的中国文学及其研究在过去虽然也有，却明显属于一种边缘性的附加部分，呈现出边界不明、各自为政、在而不盛的整体状态，严重制约着该领域学术价值的挖掘。随着中国的崛起，不论是从20世纪中国文学在海外已经形成的传播事实，还是从学科自身的发展，抑或是从中国"文化软实力"提升的角度，我们都有必要改变当代文学研究中"海外传播"研究的"缺失"与"忽略"状况，给予必要的作家批评、研究以及文学史角度的关切。

从海外传播并形成世界影响的角度来看，莫言获诺贝尔文学奖毫无疑问会成为中国文学一个标志性的"转折点"，不仅对莫言更对整个中国当代文学意义重大。莫言的成功当然首先归功于他长期的艺术创作和由此积累下来的世界影响力，获奖永远只是一种形式意义上的承认。鲁迅虽然在1927年就写信婉拒了诺贝尔文学奖提名，却并没有影响他成为世界级的作家。因此从鲁迅到莫言，以二人为代表的中国现代、当代文学在世界文学的意义上既形成了有力的对话，也获得了较好的统一，再次成为不可分割的整体。不论是继承还是突破，从海外接受和世界影响的角度来反观中国文学，"从鲁迅到莫言"们正好见证了20世纪中国文学渐渐融入世界文学的进程。

一、鲁迅《野草》的"独语"世界

鲁迅可以说是中国现代文学中最有世界影响力的作家。根据调

---

① 参见刘江凯《认同与"延异"：中国当代文学的海外接受》（北京大学出版社，2012），书中对此有较为全面的介绍。

查，其作品海外传播的时间、范围、规模、影响都是目前其他中国现当代作家很难超越的。以美国俄亥俄州立大学中国现代文学与文化资源中心为例，在400多人的中国现当代作家群中（包括海外华人作家），唯有鲁迅是以专辑的形式呈现，且从作品翻译到研究都形成类似国内的系统。可以看出，鲁迅确实已经不仅仅是"民族的"，更是"世界的"。

从接受的效果——世界性的影响来反观鲁迅的海外传播对20世纪中国文学特别是当代文学的启发，仍然是个有意义的命题。鲁迅的外译作品实在太丰富了。以英语为例，我们掌握的海外鲁迅资料就包括12个大类，分别是：参考资料，合集，传记，综合，小说，诗歌，散文，批评，翻译，学术，信件，视觉艺术。每一类里都有大量相关英文成果，加在一起至少有好几百项，时间跨度也长达几十年。如果对海外主要语种的鲁迅翻译、研究资料进行大综合，恐怕绝非个人或学术机构短期能完成的任务。确立新的问题意识、加强国际合作，大概是目前推进世界鲁迅研究非常值得努力的方向。

以《野草》的英语接受为例，不考虑单独或其他鲁迅作品翻译里涉及的篇目，《野草》英译的情况大致如下：据1931年鲁迅《〈野草〉英文译本序》的注释①，我们可以知道，当时《野草》的译者冯余声已把译稿交给商务印书馆，后毁于"一·二八"战火，最终未出版。这应该是目前有明确文献记载的最早的《野草》英译了。新中国成立后代表性的翻译应该是杨宪益、戴乃迭合译的《野草》。目前查阅到的最早版本是外文出版社1974年版。后在此版的基础上又多次再版，如仅外文出版社就有1976（第二版）、1980、2000、2002、2004、2010（插图）等年份的版本，此外还有香港中文大学2003年的中（繁）英文对照版等。从笔者掌握的鲁迅作品英译出版情况来看，存在一个有趣的现象：鲁迅的小说、杂文、信件、诗歌等都有真正的海外版，即译者和出版社两者其一或者两个都是外国的，而散文诗《野草》却不是这样。小说是翻译

---

① 鲁迅全集：第4卷．北京：人民文学出版社，1981：356．本书相关引用材料皆采用此版本。

最早、重译最多的文类，比如《阿Q及其他鲁迅小说》（1941）①，译者虽然是华人学者王际真（《红楼梦》英译者），却由哥伦比亚大学出版社出版，其他还有如《阿金》（2000）、《呐喊》（法语，2010）、《狂人日记》（1990）、《两地书》（1990）等。②为何偏偏《野草》不是这样？笔者猜想这可能是由以下几个原因导致的：第一是《野草》独特的"反懂"性给非汉语母语者造成了一定的翻译困难；第二是海外出版如果没有特别的资助是要考虑市场效应的；第三也可能是最根本的原因，即杨宪益、戴乃迭提供的译本确实很好，能满足海外阅读的需求，没有必要再翻译。普通的英语读者难有巨大的市场需求，学术研究者往往会回到中文读本。

然而，英语世界对鲁迅《野草》的研究却早于以上英译年代。美国著名华人学者夏济安在1968年的《鲁迅作品的黑暗面》③里说"鲁迅留下一本富有独特情趣的书——《野草》"，并认为除了《我的失恋》外"其余的诗都是真正诗的雏形。充满着强烈感情的形象以奇形怪状的线条在黑暗的闪光中或静止或流动"，"如果用正规的表现方法来处理这种可以称为现代经验的恐怖和渴望，鲁迅本来可以把中国诗带进一个新领域"，"在这种极深的内省中，鲁迅忘了对读者说教，但他的创作过程却显然丰富着、改造着他们的语言"，"他是用白话做了古典作家从未做过的事，从这个意义上说，鲁迅是真正的现代作家"。根据查阅到的资料，其他专门研究《野草》的英语成果主要还有《〈野草〉，鲁迅散文诗的对称与平行》（1976）、《〈野草〉中焦虑的象征》（1986）、《作为审美认知的

---

① Ah Q and Others：Selected Stories of Lusin. Tr. Wang C-C. NY：Columbia University Press，1941.

② The Chinese Essay. Tr. Pollard D. NY：Columbia University Press，2000，116–121；Cris. Tr. Veg S. Paris：Éditions Rue d'Ulm, 2010；Diary of a Madman and Other Stories. Tr. Lyell W A. Honolulu：University of Hawaii Press，1990；Letters Between Two：Correspondence Between Lu Xun and Xu Guangping. Tr. McDougall B. Beijing：Foreign Languages Press，2000.

③ 也有根据1964年2月美国《亚洲学会季刊》第23卷译出的繁体字版本。这里采用乐黛云的译本。鲁迅作品的黑暗面//乐黛云. 国外鲁迅研究论集：1960—1981. 北京：北京大学出版社，1981：370–372. 原文出处为：Hsia T A. Aspects of the Power of Darkness in Lu Hsün. The Gate of Darkness：Studies on the Leftist Literary Movement. UWP, 1968：146–162.

散文诗》(2000)和《白话里的乐章：鲁迅的〈野草〉与〈好的故事〉》(2009)。① 还有许多英语研究著述当然也会涉及《野草》，其中也不乏精彩之处，这里不再赘述。

诚如夏济安所指出的：鲁迅的《野草》是一本富有奇特情趣的书，放在鲁迅所有的作品里看，也显得很特别。鲁迅对《野草》应该也颇为在意，这从他在文字中多次谈及《野草》可以看出来。夏济安虽然指出了《野草》对于中国诗及古典文学的突破，却没有概括出具体的结论。但他还是极其敏锐地指出："在这种极深的内省中，鲁迅忘了对读者说教，但他的创作过程却显然丰富着、改造着他们的语言。"这种"极深的内省"其实就是独语，而独语的特点本来也是拒绝"说教"的。对于这一点，钱理群的总结简明而准确："《朝花夕拾》与《野草》一方面在鲁迅的著作中，是最'个人化'的"；"另一方面，又为现代散文的创作提供了两种体式，或者说开创了现代散文的两个创作潮流与传统，即'闲话风'的散文与'独语体'的散文"②。钱理群对"独语"的理解是这样的："自言自语"（"独语"）是不需要听者（读者）的，甚至是以作者与读者之间的紧张与排拒为存在前提的。唯有排除了他人的干扰，才能径直逼视自己灵魂的最深处，捕捉自我微妙的难以言传的感觉（包括直觉）、情绪、心理、意识（包括潜意识），进行更高、更深层次的哲理思考。可以说《野草》是心灵的炼狱中熔铸的鲁迅诗，是从"孤独的个体"的存在体验中升华出来的鲁迅哲学。在阅读过的关于《野草》"独语"特性的概括中，这一段文字是十分精练到位的，它既抓住了"独语"的核心本质，也高度浓缩了《野草》"独语"性的来源。总结一下钱理群的观点，我们可以将"独语"最突出的特点概括为排他性、内省性、升华性。思考一下这三者的内在逻辑关系就会发现："独语"是强

---

① Alber C. Wild Grass, Symmetry and Parallelism in Lu Hsün's Prose Poems // Nienhauser W. Critical Essays on Chinese Literature. HK: CUHKP, 1976: 1 - 20; Mau-sang N. Symbols of Anxiety in Wild Grass. Renditions, 1986 (26): 155 - 164; Kaldis N. The Prose Poem as Aesthetic Cognition: Lu Xun's Yecao. Journal of Modern Literature in Chinese, 2000, 3 (2): 43 - 82; Admussen N. A Music for Baihua: Lu Xun's Wild Grass and "A Good Story". Chinese Literature: Essays, Articles, Reviews, 2009 (31).

② 钱理群，等. 中国现代文学三十年. 北京：北京大学出版社，1998：52. 下同。另，最早概括为"独语"的应该是何其芳的名作《独语》。

调在个人化的内省中达到一种升华的目的——而这和文学创作的过程及效果实现了深刻的本质统一。

医学上的"独语"是指神志清醒而喃喃自语，见人语止，属于精神障碍的一种表现，也有其文学内涵：指戏剧或文学中人物不考虑观众或读者及其他角色的因素，只表现自己的想法和情感，通常发生于他们单独存在或自认为单独存在时。"独语"和"独白"十分相似却并不是一回事，独白虽然也是独自一人通过语言向受众展示情感、思想和动机，但它却有着面向读者的明确的指向性或者潜在交流性。从"独"的角度看，独语要比独白更决绝、强烈、义无反顾，往往会成为孤傲的精神寂寞者的潜意识归宿；同时，正是这种极致的内省方式，使它以貌似隔绝、封闭、拒绝的姿态打开了通向整个世界的通道，反而奇特地呈现出某种普遍、丰富的意义来。结合钱理群"独语体"的说法及对"独语"内涵的界定，我们认为"独语"有潜在的理论提升空间。它除了是一种文体或话语方式外，也是一种珍贵的文学精神，深刻地反映了文学创作的本质。这就不难理解为什么在文学及学术中会存在那么多的"独语"现象。

然而，鲁迅作品中的文学"独语"有其特别的高度和内涵。比如复杂的人生经历、深刻的生命体验、敏锐的情感心理、深刻的思想见识、独立的批判精神、高超的艺术能力等。鲁迅的文学"独语"首先会有一种基于"肉身"的磨砺，然后穿越常人难以承受的孤独、绝望等"心理"体验，最后以高超的艺术形式升华为"精神"哲学。"排他、内省、升华"三个环节缺一不可，它们是鲁迅式文学"独语"的一个完整的过程。"排他"是要有巨大牺牲的，"内省"是牺牲后的主动承担与独立思考，最后还得有艺术能力把内省"升华"为具有普遍意义的价值。以这样的高度，结合鲁迅实际取得的世界性影响来反观整个20世纪中国文学，试问有几人可以和他看齐？又有多少人能真正理解并通过写作达到这种高度？

所以，有个例子很有意思。《野草》发表后当时就引起了争议，一位叫高明的文学青年，在日本读了鲁迅的《野草》，感到"极不满意"，便写信给鲁迅提出批评。鲁迅复信说："你说不懂那书好处何在；但是我想你若是回到国内，过了几年之后，你一定也会写出那样的东西来的。"复信原函已佚,以上大意见诸高明的文章《尼采及其他》(载叶灵凤编辑的《文艺画报》第1卷第3期,1935年2月15日出版)。《鲁迅日记》中,有关高明的记载有六处,其中,1928年2月15日、1929年4月24日、1929年7月30日有复高明信的记载。①鲁迅的回复在笔者看来,正是建立在深刻的生命体验与复杂的艺术表达基础上的,所以对于涉世未深的文学青年来说,确实得"过了几年之后"再说了。

二、莫言、余华的民族性与人类性写作

莫言获得2012年诺贝尔文学奖引发了国内外各种不同的声音。②有学者指出获奖第一是确立了他的"经典地位",第二是改变了中国当代文学长期以来如同"后娘养的""庶出"的地位。③因为既然莫言是新文学以来最杰出的作家之一,获得了比肩"现代文学"的资格,那么包括余华、苏童、贾平凹、王安忆、格非等作家在内的"当代文学",客观地讲也难以否认其文学成就。

在实力相近的作家中,为什么是莫言获奖?许子东所讲的乡土、现代主义、"文革"内容、批判性、好的翻译、在中国以外获奖或评价好,固然合理④,但仍然不是排他性的概括。抛开偶然因素,根据OCLC,我们统计了当时WorldCat中译介数量最多的卫慧、苏童、莫言、余华、王蒙、阎连科、李锐、王安忆、贾平凹、韩少功、毕飞宇、铁凝共12位作家各语种的翻译出版信息。⑤从作品的风格类型、海外传播的范围、数量、语种、奖项、接受程度、翻译等来看,莫言决定性的优势可能在于:其海外传播的各项关键因素几乎没有短板。比如莫言、余华、苏童都属于海外译介和接受最好的类型,但莫言在民族性和本土性方面比余华、苏童更浓郁和强烈。贾平凹、王安忆和莫言相比,虽然实力相当,但他们作品的海外译介数量和影响则落后了很多。莫言、贾平凹、

---

① 张杰. 国外鲁迅研究情况补略. 鲁迅研究动态,1988 (10).
② 王晓平. 海外汉学界对莫言获诺贝尔奖的反应综述. 文学评论,2014 (2).
③ 张清华.《世界视野中的中国当代文学》前言. 长城,2012 (6).
④ 许子东. 莫言获奖的六个原因. (2012 - 10 - 12)[2023 - 02 - 25]. http://blog.sina.com.cn/s/blog_7adbbab501014df4.html.
⑤ 更多信息参见:刘江凯. 认同与"延异":中国当代文学的海外接受. 北京:北京大学出版社,2012:201 - 224.

阎连科都属于乡土风格，作品中的现代主义、批判性因素都很丰富，甚至都有被批判的作品，但贾平凹在翻译、海外获奖与影响方面各有欠缺，阎连科的海内外接受比莫言和贾平凹甚至晚了十年以上。这些既是作家海外传播的差异所在，也是莫言海外传播的特长所在。

　　莫言作品更多的是以本土性、民族性的写作特征获得了海外传播的成功。①《红高粱》是莫言在海外最先被翻译并获得声誉的作品，作品中浓烈而独特的本土性、民族性内容，艺术上大胆新颖的创造性，使莫言的海外传播在开始时就显示出某种大气磅礴的成熟。他的作品风格神奇浓烈、野性暴力、桀骜不驯、英雄主义，语言狂欢、修辞多样，思想大胆，情节奇幻，人物鬼魅，结构新颖，散发着民间酒神精神的自由浪漫和爱恨情仇等。这些民族性的特征和高质量的创作才是促使他走向诺贝尔之路的核心动力。1988年电影《红高粱》获西柏林国际电影节金熊奖，引起世界对中国电影的关注，同时带动了小说的译介，该作1990年推出法语版，1993年同时推出英语、德语版。莫言是明显从电影改编中获益的当代作家，文学和电影成功地叠加，奠定了他的地位。莫言本人也承认："中国文学走向世界，张艺谋、陈凯歌的电影起到了开路先锋的作用。"②同时，在采访中他半开玩笑地表示，《红高粱》在拍电影之前在中国就已经很有影响了，可以说是张艺谋先沾他的光，他们是相互沾光。莫言后期的作品比如《丰乳肥臀》《酒国》并没有被改编成电影，却要比被改编成电影的《红高粱》反响好很多。这些事实说明电影改编及海外获奖只是一定程度上促进了他的经典化。和余华、苏童比起来，莫言的经典化速度更快，用作家史铁生的话讲就是莫言几乎是直接走向成熟的作家，从一开始他的作品就带有自己独特的语言风格。

　　莫言作品翻译较多的语种有法语、越南语、日语、英语、德语、韩语。其作品海外传播地域的分布与余华及苏童具有相似性，呈现出以发达资本主义国家和受中国文化影响的亚洲国家为中心的特点。这说明经济发展水平和文化关联程度是影响中国文学海外传播最基本的两个要素。莫言的英译作品在获奖前有《红高粱》《天堂蒜薹之歌》《酒国》

---

① 莫言海外接受的研究文章请参阅：刘江凯．本土性、民族性的世界写作：莫言的海外传播与接受．当代作家评论，2011（4）．
② 莫言，李锐．"法兰西骑士"归来．新京报，2006-11-11．

《丰乳肥臀》《生死疲劳》《师傅越来越幽默》,获奖后的英译作品主要有《蛙》《透明的红萝卜》,译者主要是被称为现代文学首席翻译家的葛浩文先生。美国普渡大学出版社在莫言获奖后迅速结集出版了《文本中的莫言:诺奖获得者与全球故事讲述者》[①],收集了英语世界重要的莫言评论文章。而作为诺贝尔文学奖评奖的重要语种——瑞典语的译本有《红高粱》《天堂蒜薹之歌》,译者都是陈安娜。缺少各方面素质良好、稳定的翻译者也是制约中国当代文学海外传播最直接的瓶颈,这一点包括王德威、柏佑铭、邓腾克等在内的海外学者在笔者的调查问卷中都有明确强调。从理论上讲,兼具作家、学者、翻译家三重身份的人应该是最合适的翻译人才。莫言也许是幸运的,他的许多译者正好符合这一特点。如英语译者是葛浩文,日语译者包括佛教大学吉田富夫、东京大学藤井省三教授等,法语译者尚德兰同时也是一个诗人,越南语译者陈廷宪同时也是著名的汉学家。

余华作品海外传播的成功,主要体现在他以一种极简化的写作方式表达了人类性的主题。[②] 如果说莫言的作品给人以暴风雨般的庞杂阅读感,那么余华的作品则呈现出墙壁般简洁的坚实。曾有学者问过包括德国人在内的许多西方学者最喜欢的中国作家是谁,回答最多的是余华和莫言。喜欢的原因是余华与他们西方人的经验最接近,而莫言的小说则最富有中国文化的色彩。[③] 余华小说极简化的语言风格、人类性的主题内容更容易克服翻译和接受的障碍。1987年《十八岁出门远行》是余华的成名作,1992年《活着》一般被视为其经典作品。《活着》1992年出德语版,1993年出英语版,1994年出法语版,同年张艺谋改编的同名电影赢得戛纳国际电影节评审团大奖。虽然不太确定电影获奖对其小说的海外传播是否有直接影响,但一个客观事实是1994年起余华的小说开始有了更多的外译。《活着》《许三观卖血记》《往事与刑罚》《在细雨中呼喊》《兄弟》等也都先后斩获各种海外重要奖项。和莫言相比,

---

① Duran A, Huang Y H. Mo Yan in Context: Nobel Laureate and Global Storyeller. West Lafayette: Purdue University Press, 2014.

② 余华海外接受的研究文章请参阅:刘江凯. 当代文学诡异"风景"的美学统一:余华的海外接受. 当代作家评论, 2014 (6).

③ 张清华. 关于文学性与中国经验的问题:从德国汉学教授顾彬的讲话说开去. 文艺争鸣, 2007 (10).

余华的海外奖项不论是从数量还是从分量上讲，似乎都超过了国内奖项。另一位作家苏童的海外获奖并不多，但就他的海外出版和接受情况来看，又不比莫言和余华逊色多少。苏童的例子也许正好说明：海外获奖和作家经典化之间并不存在必然的关系，一个作家的地位归根结底是由他手中的笔决定的。

余华的外译作品传播区域主要集中在欧洲和亚洲，几乎没有非洲和南美洲的出版信息。和莫言等一样，余华的作品传播主要取决于以下两个因素：其一是经济文化发展水平，如欧洲语言的传播国家其经济文化都相对发达；其二是历史文化关联性，这一点以亚洲国家日本、韩国、越南的传播较为突出。余华、苏童、莫言三位作家都首先由代表作品打开海外市场，尤其是英、德、法三大语种的译介往往会极大地带动其他语种的翻译传播。余华作品译介由《活着》牵头，从德语、法语、英语开始，渐渐地扩展到其他语种。截至2019年，他的所有长篇小说都被译成不同语种出版，其中《活着》《许三观卖血记》《兄弟》的翻译最多。与我们印象不同的是，余华的外译语种最多的不是英语，而是韩语和法语。中国当代作家在不同国家的接受程度是有区别的，就笔者对苏童、莫言等当代作家的统计资料而言，整体上法语和越南语的翻译数量确实比英语要多一些。具体又各有不同，比如莫言在日本的传播和接受就比苏童和余华要广泛许多。还有一个现象是三位作家每个语种都会拥有一个比较稳定的译者，如果这个译者本身又是声名显赫的大家则效果更好，比如葛浩文、马悦然。

三、贾平凹、王安忆古典与现代中国经验的缓释

不论列一份多么短小的中国当代文学一流作家名单，王安忆和贾平凹都一定会榜上有名。但从海外传播的角度看，却有一个极有趣的现象：王安忆、贾平凹和莫言、余华在国内的实力与影响大体相当，海外传播却形成极明显的反差——不论是统计数据还是海外学者的访谈都证实了这种观察。[①] 如何理解这种"内热外冷"的海外传播差异现象？这

---

① 更多信息参见：刘江凯. 认同与"延异"：中国当代文学的海外接受. 北京：北京大学出版社，2012：200-225，43.

一事实提醒我们,当代作家的海外接受需要很小心地因人甚至因作品而异地展开,尽可能穿透粗浅的译介材料,思考一些更为深入的问题。

贾平凹的创作对中国古典文学的化用一直有自觉的追求,同时阅读贾平凹的主要长篇作品就会发现,他对中国当代农民和知识分子的描写不但数量多,而且形成了某种社会精神结构变迁的时代谱系。从《浮躁》到《废都》再到晚近的《秦腔》《古炉》《带灯》《老生》《极花》,贾平凹的作品总是能敏锐地捕捉到当代中国时代变迁中人物精神、社会结构的最新动态,并用文学方式迅速表现出来,从中可以看到中国当代社会城乡之间从物质生活到精神文化的巨大变动。典雅与粗俗并存是贾平凹小说的另一大特点,因而会形成一种反差很大的文学张力。其小说多鬼神之事、奇风异俗,内容和语言上多有古典志怪、传奇、笔记、话本小说传统的余韵。他是一位能够将古典文学资源和现代社会转型融会贯通,对中国城乡变迁、世态百相加以生发刻画的重要作家。

贾平凹作品外译语种中,越南语多达14种,其次为俄语10种,以下依次为日语6种,英语6种(其中胡宗锋、罗宾所译《废都》并未出版,暂不计数),法语3种,韩语、德语各2种。[①] 贾平凹的代表作《废都》,不论是在国内还是在海外,都是一个非常值得研究的传播个案。2013年,胡宗锋、罗宾已经将英文版《废都》译出,但迟迟未得出版。2016年初却突传消息,由葛浩文翻译的英文版《废都》(美国俄克拉何马大学出版社出版)已于1月22日隆重上市。贾平凹的译介与余华、莫言整体差距较大,而在俄罗斯、越南表现得相对突出。其作品在不同国家语系中的"冷""热"表现,可能和贾平凹的创作风格及当代中国文化在世界中的角色有关。

首先,贾平凹作品中的"笔记、话本"小说神韵难以传达。其文字的魅力在一字一句的反复把玩中,这种依存于语言层面的韵味,正如中国古典诗词的外译一样,难以被其他语言传达出来。同时,其小说还以营构"空灵隔世"与"幻化变形"的古典意境见长,其主体精神因受古典小说客观叙事的特征影响而隐藏得很深,在翻译之中难以被很好地再

---

① 资料来自闫海田、刘江凯的合作文章《翻越"乡土"与"古典"的难度:贾平凹的海外接受》,暂未公开发表。

现，因此，影响到其作品翻译的思想深度。与余华、莫言相比，贾平凹对人类苦难与宗教层面的直接哲学思考甚微，其作品的深刻性藏于如中国古典小说"隔世感"与"茫然之境"的意味之中，这亦很难在译介过程中被表现出来。其次，贾平凹小说枝蔓过多，一些在中国读者读来很有味道的接近"传奇"与"笔记"品质的穿插，在译介过程中，会因意境难以传达而使译本小说情节变得拖沓而枝蔓旁出，影响到作品的可读性，比如日译本《废都》的读者常有半途而废的现象。最后，贾平凹喜用"隐语""成语""俗语"，再加上方言土语，给译者造成了巨大障碍。与余华小说语言的简洁和欧化相比，与莫言小说"语言的狂欢""语言的爆炸"相比，贾平凹小说不适合葛浩文删繁就简、大刀阔斧的"删改译法"。

　　如果说贾平凹作品的海外传播难度主要体现在如何翻越乡土与古典方面，王安忆作品的海外传播难度则主要在于中国经验与细节的缓慢感知方面。王安忆的译作以英语和法语居多，但总体上语种并不是很多。从1981年《中国文学》（北京）译介《小院琐记》起，其英文译作包括各类短篇小说在内近30篇，如《本次列车终点》（*The Destination*）、《小鲍庄》（*Baotown*）、《小城之恋》（*Love in a Small Town*）、《流逝》[有两个版本，其一是 *Lapse of Time*，另一个是玛莎·艾弗里（Martha Avery）译 *The Flow*]、《叔叔的故事》（*Uncle's Story*，节选）、《长恨歌》（*The Song of Everlasting Sorrow*）等。法语译作查到的有6部，包括《忧伤的年代》（Amère jeunesse）、《长恨歌》（Le Chant des reǵrets èternels）以及"三恋"。其他重要的还有越南语《长恨歌》（Tru'ò'ng hận ca：tieu thuyét）和韩语《长恨歌》（장한가：미스 상하이의），也有少量的德语翻译。笔者专门检索了她的日文译作，在日文版亚马逊图书网站进行查询，仅查到现代中国文学翻译研究会译、1987年NGS出版的《本次列车终点》，还有收录在佐伯庆子译、1989年德间书店出版的《现代中国文学选集》里的译作。其他代表性长篇小说未见日文译本。

　　从时间来看，王安忆的海外传播大致可分为两个阶段。第一阶段以20世纪80年代末90年代初为主，译作也是王安忆早期的代表作，如英文版《小鲍庄》《流逝》和"三恋"；第二阶段则是21世纪以来，如以《长恨歌》为代表的海外译介。"三恋"和《长恨歌》可以看成是王安忆翻译作品的代表,尤其是《长恨歌》,是我们考察王安忆海外传播的首选作品。

德国汉学家顾彬教授对中国当代小说多有批评,却多次表达了对王安忆的欣赏。他认为之前自己忽视了这部小说的重要性,是一个很大的错误。现在有了距离感,重新阅读了王安忆的《长恨歌》,他认为《长恨歌》的英译语言和中文语言一样美,是非常成功的。形式上王安忆喜欢用重复方法来写作,小说好像一部音乐曲子,让人开始看就不想停止。顾彬认为《长恨歌》里的上海就是王安忆的上海,一个有活力的上海。"现在我觉得这可能是 1949 年之后写得最好的小说之一,也可能是最好的小说。"① 哈佛大学的王德威表示自己甚至在大陆出版之前就看了原稿,当时台湾出版界还在犹豫要不要出版这个长篇小说。他力荐出版,结果出来以后的轰动包括王安忆自己都很惊讶。同时,他认为王安忆的作品不容易进去,所以会影响到她的海外接受效果。王安忆的作品柔软绵长,节奏舒缓,细节繁密,即使是中国读者也未必能够轻松地进入,这种需要缓慢感知的作品,确实对她的海外译介造成了一定的障碍。王安忆《长恨歌》的英译出版也验证了这一看法:白睿文(Michael Berry)把译好的《长恨歌》拿给一家出版社,后者一听是中国当代文学就表示没有兴趣。在白睿文的竭力推荐下,出版社方面勉强看了部分译稿后同意出版,但提出书名要改成《上海小姐》——理由是有这样一个书名做噱头,"肯定能卖得好"。最后忠实于原名的《长恨歌》(The Song of Everlasting Sorrow)由美国哥伦比亚大学出版社资助出版。

四、其他当代作家的海外传播述略

毕飞宇虽然很早就开始了创作,却是在 20 世纪 90 年代末才正式确立其文坛地位的。其海内外接受比莫言等至少晚了十年,可以视为新时期作家海外传播的后起之秀代表。毕飞宇译作也都集中在 21 世纪以后。

---

① 顾彬,刘江凯. 在肯定和否定之间:关于《长恨歌》与《兄弟》等问题的访谈. 长城,2012(1).

从2003年《青衣》首次被外译,在短短六七年的时间里"三姐妹"系列、《平原》等作品被翻译出版,十年左右其被外译和发行的单行本已经不下20个语种①,这在当代作家的海外传播中并不多见。从现有的资料来看,毕飞宇的翻译出版以单行本为主,也有少量短篇小说被收入合集。② 单行本的发行,主要集中在欧洲和东南亚地区,被收入选集的则主要是美国和墨西哥的译本。其中,最为成熟的是法文译本,翻译得最早又保持着对作家作品的持续跟踪,截至2016年已有的六个单行本,基本上包括了毕飞宇最为重要的几部长(中)篇小说,且都是由法国相对知名的出版社承担翻译发行工作。最早外译的《青衣》(2003年)由法国著名的独立出版社 Philippe Picquier 出版,克洛德·巴彦(Claude Payen)任翻译。之后,巴彦差不多成了毕飞宇的专用法语翻译,陆续翻译了他的《玉米》《上海往事》《平原》三部小说。截至2016年,其他语种的翻译包括荷兰语三本、意大利语两本、西班牙语两本,德语仅一本。产生这样的差异和法国汉学研究的良好传统及成就相关。所以法国通常是中国当代文学进入欧洲视野的第一站,像莫言、余华等人的外译作品也都是法译最为成熟。③ 一些小语种国家因为缺少汉语翻译人才,再加上本国对汉语文学的研究准备不足,也倾向于从更具权威的法语世界了解并转译中国作家的作品,比如毕飞宇的意大利语译本、西班牙语译本和德语译本等,早期都是直接从法语译本里选本并转译的,直至现在,这三种语言的翻译本也很少逸出法语的范畴。只有荷兰语译本例外,因为荷兰也有着中国学研究传统,比欧洲其他语种拥有更多的翻译和出版自由,这才有了荷兰语版本中的《蛐蛐 蛐蛐》(Krekel Krekel)(Breda: De Geus,2015)这部其他语种中不曾出现的作品。

  英语世界对毕飞宇的译介整体上较晚,构成也较为复杂。葛浩文早在1995年就译介了毕飞宇的短篇小说《祖宗》,如今看来那似乎更多是出于意识形态的考虑。直到《玉米》获得了第四届英仕曼亚洲文学奖,

---

  ① 高方,毕飞宇. 文学译介、文化交流与中国文化"走出去". 中国翻译,2012(3).
  ② 毕飞宇相关资料出自:赵坤. 泛乡土社会世俗的烟火与存在的深渊:西方语境下的毕飞宇小说海外传播与接受. 当代作家评论,2016(3).
  ③ 刘江凯. 当代文学诡异"风景"的美学统一:余华的海外接受. 当代作家评论,2014(6).

毕飞宇的作品才正式在英语世界开始出版发行，到2016年已有三个长篇小说的单行本。就作品来看，欧洲对其译介首选的是他告别先锋之后的现实主义作品，那些陌生的中国故事里，小金宝、玉米、红豆或筱燕秋们关于生的挣扎或死的悲怆，触动的是欧洲自19世纪以来的存在谜题。比如法国知名出版社Actes Sud的中国文学丛书主编何碧玉感动于《雨天的棉花糖》。在中国古老情境的当代转换里，少年红豆因为敏感弱质而成为男孩中的异类，并不见容于时代。最终，社会公共伦理以父之名的规范，摧毁了红豆自然蓬松的生命，扭曲、撕裂、错位、消失，小说哀伤而潮湿的调性中，欧洲人何碧玉读出了"主人公红豆失败的一生和他的内心世界"[①]里中国故事的泥泞与沉重。

铁凝小说最早的海外翻译是在英语世界和越南。1989年外语出版社出版"熊猫丛书"之一的《最佳中国小说（1949—1989）》，其中选译了《哦，香雪》。越南语《现在的中国文学》中选了《六月的话题》。通过这两个小说集，作家铁凝的作品第一次出现在英语世界和越南。1990年"熊猫丛书"还同时推出法语和西班牙语的《没有纽扣的红衬衫》（铁凝、陆文夫等作家合集），以及英语版的铁凝中短篇小说专集《麦秸垛》，其中包括《哦，香雪》《六月的话题》《近的太阳》《晚钟》《没有纽扣的红衬衫》《麦秸垛》《死刑》等10个中短篇小说，收录了铁凝80年代的代表作品。这是铁凝个人作品海外传播的第一个单行本。近年来，随着中国当代文学"走出去"的步伐加快，铁凝作品翻译介绍数量和种类也迅速增加。整体而言，铁凝作品海外翻译介绍时间长，从1990年的作品专集《麦秸垛》到今天；翻译作品的数量和语言种类在21世纪以后逐渐增加，截至2017年，已有11种语言的各种译本，不同语言的个人作品专辑共18种。种类和数量不算少，但是，铁凝小说在海外传播和接受度并不高。这种情况近年来有了明显变化，尤其是2012年英语版《大浴女》让作家铁凝走入大众的视野，有四家出版社在美洲与欧洲出版发行该书。虽然这本书目前的销量还没有特别突出的表现，但从多次再版来看，英语世界的出版媒体对它是有所期待的。铁

---

① Bi F Y. De la barbe à papa un jour de la pluie. roman traduit du chinois par Isabelle Rabut. Arles：Actes Sud, 2004. 这句话是何碧玉在该书法语版附上的"翻译者言"。

凝作品在东南亚地区尤其受读者欢迎。21世纪的前十年，在这一地区铁凝作品译介的种类、数量增长很快。其中，越南语的铁凝作品译本最多，有5种，其中有2种为中短篇小说集，3部为长篇小说，3部长篇小说多次再版。越南主流媒体发表的铁凝创作研究的评论有5篇，越南国内的博士论文有3篇，出版研究专著4部①，这些研究对铁凝作品给予了很高评价。有趣的是，越南还有很多铁凝作品的盗版②，由此可见越南读者对铁凝的喜爱程度。铁凝作品在越南的译介数量仅次于莫言③，如果算上盗版，铁凝小说在越南的翻译有可能超过莫言。此外，铁凝作品在泰国也有不错的销量。到2017年3月份，泰语版的小说集《永远有多远》在泰国的销售量已经累计达到2万册。④

残雪是20世纪80年代以来一直坚持先锋写作的作家，也可能是最具争议性的作家之一。⑤ 批评界面对残雪所产生的尴尬是显而易见的：一方面承认她的创作很重要；另一方面却认定她的作品"读不懂"，甚至认为她的作品从根本上是"反阅读"的，"女巫"的名号由此而来，这种情况，多少阻碍了其在国内的传播与接受。相比较而言，残雪在海外的影响似乎更大（一直有所谓"墙内开花墙外香"的说法），其中美国是残雪在西方传播的中心，对残雪作品的翻译出版最多，也最为关注。截至2017年共有8本：*Dialogues in Paradise*（《天堂里的对话》，译者为 Ronald R. Janssen、Jian Zhang, Northwestern University Press 出版，1989年版）、*Old Floating Cloud: Two Novellas*（《苍老的浮云》，译者 Ronald R. Janssen、Jian Zhang, Northwestern University Press 出版，1997年版）、*The Embroidered Shoes*（《绣花鞋》，译者 Ronald R. Janssen、Jian Zhang, Henry Holt & Co 出版，1997年版）、*Blue Light in the Sky & Other Stories*（《〈天空里的蓝光〉及其他小说》，译者 Karen Gernant、Chen Zeping, New Directions 出版，2006

---

① 这一数据来自阮明山的博士学位论文：阮明山. 越南对中国当代女性文学的接受：从2000年至今. 上海：华东师范大学，2014.
② 张黎姣. 艾克拜尔·米吉提：中为洋用先从翻译开始. 中国青年报，2014-03-18.
③ 阮氏妙龄. 越南当代文学的"他者"与"同行者". 上海：华东师范大学，2013.
④ 刘蓓蓓. 中国当代文学走向世界文学舞台中央. （2017-03-31）[2023-02-28]. http://www.chinawriter.com.cn/n1/2017/0331/c404043-29182574.html.
⑤ 残雪部分材料来自合作成员焦红涛关于残雪的海外传播研究，暂未公开发表。

年版)、*Vertical Motion*（《垂直的阅读》，译者 Karen Gernant、Chen Zeping，Open Letter 出版，2011 年版)、*Five Spice Street*（《五香街》，译者 Karen Gernant、Chen Zeping，Yale University Press 出版，2012 年版)、*The Last Lover*（《最后的情人》，译者 Annelise Finegan Wasmoen，Yale University Press 出版，2014 年版)、*Frontier*（《边疆》，译者 Karen Gernant、Chen Zeping，Open Letter 出版，2017 年版）。国内出版的残雪小说中有残雪作品在国外传播情况的说明，其中特意点出的有美国和日本："残雪是作品在国外被翻译出版最多的中国女作家，她的小说成为美国哈佛、康奈尔、哥伦比亚等大学及日本东京中央大学、国学院大学的文学教材，作品在美国和日本等国多次入选世界优秀小说选集。"[1] 另外，残雪是麻省理工学院官网上唯一进行专栏介绍的当代中国作家，上面有一整套较为详细的残雪资料，包括个人简历、访谈、翻译、照片、录音录像等。它所提供的残雪批评目录，其作者除部分来自日本、法国、德国等国外，美国批评家的占比最高。

　　以上我们重点讨论了新时期以来最主要的几类海外传播作家。当代文学海外传播还有一些值得单独讨论的特别案例。比如60年代的浩然，80年代的王蒙和张洁，以及卫慧、姜戎、刘慈欣这些个案，和当代作家"走出去"的路径正好相反，这种"进出"之间的个案对我们有何意义和启发也值得以后继续研讨。当然还有一些更年轻的当代作家正在慢慢崛起，但能否获得莫言、余华一辈作家那样的世界认同，尚需时日检验。

　　我们确实无法在一项研究中穷尽所有重要作家的海外传播研究。事实上，随着近年来更多研究力量的加入，当代作家作品的海外传播研究正在全面展开，而这项研究也必然会持续地在"跨学科"交叉融合中不断"历史化"，并且慢慢沉淀出一些"经典化"的研究成果。中国当代文学的海外传播研究绝非一项可以突击发展的热门宣传研究。如果客观地看待此项事业，就会意识到当代作家作品的域外译介工作，从"传播"到"接受"再到"影响"，对于很多作家我们甚至连第一步都没有很好地走完。本书尝试用"当代文学"的方法和问题意识展开几位当代

---

[1]　残雪. 黑暗地母的礼物：上. 长沙：湖南文艺出版社，2015：扉页.

作家的海外传播的个案研究。相对于海外汉学、比较文学、外国文学、翻译学甚至新闻传播学类的相关文章，"当代文学"如何写出自己学科不可模仿和替代的高品质文章？我们目前的尝试是：在完成基本资料梳理的同时，更强调利用对当代文学史及作品的熟悉，以及对特定作家作品的专业意见，在充分研读海内外评论的同时，嵌入自己的研究心得，形成一种对话式的研究意见。虽然美好的愿望是需要实力来保障的，但反过来说也可以成立——实力的形成也应该是从美好的愿望开始的。

五、海外传播视野下的当代文学史

当代文学正在不断历史化和国际化。在这样一个整体格局中来观察莫言、余华等当代文学创作及其研究，也许我们正处于某个巨大的历史转折点上。因此，当诺贝尔文学奖突然热情地"亲吻"莫言闪亮的额头时，被打动和激活的是更多看到这一幕的中国人。当代文学的海外传播研究，从近两年涌现的大量文章、编著以及课题来看，显然是呈现持续发展的局面。其热情和成果固然令人高兴，已经出现的问题却也值得警惕。

当代文学海外传播爆发阶段的研究缺少鲜明有力的学科立场，一混而上、没有区别度的研究消解了很多需要注意的差异性，很难看到在资料梳理和"方法论"意义上都有所突破的著述。当代文学海外传播研究需要努力避开热门效应，除了整体考察外，还应在初始阶段加强典型个案研究，注重第一手资料和学术性相结合，同时"嵌入"自己的研究心得，努力形成一种对话式的专业研究。作为新一代学术力量，我们有责任努力构建一种能和世界有效对话的学术标准和品质。

其他更多当代作家，不论是50—70年代的浩然，还是新时期以来的莫言、余华、格非、迟子建、阎连科，抑或是其他值得讨论却未来得及研究的作家，比如王蒙、王安忆、贾平凹、苏童等，甚至那些从中国走出去的作家、诗人如北岛等，都是中国当代文学之于世界文学的贡献。我们知道鲁迅留下了大量文学遗产，其中一些虽然看似琐屑，却有着十分惊人的理论拓展空间。比如从他作品中演绎出的那句名言："越是民族的，越是世界的。"《野草》的"独语"性也可视为鲁迅在不经意间留给我们的伟大文学遗产，它揭示了文学的某些共性，蕴含着丰富的理论启示。正是这种极致的个人化的"独语",反而冲破了"自然个体"的局限,将其升华为具有普遍意义的"艺术个体",因此有了可以被广泛接受的艺术魅力。① 这正是包括鲁迅在内的许多文学名家拥有世界影响力的重要原因之一,也是我们从"独语"的鲁迅身上最应该反思、学习、继承、发扬的中国文学精神。

莫言的成功当然首先归功于他长期的艺术创作和由此积累下来的世界影响力。鲁迅未获诺贝尔文学奖,却并没有影响他成为世界级的作家。同理,余华、苏童、贾平凹、王安忆等是在莫言获诺贝尔文学奖之前与其海外影响旗鼓相当的作家,莫言的获奖正好从另一个角度证明了余华等当代作家的创作实力。如果说鲁迅作为中国现代文学的开山之人,在中国文学不得不面对和承受世界文学的冲击时,在历史传统与现代文明的夹缝中,以其"独语"的文学才情获得了世界文学的认可,那么莫言、余华等人的创作则是中国文学传统、世界文学、中国社会发展碰撞融合近一百年后力量的自然延续,是当代文学对以鲁迅为代表的现代文学的继承与超越。而通过对鲁迅、莫言、余华等作家海外视角的考察与分析,我们不但能够获得许多研究的新视角、新材料,也有可能在更大的世界文学视野里发现新问题,受到新启发,得出新结论。

不论中国当代文学作品被多少种语言翻译、在多少国家传播,这些"海外版"的中国文学都应该属于原产国文学,对它的研究不应该被语言、文化、历史、国家等因素"切割"开来——我们可称之为"对象统一"原则。笔者从中国当代文学作品的翻译出发,在一定长度的文学史体系中,考察了中国当代小说、诗歌、戏剧及众多作家的翻译实绩后,结合海外期刊、著述、博士论文、学者等对中国当代文学的研究状况,逐渐形成了一个越来越强烈的观点:中国当代作家及其文学史写作应该纳入"海外传播"的研究角度。也即按照"对象统一"的原则,站在中国文学的立场上,客观考察当代文学的世界接受,并与国内接受形成有效的对话。这样可能更有利于我们重估经典作品和进行文学史定位。相信海外传播与接受的研究角度会给我们带来许多不同于现有模式的评论。

---

① 刘江凯. 独语的,世界的:鲁迅《野草》英语接受的启示. 文艺争鸣,2012 (6).

"对象"永远是统一的整体,而我们往往因为语言、国别、文化、生命、理论、方法等等的局限,只能如"盲人摸象"一般"切割"研究对象。不用说对《论语》这样流传在古今中外的经典著作,即使面对《野草》《红高粱》《兄弟》,我们也只能在"切割研究"中努力找到一些片面的深刻,同时也必然留下更多洞见后的不察。当我们在海内外不同语境中重新思考《野草》《红高粱》《兄弟》的创作时,也许就会突破国内单一视角带来的种种局限,做出更接近于客观的判断。在异质语境及中国文学立场的张力结构中,我们会看到或发现许多原来不曾注意到的"中国元素",或者潜在的"中国文学理论",比如鲁迅《野草》的"独语性"及其潜在的理论空间、莫言的"本土性与民族性的世界写作"、余华《兄弟》"歪曲生活的小说"对于中国当代小说创作理论的意义。

遗憾的是现行的作家与文学史研究存在着海外视角的"缺失"问题——姑且不说国内文学史整体上几乎没有这方面的专门论述,即便单独的作家作品研究也只是近些年才初步展开,这无疑会掩盖和影响诸如莫言、余华此类作家的许多重要结论。根据鲁迅、莫言及其他当代作家海外传播的实际情况,结合其他海外中国当代文学作品翻译出版、期刊、海外著述、作家个案及对小说、诗歌、戏剧等文类的研究信息,本书认为:海外接受视角下的"从鲁迅到莫言",构成了"中国现代文学""中国当代文学""世界文学"之间丰富的对话关系,潜隐着许多重要的、等待开掘的问题。被翻译出去的中国现当代文学究竟是否属于中国文学?这当然会有不同的观点。作为中国文学海外传播与影响的重要组成部分,为什么现行文学史的研究会忽略中国现当代文学海外传播这一重要的事实与视角?而这种新角度、新材料的挖掘,必然会推动相关的新理论与方法的产生,并最终促进整个文学史研究的发展。在日益全球化的今天,当代文学从作家经历、生活、写作到出版、阅读、研究都已经与整个世界融为一体,传统的研究方式已经不能跟上诸如莫言、余华等一批作家的发展。虽然目前这一领域的研究成果还不足以正式地进入文学史,也存在很多需要探讨的疑问;但作为一个问题,我们有必要提出来并思考解决的方案,至少应该从基础文献资料方面开始相关的整理、发现与剖析,为进一步的研究做好准备。提出一个值得思考的问题应该是解决问题的第一步,尽管它有时候甚至是象征意义的。

参考文献

一、中文文献

安德森. 想象的共同体：民族主义的起源与散布. 吴叡人，译. 上海：上海世纪出版集团，2008.

毕飞宇. 沿途的秘密. 北京：昆仑出版社，2002.

程光炜. 当代文学的"历史化". 北京：北京大学出版社，2011.

程曼丽. 国际传播学教程. 北京：北京大学出版社，2006.

戴延年，陈日浓. 中国外文局五十年大事记（1）. 北京：新星出版社，1999.

费小平. 翻译的政治：翻译研究与文化研究. 北京：中国社会科学出版社，2005.

高利克. 捷克和斯洛伐克汉学研究. 北京：学苑出版社，2009.

葛浩文. 漫谈中国新文学. 香港：香港文学研究社，1980.

葛兰西. 狱中札记. 曹雷雨，等译. 北京：中国社会科学出版社，2000.

顾彬. 二十世纪中国文学史. 范劲，等译. 上海：华东师范大学出版社，2008.

关世杰. 国际传播学. 北京：北京大学出版社，2004.

郭可. 国际传播学导论. 上海：复旦大学出版社，2004.

浩然. 我的人生：浩然口述自传. 北京：华艺出版社，2000.

洪治纲. 余华研究资料. 天津：天津人民出版社，2007.

洪子诚. 问题与方法. 北京：北京大学出版社，2009.

洪子诚. 中国当代文学史. 北京：北京大学出版社，2000.

怀特. 后现代历史叙事学. 陈永国，张万娟，译. 北京：中国社会科学出版社，2003.

黄子平. 革命·历史·小说. 香港：牛津大学出版社，1996.

姜智芹. 中国新时期文学在国外的传播与研究. 济南：齐鲁书社，2011.

卡尔维诺. 新千年文学备忘录. 黄灿然，译. 南京：译林出版社，2015.

乐黛云. 国外鲁迅研究论集. 北京：北京大学出版社，1981.

李保初. 日出山花红胜火：论叶君健的创作与翻译. 北京：华文出版社，1997.

李嘉英. 中国当代文学在韩国的传播与接受：以莫言、余华、阎连科为例. 北京：北京师范大学，2017.

李岫，李广田. 中国现代作家选集. 北京：人民文学出版社，1984.

李颖. 芬兰的中国文化翻译研究. 北京：北京外国语大学，2013.

刘江凯. 认同与"延异"：中国当代文学的海外接受. 北京：北京大学出版社，2012.

刘江凯. 中国当代小说海外传播的地理特征与接受效果. 南昌：江西教育出版社，2020.

刘顺利. 朝鲜半岛汉学史. 北京：学苑出版社，2009.

卢茂君. 新世纪国外中国文学译介与研究文情报告（日本卷，2001—2003）. 北京：中国社会科学出版社，2013.

鲁迅：鲁迅全集. 北京：人民文学出版社，2005.

罗雪莹. 向你敞开心扉：影坛名人访谈录. 北京：知识出版社，1993.

马士奎. 中国当代文学翻译研究（1966—1976）. 北京：中央民族大学出版社，2007.

潘辉煌. 莫言作品在越南的传播与接受研究. 上海：华东师范大学，2015.

裴氏翠芳. 中国现当代文学在越南. 上海：华东师范大学，2011.

钱理群，等. 中国现代文学三十年. 北京：北京大学出版社，1998.

阮明山. 越南对中国当代女性文学的接受（从2000年至今）. 上海：华东师范大学，2014.

阮氏妙龄. 越南当代文学的"他者"与"同行者"：中国新时期小说（1970年代末—1990年代初）在越南. 上海：华东师范大学，2012.

沙博理. 我的中国. 安蜀碧，译. 北京：中国画报出版社，2006.

施建业. 中国文学在世界的传播与影响. 济南：黄河出版社，1993.

孙大佑，梁春水. 浩然研究专集. 天津：百花文艺出版社，1994.

丸山升. 鲁迅·革命·历史：丸山升现代中国文学论集. 王俊文，译. 北京：北京大学出版社，2005.

王德威，陈思和，许子东. 一九四九以后：当代文学六十年. 上海：上海文艺出版社，2011.

王德威. 当代小说二十家. 北京：三联书店，2006.

温儒敏，等. 中国现当代文学学科概要. 北京：北京大学出版社，2005.

文大一. 新世纪国外中国文学译介与研究文情报告（韩国卷，2001—2005）. 北京：中国社会科学出版社，2013.

吴中杰. 中国现代文艺思潮史，上海：复旦大学出版社，1996.

夏康达，王晓平. 二十世纪国外中国文学研究. 天津：天津人民出版社，2000.

谢冕. 1898，百年忧患. 济南：山东教育出版社，1998.

谢淼. 德国汉学视野中的中国当代文学（1978—2008）. 武汉：武汉大学，2009.

杨宪益. 漏船载酒忆当年. 北京：十月文艺出版社，2001.

姚建彬. 中国当代文学海外传播研究. 北京：北京大学出版社，2016.

叶易. 中国近代文艺思潮史. 北京：高等教育出版社，1990.

张京媛. 后殖民理论与文化批评. 北京：北京大学出版社，1999.

赵一凡，等. 西方文论关键词. 北京：外语教学与研究出版社，2006.

中国赵树理研究会. 赵树理研究文集：下卷. 北京：中国文联出版公司，1996.

周作人. 中国新文学的源流. 南京：江苏文艺出版社，2007.

二、外文文献

Admussen N. Recite and Refuse: Contemporary Chinese Prose Poetry. Honolulu: University of Hawaii Press, 2016.

Ah Q and Others: Selected Stories of Lusin. Tr. Wang C-C. NY: Columbia University Press, 1941.

Bi F Y. The Moon Opera. London: Telegram Books, 2007.

Chen J G. The Aesthetics of the "Beyond": Phantasm, Nostalgia, and the Literary Practice in Contemporary China. Newark: University of Delaware Press, 2009.

Choy. Remapping the Past: Fictions of History in Deng's China, 1979 – 1997. Leiden: Brill, 2008.

Chun S. Beijing Dolls. NY: Penguin, 2004.

DI M. New Cathay: Contemporary Chinese Poetry. North Adams, MA: Tupelo Press, 2013.

Duke M. Contemporary Chinese Literature: An Anthology of Post-Mao Fiction and Poetry. Armonk, New York, and London: M. E. Sharpe, 1985.

Duran A, Huang Y H. Mo Yan in Context: Nobel Laureate and Global Storyeller. West Lafayette: Purdue University Press, 2014.

Fang J C. Crisis of Emasculation and the Restoration of Patriarchy in the Fiction of Chinese Contemporary Male Writers Zhang Xianliang, Mo Yan, and Jia Pingwa. Vancouver: University of British Columbia, 2004.

Fang Z H. Chinese Short Stories of the Twentieth Century. NY: Garland Publishing, 1995.

Feuerwerker. Ideology, Power, Text: Self-Representation and the Peasant "Other" in Modern Chinese Literature. Stanford: Stanford University Press, 1998.

Han H. 1988: I Want to Talk with the World. Seattle: Amazon Crossing, 2015.

Herbert W N et al., Jade Ladder: Contemporary Chinese Poetry. Northumberland, UK: Bloodaxe Books, 2012.

Iovene P. Tales of Futures Past: Anticipation and the Ends of Literature in Contemporary China. Stanford: Stanford University Press, 2014.

Jameson F. The Political Unconscious: Narrative as a Socially Symbolic Act. Ithaca: Cornell University Press, 1981.

Kang L, Tang X B. Politics, Ideology, and Literary Discourse in Modern China: Theoretical Interventions and Cultural Critique. Durham: Duke University Press, 1993.

King R. Milestones on a Golden Road: Writing for Chinese Socialism, 1945 – 1980. Vancouver: UBC Press, 2013.

Liu K. Globalization and Cultural Trends in China. Honolulu: University of Hawaii Press, 2004.

Loud Sparrows: Contemporary Chinese Short-Shorts. Trs. Mu A, Chiu J, Goldblatt H. NY: Columbia University Press, 2006.

Lu T L. Gender and Sexuality in Twentieth-Century Chinese Literature and Society. SUNY Press, 1993.

Lu X. Diary of a Madman and Other Stories. Honolulu: University of Hawaii Press, 1990.

Lu X. Letters Between Two: Correspondence Between Lu Xun and Xu Guangping. Beijing: Foreign Languages Press, 2000.

Nienhauser W. Critical Essays on Chinese Literature. HK: CUHKP, 1976.

Siu H, Stern Z. Mao's Harvest: Voices from China's New Generation. NY: Oxford University Press, 1983.

Stewart F, Batt H J. The Mystified Boat and Other New Stories from China. Honolulu: University of Hawaii Press, 2003.

The Chinese Essay. Tr. Pollard D. NY: Columbia University Press, 2000.

Wang M. Perspectives in Contemporary Chinese Literature. University Center, Mich. Green River Press, 1983.

Widmer E, Wang D. From May Fourth to June Fourth: Fiction and Film in Twentiety-Century China. Cambridge: Harvard University Press, 1993.

Yang X B. The Chinese Postmodern: Trauma and Irony in Chinese Avant-garde Fiction. Ann Arbor: University of Michigan Press, 2002.

Yue G. The Mouth that Begs: Hunger, Cannibalism, and the Politics of Eating in Modern China. Durham: Duke University Press, 1999.

Zhang X D. Chinese Modernism in the Era of Reforms. Durham: Duke University Press, 1997.

Zhao H. The Lost Boat: Avant-garde Fiction from China. London: Wellsweep, 1993.

Zhong X P. Masculinity Besieged?: Issues of Modernity and Male Subjectivity in Chinese Literature of the Late Twentieth Century. Durham: Duke University Press, 2000.

三、主要电子资源

中华人民共和国中央人民政府网，http://www.gov.cn/.

中国作家网，http://www.chinawriter.com.cn.

中国文学网，http://www.literature.org.cn/.

中国文化海外传播动态数据库，http://www.npopss-cn.gov.cn/.

荷兰网站，http://www.unileiden.net/verretaal/.

英文版维基百科，http://en.wikipedia.org/.

海外电影评论，http://www.flixster.com/movie/red-sorghum-hong-gao-liang; http://www.rottentomatoes.com/m/red_sorghum/.

美国图书分享型社交网站 Goodreads，https://www.goodreads.com.

余华博客，http://blog.sina.com.cn/yuhua.

华语文学传媒年度杰出成就奖：莫言. http://news.xinhuanet.com/book/2004-04/19/content_1427049.htm.

余华. 必须忘掉以前的小说才可能写出新的小说. http://news.sohu.com/29/73/news205417329.shtml.

跟余华聊5年来中国在美国不断扩大的影响力. http://blog.sina.com.cn/yisuli

越南中国文学相关网站：http://www.dichthuat.com/blog/2010/06/11/song-vi-ban-than-su-song-ma-song；http://www.dichthuat.com/vuconghoan/；http://www.dichthuat.com/blog/2010/06/11/song-vi-ban-than-su-song-ma-song/；http://www.dichthuat.com/blog/2010/06/11/le-roi-tren-song/；http://www.tathy.com/thanglong/；http://evan.vnexpress.net/；http://phongdiep.net/；http://www.gio-o.com/DaoTrungDaoDuHoa.

后　记

不断历史化与国际化是中国当代文学近年来显而易见的事实，也是这一学科自我发展的必然要求和趋势，更是中国当代文学在世界视野下走向成熟和经典化的必然路径。如果说历史化主要解决的是当代文学向"内"面对自身历史的反复修正与校准，那么国际化则可以理解为当代文学向"外"面对他者参照的客观比较和自省。当代文学的历史化与国际化并非泾渭分明的两股潮流，虽然它们各自有值得研究的问题与现象，但它们也有相互缠绕、影响甚至统一的表现，相互之间构成了复杂的互动关系。从鲁迅到莫言，在中国新文学经历了一百多年的发展后，中国当代作家的世界经典化问题在近些年已经浮出地表，成为我们应该正视和思考的一个问题。

《在世界中经典化：中国当代作家海外接受研究》系2019年国家社科基金后期资助项目最终成果，也是我在中国当代文学海外传播研究领域的第三本著作，和前面完成的两部著作一起构成了我的海外传播研究"三部曲"。

第一部是由2011年博士学位论文修改而成的《认同与"延异"：中国当代文学的海外接受》，由北京大学出版社2012年出版。该书被博士答辩委员会的老师们一致评价为一项"补白性"的研究成果，从之后几年兴起的中国当代文学海外传播研究来看，在资料、方法、对象、问题意识的拓展等各方面也确实具有一定的引领作用。现在回过头来看，该书整体上有研究领域的开拓之功，也有重要问题的初步思考，对中国当代文学海外传播研究在资料和方法上有所贡献，但在研究的深度方面，作为一部拓荒性的著作确实还是留下了一些遗憾。我在《认同与"延异"：中国当代文学的海外接受》导论中曾写道："我毫不怀疑这个选题的价值与可持续研究的前景,既然打算以后也从事这方面的研究,我宁愿牺牲点眼前的'深度'去多争取一些'广度',为我自己或其他有研究兴趣的人先摸摸底。"① 我还在结语中表达了对该领域未来研究的一种担忧:"种种迹象显示:海外中国文学(不仅仅是当代文学)的相关研究正在全面展开,相信不久的将来,会有更多的人投入这个领域,会看到更多此方面的研究成果。只希望它不要像某些现象,因为'热'变得泛滥成灾起来,徒然再增加许多学术'豆腐渣'工程。"② 此后几年我一直围绕着当代文学的海外传播展开相关研究,并先后申请获得了浙江省哲学社会科学规划课题资助、教育部课题资助等,均以论文结题。

大约在2014年前后,我形成了突出当代文学学科品质的海外传播研究思路,并成功申请2015年国家社科基金项目一般课题,完成了第二部著作《中国当代小说海外传播的地理特征与接受效果》。该书作为"十三五"国家重点出版物出版规划项目被纳入"中国当代文学海外传播研究丛书",2020年由江西教育出版社出版。在《中国当代小说海外传播的地理特征与接受效果》导论里,我对第一部和第二部著作之间的关系做出了详细说明。和《认同与"延异":中国当代文学的海外接受》的拓荒性研究相比,《中国当代小说海外传播的地理特征与接受效果》最大的研究变化在于:

> 在研究格局上希望能站在中国文学的立场上,更加自觉地打通中国文学和世界文学的视野,在世界维度的经典化意义上思考中国当代文学的创作、批评以及文学史研究与写作等问题。在问题意识上更加强调把研究纳入当代文学的体系里,在充分利用专业意见打通海内外资料的同时,"嵌入"自己对这些作家作品的心得,形成一种"对话"效果。在研究对象上继续实现由"面"向"点"的转换,筛选能够代表不同时代、不同风格的当代作家作品,不贪图大而全,力求具体深入。在研究方法上更加注重个案传播链条上的实证连接。在研究重心上更加注重从"传播"到"接

---

① 刘江凯. 认同与"延异":中国当代文学的海外接受. 北京:北京大学出版社,2012:导论.

② 同①289.

受"层面的转换。①

《中国当代小说海外传播的地理特征与接受效果》一书确实也贯彻了由面到点的考察原则,梳理了 20 世纪 50 年代至 21 世纪中国文学的世界传播地理特征等问题,并重点选择浩然、王蒙、莫言、余华、贾平凹、阎连科、毕飞宇等代表作家,将当代小说的海外传播视为中国当代文学研究的有机部分,从世界维度的经典化来讨论当代文学的品质与接受等纵深问题。时隔 8 年,这部著作接续了《认同与"延异":中国当代文学的海外接受》里"摸摸底"之后由广度向深度的转换努力,将范围由"当代文学"缩小到"当代小说",希望用当代文学的学科立场和问题意识与海外研究展开对话,研究思路上既有"面"的比较,也有"点"的考察,对当代小说的海外传播的地理特征和作家个案都有所研究。

如果说《认同与"延异":中国当代文学的海外接受》是一部重在拓荒的中国当代文学海外传播摸底性质的著作,那么《中国当代小说海外传播的地理特征与接受效果》则是一部突出中国当代文学学科品质摸索性的海外传播研究著作。而第三部《在世界中经典化:中国当代作家海外接受研究》和前两部相比,则是一部由当代文学海外传播跨界延伸之后研究观念的总结与探索之书。

2018 年国家社科基金项目一般课题结项之后,在修改书稿、等待出版的过程中,我和课题组成员、对外经济贸易大学的褚云侠老师(也是我的爱人)继续讨论中国当代文学海外传播跟当代文学批评与研究、文学史写作、学科发展的关系。因为我的工作涉及中国当代电影的国际传播,此外我参与了一系列重要的实践项目管理和理论研究,再结合近年来国家对提升中华文化国际影响力的不断强化,根据已有研究储备和积累,我隐约感觉到中国当代文学海外传播背后有一个值得关注的体系性的存在。当时,我们课题组还有许多已经公开发表的系列研究,因为各种原因没有收录到《中国当代小说海外传播的地理特征与接受效果》一书中。在整理这些文章的过程中,仅我和爱人的成果就已经可以形成一部新的著作,于是合作申报了 2019 年国家社科基金后期资助项目,

---

① 刘江凯. 中国当代小说海外传播的地理特征与接受效果. 南昌:江西教育出版社, 2020:导论.

并最终形成本书——《在世界中经典化：中国当代作家海外接受研究》。

和《中国当代小说海外传播的地理特征与接受效果》相比，本书的内在继承性在于延续和深化了前者的基本研究思路，其差别点主要体现在三个方面：其一，研究范围和对象更加集中，除必要的背景外，不再针对"面向"展开研究，由小说更加集中在作家个案的"定点"深化方面。努力对典型作家作品个案展开研究，力争通过典型个案对当代文学海外传播的真实境况进行"互文"性呈现。其二，研究思路上更加突出中国当代文学"在世界中"的思维，比如对于莫言、余华及与他们构成对话关系的其他作家的写作，都努力将海外传播、国内批评、个人研究充分地融合起来，从中国当代文学海外接受（国际化）角度考察当代小说的经典化，避免了传统经典化研究国际视角不足的问题。其三，在研究观念上加强了当代文学"历史化"的相关考察，按照"对象统一"的原则把经典化的国内生成与海外接受尽量统一起来，试图回答当代文学能否以及如何进入世界经典化体系的问题。其四，也是最大的不同在于，我们在中国当代文学海外传播研究方面有了更大的理论发展体系的突破。这主要体现在导论中，我们相对完整、全面、系统地表达了十多年来由中国当代文学海外传播研究带来的不同层次的思考。这也意味着我们将由基础研究扩展到更为宏观、立体、丰富的维度，我们相信这样的思考不仅仅对这个领域具有重要意义，它也会对整个涉外学科的发展有参考价值。

需要特别说明的是，在坚持"在世界中经典化"的写作和修改意图的前提下，出于图书逻辑结构的考虑，对有些已经公开发表的课题阶段性成果，本书没有收录。当然，收录进来的内容很多已经作为阶段性成果公开发表过或者正在投稿中，还有一些内容则经过必要的调整和更新后重复收入。正如中国当代文学海外传播作为一个新兴研究领域，并不会突然成熟一样，研究者的学术积累和观念发展也不可能一下就达到理想境界。在追求真理的学术领域，即使在自己擅长的领域承认自己能力有限，也远比延续某些不良的学界风气让人心里更踏实。这也是我在研究中国当代文学世界经典化过程中的最大心得。不论是其历史化还是国际化进程，经过时间大浪的反复淘洗和筛选，那些曾经在浪头上获得浮名与实利的人与事都将随波而逝，在经典化的河床上最终沉淀下来的只能是那些有质量和高密度的巨石。

从 2019 年获得资助到 2022 年结项，这本书的写作与修改过程注定成为我和爱人一生最难忘的一段经历。自 2019 年底开始我们和全国人民一起经历了新冠病毒感染疫情并感受到其持续性的影响，2020 年爱人顺利通过副高职称评审，2021 年我们的女儿小等出生，2022 年生活在希望和等待中平静地继续。这几年经历的人事当然不止于此，有些事让我们看懂了人性的多面性，有些人让我们领悟了生活的多样性。在感动与忍耐、坚守与努力中，我们慢慢学会了收摄与观照自己的内心，学会把所有的精力集中在自己喜欢和有价值的事业上。

感谢这一路走来给予我们所有帮助的师长，尤其是我们共同的博士生导师张清华教授。有几个人能像我们这般幸运，追随恩师读书的同时，还能找到志业的同道和生活的伴侣呢？同门结合对老师和学生都有额外的福利，比如在师门的聚会上，老师总会多喝一杯我们的感谢酒，而他在送我们新作时也总能省下一本书。还要感谢我们的博士后导师、北京师范大学的资深教授黄会林和中国人民大学教授程光炜。我追随黄先生从事中国文化国际传播研究与实践已近八年，老师对我的恩情我会永远铭记在心。跟着黄先生，有效弥补了我时间管理方面的短板，也拓宽了我做学问和事业的格局，我相信有些力量会在沉潜后以更持续和强大的方式展现。爱人则追随程教授继续在学问方面精进，正是在人大两年的博士后经历，使她对文学研究有了更深入的理解和思考，也积累了更多的学术成果。取益于多师，补己之短，这可能正是读书做学问的乐趣所在。在本书的写作过程中，有相当多的内容以阶段性成果的形式发表于《文学评论》《文艺研究》《当代作家评论》《小说评论》《艺术评论》等期刊，感谢这些期刊编辑朋友的帮助和指导。最后还要特别感谢本书的编辑岳娜女士，她专业而细心，帮助我解决了出版过程中不少复杂的问题。需要感谢的亲朋好友还有很多，但我想再写下去就显得有点套路化了，所以不如就此打住。

北京师范大学　刘江凯
2022 年 10 月 25 日于北京

图书在版编目（CIP）数据

在世界中经典化：中国当代作家海外接受研究/刘江凯，褚云侠著. --北京：中国人民大学出版社，2024.1

ISBN 978-7-300-32340-4

Ⅰ.①在… Ⅱ.①刘… ②褚… Ⅲ.①中国文学－当代文学－文学研究 Ⅳ.①I206.7

中国国家版本馆CIP数据核字（2023）第222165号

国家社科基金后期资助项目
在世界中经典化：中国当代作家海外接受研究
刘江凯 褚云侠 著
ZAI SHIJIE ZHONG JINGDIANHUA：ZHONGGUO DANGDAI ZUOJIA HAIWAI JIESHOU YANJIU

出版发行	中国人民大学出版社			
社　　址	北京中关村大街31号	邮政编码	100080	
电　　话	010－62511242（总编室）	010－62511770（质管部）		
	010－82501766（邮购部）	010－62514148（门市部）		
	010－62515195（发行公司）	010－62515275（盗版举报）		
网　　址	http://www.crup.com.cn			
经　　销	新华书店			
印　　刷	唐山玺诚印务有限公司			
开　　本	720 mm×1000 mm　1/16	版　　次	2024年1月第1版	
印　　张	15.5 插页2	印　　次	2024年10月第2次印刷	
字　　数	236 000	定　　价	89.00元	

版权所有　侵权必究　　印装差错　负责调换